ALLISON RASKIN • GABY DUNN

REAL LIFE SUCKS

AUßER UNS SIND ALLE BESCHEUERT

Aus dem Amerikanischen
von Nadine Mannchen

FISCHER Taschenbuch

FSC
www.fsc.org
MIX
Papier aus verantwortungsvollen Quellen
FSC® C083411

Erschienen bei FISCHER Kinder- und Jugendtaschenbuch
Frankfurt am Main, Juni 2018

Die englische Originalausgabe erschien 2017 unter dem Titel
»I hate everyone but you« bei Wednesday Books,
einem Imprint von St. Martin's Press, New York

Satz: Dörlemann Satz, Lemförde
Druck und Bindung: CPI books GmbH, Leck
Printed in Germany
ISBN 978-3-7335-0438-0

VON: Ava.Helmer@gmail.com

AN: GenX1999@gmail.com

BETREFF: Bitte bestätigen Sie den Erhalt dieser Nachricht

Liebe beste Freundin,

schweren Herzens schreibe ich dir die erste von wahrscheinlich Hunderten von E-Mails, um jeden Moment meines ans College gefesselten Lebens mit dir zu teilen. Ich bin außerordentlich stolz auf dich und kann's nicht erwarten, dass ganz Boston dich lieben und fürchten lernt. Vergiss nur ja nicht, dass NIEMAND dich je so sehr lieben (oder fürchten) wird wie ich.

Wachse! Gedeihe! Experimentiere, damit ich es nicht machen muss. Ich werde dich jede Sekunde jeden Tages vermissen, bis du (hoffentlich) ein Jahr vorzeitig deinen Abschluss machst und zu mir und der trockenen Hitze der Westküste zurückkehrst. Journalisten finden überall Arbeit, also komm mir in vier Jahren ja nicht mit »Ich muss nach New York ziehen«. Du weißt ja, dass ich es kaum überlebt habe, als du deinen Sommerkurs in Temecula hattest.

Ich weiß jetzt schon, dass außer uns alle bescheuert sind.

Mit freundlichen Grüßen
Ava Helmer
(die Brünette, die dich nicht in Ruhe lässt)

PS: Meine Mutter fragt, ob du eine Winterjacke hast. Falls nicht, schickt sie dir eine über Amazon Prime.

VON: GenX1999@gmail.com

AN: Ava.Helmer@gmail.com

BETREFF: Re: Bitte bestätigen Sie den Erhalt dieser Nachricht

Wir sind noch immer im selben Zimmer, du Freak.

Hör auf, zu heulen.
G
(die Blonde, die mit Zurschaustellung großer Gefühle nicht umgehen kann)

NACHRICHT

11:45 Pacific Standard Time
A: Bist du am Flughafen?
A: Hallo?
A: Ich hoffe, du bist am Flughafen, weil dein Flieger in 20 Minuten abhebt.
A: Vielleicht ist dein Akku tot. Ich hoffe, dein Handy ist tot und nicht du.

20:51 Eastern Standard Time
G: Gelandet 😜
A: Oh, Gott sei Dank! Hab schon deine Eltern angerufen.
G: Sorry. Akku war leer. Hab ihn aufgeladen. Bin eingepennt.
A: Wie war der Flug? Willst du nach Hause?
G: Vll. in 4–6 Monaten?? Hab den Steward angebaggert & gratis Erdnüsse bekommen.
A: Nüsse sind immer gratis.

G: Kommt drauf an, was für welche … 🍆
A: Genevieve! Eklig.
G: 😂 Hab dem Steward auf dem Klo keinen geblasen. Würde ich dir doch nie antun, mein armes Unschuldsengelchen.
G: Außerdem war er schwul.
A: Ich muss jetzt los – mit meiner Mutter Bettwäsche aussuchen. Ruf an, wenn du im Wohnheim bist!
G: Ich schreib dir.
G: Besorg was Fleckenresistentes. 🖤

A: Hab das eben erst gelesen. EKLIG!

VON: GenX1999@gmail.com
AN: Ava.Helmer@gmail.com
BETREFF: Dein Ersatz

JK. Shannon könnte dich nie ersetzen. Schon allein, weil ihre Eltern verrückt sein müssen, sie Shannon zu nennen. Wo wir gerade von Eltern sprechen: Wie geht es eigentlich den Helmers? Vermissen sie ihre Lieblings-Zweit-Tochter? Dein Dad hat mir Boston-Tipps von seiner Arbeitsreise von vor fünf Jahren geschickt … Angeblich gibt es in der Marriott Bar ENDGEILE Chicken Wings.

Von *meinen* Eltern hab ich noch nichts gehört. Hoffentlich haben sie meine Nachricht gesehen. Gilt man als Ausreißer, wenn man auf ein liberales Kunstcollege abhaut?

Zurück zu meiner neuen BFF: Shannon. Ich hatte meine Tasche noch nicht mal abgestellt, als sie auf ihr Bett gesprungen ist und die Deckenverkleidung aufgedrückt hat, um eine Tüte Gras rauszuholen. Ich weiß jetzt schon, dass es lustig mit ihr wird. Aber nur, wenn sie high ist.

Emerson hat keinen richtigen Campus, nur zwei Gebäude und ein Theater. Was genial ist, weil ich gar nicht aufs College wollte. Mein Wohnheimbetreuer meint, der Boston Commons (ein großer Park) ist unser inoffizieller Campus, aber ich hab noch keinen Campus mit so vielen Meth-Junkies gesehen.

Ich liebe es hier jetzt schon. Ich glaube, ich würde mir das Hirn rauspusten, wenn ich auf einem College mit echtem Forschergeist und einem Footballteam gelandet wäre. Es fühlt sich hier gar nicht wie Schule an, abgesehen von den Kursen. (JK – Ich weiß, die Teilnahme am Unterricht wird dringend empfohlen.)

G

PS: Sei nicht sauer, aber ich bin zum Flughafen getrampt. Der Fahrer war kein Perverser, aber er hat mich zum Abschied gedrückt, also war es quasi dasselbe wie eine Abschiedsparty …

VON: Ava.Helmer@gmail.com

AN: GenX1999@gmail.com

BETREFF: Re: Dein Ersatz

Du bist per Anhalter zum Flughafen?????

VON: Ava.Helmer@gmail.com

AN: GenX1999@gmail.com

BETREFF: Re: Dein Ersatz

Beim zweiten Lesen ist die Horrorstory über deine einsame Reise zum Flughafen mit einem Wildfremden nicht mal das Schlimmste an deiner Mail. Du darfst Shannon nicht erlauben, Drogen in eurem Zimmer zu bunkern! Willst du rausgeschmissen werden?? Genau das wird nämlich passieren! Ich hab eure Hausordnung gelesen.

Ich frustlese schon den ganzen Tag. Ich weiß jetzt viel zu genau, wie man ordentlich Tee aufbrüht – aus irgendeiner schrägen Werbebroschüre, die meine Mom einfach nicht wegwerfen will. Ich ziehe schon morgen ins Wohnheim! Ein Teil von mir will dort superfrüh aufschlagen und das ganze Zimmer desinfizieren. Der andere Teil will gar nicht erst hin.

Ich weiß, dass die Uni von Südkalifornien nur 20,9 km von meiner Haustür weg ist, aber das sind glatt 1,5 Stunden Fahrt.

Ist es zu spät für Heimunterricht? Oder gibt's das nicht für höhere Bildung?

JK. Ich komme schon klar. Oder nicht, und dann muss ich hinschmeißen und bei meinen Eltern wohnen, bis ich mein erstes Drehbuch über das Leben im Gästehaus meiner Eltern verkaufe.

Gott sei Dank, dass Autoren verrückt sein MÜSSEN!

AVA

PS: Spül die Drogen ins Klo. Im Ernst.

VON: GenX1999@gmail.com

AN: Ava.Helmer@gmail.com

BETREFF: Re: Dein Ersatz

Du bist nicht verrückt. Und ich spüle die Drogen nicht im Klo runter. Sie gehören nicht mir. MEINE habe ich längst geschnieft, gegessen und geraucht. 😂😂😂

VON: Ava.Helmer@gmail.com

AN: GenX1999@gmail.com

BETREFF: Re: Dein Ersatz

Unglaublich, meine Eltern hatten also immer recht.

A

PS: Wie schmecken Drogen? Ich frag für eine Freundin.

VON: GenX1999@gmail.com

AN: Ava.Helmer@gmail.com

BETREFF: Re: Dein Ersatz

Bitte verweise auf dieses Prince-Video von Purple Rain: https://www.youtube.com/watch?v=F8BMm6Jn6oU

NACHRICHT

19:14 PST

A: Ich glaube, meine Mom weint.

G: Und das spürst du einfach so? Wie ein Bat-Signal?

A: Meine Mom weint nicht wie normale Leute. Sie zieht ihr Gesicht so lange zusammen, bis Flüssigkeit rausspritzt.

G: Deine Schule ist nur 20 km weg.

A: 20,9

A: Nie hörst du mir zu.

NACHRICHT

2:03 EST

A: Was hast du da eben für ein Bild geschickt? Hat dich ein verschwommenes Monster gekidnappt?

G: Mädchen, das aussieht wie du.

A: Warum bist du überhaupt noch wach? Es ist 2 am Morgen!

G: Auf ner Party. Muss deinen Zwilling knut-

schen, nur um sicherzugehen, dass du's nicht bist.
A: Ich bin's nicht! Mission abbrechen!

2:11 EST
A: Gen?
A: Das war der schnellste Meth-Absturz aller Zeiten.

3:35 EST
G: Meth schmeckt klasse! Ich geh ins Bett!
Xoxox

VON: Ava.Helmer@gmail.com
AN: GenX1999@gmail.com
BETREFF: Angekommen

Weißt du noch, der erste Tag an der Highschool (1.0), als ich die komische Strick-Kombi anhatte und du Cola light auf dein weißes T-Shirt gekippt hast – und ich dir meine Strickjacke geben wollte, aber du abgelehnt hast, weil nur Langweiler-Tussis Strickjacken tragen?

Ich wünschte, dieser Tag wäre heute, statt dem hier.

Meine Mitbewohnerin, Jessica, ist nicht besonders nett. Und nicht auf die »harte Schale, weicher Kern«-Art, sondern echt nicht nett. Sie hat mich gebeten, die linke Zimmerhälfte zu nehmen. Und dann, eine Stunde später, wollte *sie* die linke Seite. Was keine große Sache wäre, NUR dass ich die linke Seite da schon geputzt hatte und dabei war, alles in meine Plastikkörbe zu sortieren. (Ich wünschte, du würdest dir Plastikkörbe zulegen, die verändern dein ganzes Leben.)

Jessica hat Marketing als Hauptfach.

Ich finde, mehr muss man dazu nicht sagen.

Die Uni fühlt sich sogar noch größer an als damals, als ich zu Besuch hier war. Der ganze Campus ist voll mit Sicherheitspersonal, wodurch ich mich irgendwie alles andere als sicher fühle. Ich hab versucht, alle meine Seminarräume für Montag ausfindig zu machen, stattdessen bin ich dabei in vier verschiedenen Mensen gelandet.

Ja. Es gibt hier vier Mensen. Und alle geben dasselbe Essen aus.

Vielleicht sollte ich Meghan suchen. Ich weiß, sie ist intelligenzfrei und obendrein lame, aber wenigstens ist sie ein intelligenzfreier, lamer Mensch, den ich kenne.

Einen Vorteil hat das College: Jeder scheint andauernd Party zu machen, also dürfte es nicht schwer werden, rauszufinden, WO DIE PARTY STEIGT.

A

PS: Bist du tot?

NACHRICHT

23:16 EST
G: Vergiss Meghan. Wir haben 4 Jahre Meghan-aus-dem-Weg-gehen hinter uns. Such dir neue Leute.
G: Deine Haare sind toll!
A: ???
G: Wollte dich nur aufbauen! 🎅🦀

VON: GenX1999@gmail.com
AN: Ava.Helmer@gmail.com
BETREFF: Erwachsen werden

Ich bin dazu geboren, erwachsen zu sein. Diese Keine-Regeln-Sache durchzuziehen. Nicht, dass es bei mir zu Hause viele Regeln gegeben hätte, aber ich hatte das Gefühl, dass *deine* Mom immer ein Auge auf mich hatte. (Hey! Wie geht's, Ruth? Liest du immer noch Avas Mails?!)

Egal. Also Erwachsenen-Partys. Schätze, rein technisch müsste man College-Partys sagen, aber im konkreten Fall sind mehr als fünf +20-Jährige aufgetaucht, also dürfte es als Zwischending zählen.

Shannon hat mich zu den Baseballern mitgenommen. Ich war voll davon überzeugt, dass es eine Katastrophe wird, aber die sind gar kein richtiges Baseballteam – nur eine Handvoll Jungs, die sich Bälle zuwerfen und jeden Sonntagabend zusammen kochen. Wir sind bis 3 Uhr morgens geblieben und haben uns über *Stop Making Sense* und

Spike Lees MJ-Doku (die praktisch für die Tonne ist) unterhalten.

Shannon nervt tierisch – außer als Zugang zu Spaß ist sie zu nichts zu gebrauchen. Dafür habe ich diese krasse Literaturbitch, Molly, kennengelernt, die quasi ich mit kurzen Haaren ist. Wir haben Gin Tonic getrunken und uns schlapp gelacht, als die Jungs fragten, ob wir uns ihre *Bälle* mal ansehen wollen. (Ob du's glaubst oder nicht, bei Shannon hat das tatsächlich gezogen.)

Halt dich fest: Molly ist bi, aber ich glaube fast, das ist hier jeder. Sie hatte ein inoffizielles Emerson-Shirt an, auf dem stand: »GAY BY MAY – oder Geld zurück«. Ich glaube, sie hat eine Freundin. Oder einen Freund. »Charlie« bedient beide Richtungen. Wie jeder an dieser Schule!

BOOM!
G

VON: Ava.Helmer@gmail.com

AN: GenX1999@gmail.com
BETREFF: Re: Erwachsen werden

Beeindruckendes Wortspiel. Gelungenes Set-up. Treffer-Pointe. Sicher, dass du wirklich Journalistin werden und nicht lieber mit mir in Drehbuchschreiben 101 »Buddy Comedys« schreiben willst?

Für eine so auserwählte Gruppe von Jungautoren sind die meisten Leute aus meinem Elite-BFA-Programm fucking Freaks. Wir hatten eine Einführungsveranstaltung und die Hälfte meines Kurses hat erklärt, dass *Die Verurteilten* ihr Lieblingsfilm ist. Das kann gar nicht sein, oder? Wahrscheinlich haben die meisten diesen miesen Film noch nicht mal gesehen.

Ich konnte mich nicht zwischen *Little Miss Sunshine* und *The Sapphires* entscheiden. Aber *The Sapphires* kannte niemand, also hat *Little Miss Sunshine* automatisch gewonnen. Ich hatte mir Sorgen gemacht, ich könnte während der Einführungsveranstaltungen zu viel reden – und natürlich mache ich mir jetzt Gedanken, dass ich nicht genug geredet habe. Die Leute könnten mich glatt für schüchtern halten, hätte ich nicht so krass harte Gesichtszüge, durch die ich sofort wie eine zickige Bitch wirke.

Bin ich zickig? Ist man automatisch eine Bitch, wenn man Vorurteile hat?

Freue mich auf deine Gedanken und Nachrichten.
A

PS: Du warst auf einer BASEBALL-Party?! Kennen wir uns?

VON: GenX1999@gmail.com

AN: Ava.Helmer@gmail.com

BETREFF: Re: Erwachsen werden

Du bist KEINE Bitch. Du hast Geschmack. Und hohe Wangenknochen.

Lass es dir von der krassesten Bitch weltweit beweisen: https://www.youtube.com/watch?v=qmj5uVbM-RA (NICKI MINAJ DEFENDS HER PERSONALITY & DENIES BEING A BITCH!)

VON: Ava.Helmer@gmail.com

AN: GenX1999@gmail.com

BETREFF: Re: Ewachsen werden

Oh, Nicki Minaj. Zeigt der Welt mal wieder, was es heißt, der Boss zu sein!

NACHRICHT

9:42 PST

A: Bin in meinem ersten offiziellen Collegekurs.

A: Keiner da außer mir.

A: Glaubst du, ich bin im falschen Raum?

G: Wie viel zu früh?

A: Nur 15 min!

A: 18 min!

G: Du BIST richtig. Nur eine Streberin.

A: Hat außer mir keiner Panik, zu spät zu kommen und damit sein ganzes Leben zu ruinieren, so dass er überkompensiert und überpünktlich ist?

G: Irgendjemand ganz bestimmt. Und den wirst du heiraten.

A: Ist geritzt! 

A: Jetzt ist noch jemand gekommen! Ich bin richtig!

G: Sicher, dass es nicht Nick Fury ist, der dich für die Avengers rekrutieren will?

A: Kann ich dir nicht sagen!

VON: Ava.Helmer@gmail.com

AN: GenX1999@gmail.com

BETREFF: Akademia

Tag eins geschafft! Bisher habe ich gelernt ... nichts! Die erste Kurseinheit »Drehbuchschreiben« war im Wesentlichen eine Weiterführung dieser peinlichen Einführungsveranstaltung. Und »Symbole und Begriffssysteme 101« war sogar noch verwirrender als der Kursname selbst. Allmählich schwant mir, dass dieses ganze Elite-Programm nur Fake ist, um die Loserkids von den Sportlern zu trennen und Klagen wegen Körperverletzung zu vermeiden. (Ja, ich bezeichne mich selbst als Loser. Was okay ist, denn in fünf oder sechs Jahren werden Loser cool sein. Zumindest in L. A.)

Ich kann nicht fassen, dass ich an einem ganzen Tag nur zwei Seminare habe! Was soll ich denn bitte mit der restlichen Zeit anfangen? Ich bin sechs Kurse, eine Stunde Lernen und einen Abend voller Zusatz- und Hausaufgaben gewohnt. Mit so viel Freizeit komm ich nicht klar. Ich brauche Struktur. Ich hätte mich für 20 Extracredits anmelden sollen. Streich das – ich hätte den Abschluss verhauen und noch eine Runde auf der Highschool drehen sollen.

Wie war dein erster Tag? Hast du neue Skandale in der katholischen Kirche aufgedeckt? *Spotlight* schreit nach einer Fortsetzung.

Mir ist so langweilig. Meine erste Collegewoche hat gerade erst angefangen und mir ist jetzt schon langweilig. Vielleicht fahre ich dieses Wochenende nach Hause? Mein Dad braucht bestimmt einen Tennispartner.

Deine langweilige Freundin,
A

PS: Ich glaube, College könnte reines Schneeballsystem sein. Denk mal drüber nach.

VON: GenX1999@gmail.com

AN: Ava.Helmer@gmail.com
BETREFF: Re: Akademia

Schön, dass du so viel Spaß hast! Vergiss nicht, zwischen den ganzen Tequilas hin und wieder mal ein Buch zur Hand zu nehmen.

Du bist nicht langweilig. Du bist zurückhaltend und speziell und ein bisschen unausgeglichen, aber du bist nicht langweilig. Langweiler gehören nicht zu meinen allerbesten Freunden. Das würde meinen Tumblr-Ruf ruinieren, den ich so sorgfältig aufgebaut habe.

Weißt du, WER langweilig ist? Shannon. Sie ist absolut besessen von diesem Baseball-Typen und will, dass wir heute Abend wieder zu denen gehen. Mehr schein-heterosexuelle Über-Männlichkeit vertrage ich nicht.

Meine Kurse waren okay. Glaube ich. Einen Teil von Geo (Naturkatastrophen) habe ich verpennt. Ich weiß aber schon, dass die Menschheit überlebt. Leider.

Lass dir nicht einfallen, am Wochenende heimzufahren! Das wäre das Handtuch werfen, noch bevor dir der Hulk überhaupt das Herz gebrochen hat, Black Widow. (WÄH. Den Handlungsstrang fand ich echt das Letzte.)

Hör zu: Ich weiß, dass mir niemand je das Wasser reichen kann, aber versuch wenigstens, neue Freunde zu finden. Und wenn es nur ist, um ihnen das Blut auszusaugen.

Und so ganz nebenbei: Ich will dir ja nicht deine Illusionen rauben, aber dein Dad hat jede Menge Tennispartner. Ich weiß bestens Bescheid, seit er mich das eine Mal zur Fahrschule gebracht hat. Stan ist der beste Spieler, aber Mark hat die beste Technik.

Hugs, Kisses and Feminism
G

VON: Ava.Helmer@gmail.com

AN: GenX1999@gmail.com

BETREFF: Re: Akademia

Marks Aufschlag ist ja wohl scheiße.

NACHRICHT

12:07 PST

A: Kann ich mich in der Mensa zu völlig Fremden setzen, ohne wie ein Idiot dazustehen?

G: Woche drei? Nein. Woche eins? Definitiv.

A: Heiße Blondinen oder nerdige Ingenieure?

G: Ingenieure. Denk an deine Zukunft.

A: Wünsch mir Glück.

G: Ich schick dir lieber Macht.

A: Glück wäre mir lieber.

G: 🍀🍀🍀🍀

13:13 PST

A: Ich hab vielleicht neue Freunde gefunden!

G: Bitte sie, dir eine Brücke zu bauen. Dann weißt du's mit Sicherheit.

A: Hab mich zu den Blondinen gesetzt.

G: Weichei.

VON: GenX1999@gmail.com

AN: Ava.Helmer@gmail.com

BETREFF: Das ist keine Übung!

Ich hab Kokain genommen.

Bevor du ausflippst (!), lies bitte den Rest der Mail und denk dran, dass es mir gutgehen MUSS, weil ich immerhin in der Lage bin, diese Nachricht zu verfassen.

Alles begann ... bei den Baseballern. Ja, ich bin noch mal hin. Hauptsächlich als Übung in Langeweile und um Shannon aus unserem Zimmer zu kriegen. Ich dachte mir, ich liefere sie da bei Mike ab, dem Außenspieler-Muskelprotz, und gehe dann heim, um *THE 100* zu schauen. Aber ganz wie mein Horoskop vorausgesagt hat, stand Saturn günstig und zeigte sich großzügig.

Sobald ich die Szenerie betreten hatte – und vor dem Kiffer- und Körpergeruch zurückschreckte –, sah ich Molly. (Falls du's verpasst hast: Molly ist die heiße Bi-Braut von der ersten Baseball-Party.) Sie war schon betrunken und hat sich über die engen Hosen der Jungs lustig gemacht. Ich zitiere: »Anscheinend ist Sport der einzige sozial akzeptierte Weg für Männer, homosexuelle Neigungen ohne Konsequenzen auszuleben.« Die meisten Kerle haben darüber gelacht (zwei haben sogar geknutscht), nur Shannons Depp, Mark, hat sie blöd angemacht.

Molly wollte sowieso auf eine andere Party, also sind wir zusammen abgezogen.

Ich dachte, ich hätte schon Partys gefeiert. Geburtstagspartys. Bar Mitzwas. Das komische Abendessen, als deine Mom die Wahl zum Vorstand vom Elternbeirat gewonnen hat.

Ich lag falsch. DAS war eine Party.

Wir sind mit der Bahn ins South End gefahren (so eine Art West Hollywood) und dann ein paar Blocks weiter zur Wohnung von diesem Masterstudenten. Masterstudenten sind die besten, weil sie unterentwickelt genug sind, um noch als Student zu gelten, aber auch alt genug, um Drogen zu kaufen, ohne sich dabei verhaften zu lassen.

Molly kannte dort einfach jeden und hat damit meinen Verdacht bestätigt, dass sie der coolste Mensch an der Emerson ist. Was nicht einfach ist, weil der Co-Produzent von *Friends* hier als Professor arbeitet. (Autogramm für dich ist in Arbeit!)

Ich glaube, ich habe endlich meine Leute gefunden. Du bist mein Lieblingsmensch, aber das sind MEINE LEUTE. Ich glaube, jeder da hatte schon mal mit jedem Sex gehabt. Nicht gleichzeitig – andererseits, VIELLEICHT gleichzeitig??

Die Typen benehmen sich wie Mädchen und die Mädchen tun so, als würden sie Jungs hassen. Es war genial.

Egal. Zurück zu den Drogen. Da ich sicher bin, dass du sofort die Suchfunktion hast durchlaufen lassen, als du das hier aufgemacht hast.

Molly war von Anfang an irgendwie komisch drauf. Ich glaube, diese/r Charlie hat sie abgeschossen, deswegen wollte sie hirnlosen Spaß haben, unabhängig von ihrer seelischen Verfassung.

Nach einem doppelten Wodka wollte Molly mehr. Aber keinen Schnaps. Gott sei Dank. Wodka ist die Pest. Du würdest ihn hassen. Er schmeckt, wie Nagellackentferner riecht.

Jeeeeedenfalls ... Ich hab mich mit diesem Typen über selbstfahrende Autos unterhalten (FYI: die gibt es wirklich), als plötzlich Molly mit diesem Grinsen im Gesicht auftaucht. Sie will ins Bad. Zusammen. Titelsong von *Vielleicht lieber morgen*.

Angeblich hat Kokain diese magische Wirkung, sämtliche Gefühle zu überlagern. Wahrscheinlich sind die Leute deshalb so verrückt danach 😜

Geduldig warten wir also in dieser ultra langen Schlange, um eine Nase voll Koks zu nehmen, wie höfliche Leute das so machen. Als wir endlich rein können, wollen wir allerdings alles andere als tief einatmen. (Klassischer Gen-Fäkal-Witz! Für die werd ich nie zu alt.) Aber wir sind entschlossen, es durchzuziehen. Ehrlich gesagt kann ich nicht sagen, ob ich wirklich entschlossen war oder mich einfach nur mitreißen lassen habe. Molly hätte mir auch mit zwei Lutschern kommen können und ich wäre genauso dabei gewesen.

Es waren aber keine Lollys. Es war Kokain, und Molly hat es super elegant auf der Ablage über dem Waschbecken ausgebreitet, bevor sie es mit ihrem Studentenausweis perfekt in Lines gezogen hat. Es war total hübsch. Dann hat sie mich um eine Dollarnote gebeten, weil wir besoffen waren, aber nicht besoffen genug für Fünfzig-Dollar-Noten-Kokain. Noch nicht.

Sie hat den Anfang gemacht und dann habe ich mich der verdorbenen Magie hingegeben. Vermutlich bin ich jetzt kokainabhängig und werde ab sofort all meine Ersparnisse auf den Kopf hauen, um noch mehr davon zu erwerben, und wenn ich dafür meinen Körper verkaufen muss.

NUR SPASS. Es war mies.

Nicht wirklich mies, aber auch nicht groß irgendwas. Meine Zähne sind taub geworden, und ich konnte bis fünf nicht einschlafen. Ich hab ein bisschen schneller geredet, aber irgendwelche Erkenntnisse sind ausgeblieben.

Unterm Strich würde ich Kokain zwei Sterne geben.

Gen

PS: Ich habe recherchiert, und das Kokain-Importgeschäft ist das Letzte. Ich bin nun eine Kokain-Gegnerin, die immerhin aus eigener Erfahrung mitreden kann.

NACHRICHT

7:32 PST
A: Ruf mich an.
A: Gen!!!

VON: Ava.Helmer@gmail.com
AN: GenX1999@gmail.com
BETREFF: Re: Das ist keine Übung

Ich fasse es nicht, dass du bei keinem meiner vier Anrufe rangegangen bist. Entweder du hast gerade Unterricht oder du schämst dich zu sehr für dein halbstarkes Benehmen.

Außerdem: Bist du verrückt? Emerson liest hundertprozentig deine Mails und jetzt haben sie den Beweis dafür, dass du Cherry Coke geschnupft hast. (Das ist ein Codewort.)

Warum machst du so was? Ist das ein Hilferuf?

Mir war ja klar, dass deine zerrüttete Familie einen einschneidenden Einfluss auf dein Leben haben würde, aber ich dachte, das würde erst viel später auffallen, wenn du dir längst bei irgendeiner Zeitung einen Namen gemacht und ein kleines Polster angespart hast. (Vergiss nicht, zu investieren. Sonst liegt dein Geld nur untätig rum.)

Um fair zu bleiben, die ersten dreimal hab ich angerufen, bevor ich den Rest der Mail gelesen hatte und noch dachte, dass du zum Junkie aufblühst. Jetzt bin ich ein bisschen ruhiger, aber GLAUB BLOSS NICHT, DASS DU DIESEN SCHEISS NOCH MAL ABZIEHEN KANNST! Cherry Coke ist gefährlich!

Dein Geist ist ein kostbares Gefäß, in dem die allerwertvollsten Gedanken und Gefühle aufbewahrt sind. Du musst ihn um jeden Preis schützen!

Mit deinem Körper kannst du machen, was du willst.

A

VON: GenX1999@gmail.com

AN: Ava.Helmer@gmail.com
BETREFF: Re: Das ist keine Übung

Hahahahahhahahahahhahaha!

Keiner liest meine Mails mit. Außerdem haben wir schon die ganze Zeit Witze über Drogen gerissen. #meth

VON: Ava.Helmer@gmail.com

AN: GenX1999@gmail.com
BETREFF: Re: Dies ist keine Übung

Es ist fast, als hättest du mich nicht viermal gezwungen, die Edward-Snowden-Doku anzuschauen.

VON: GenX1999@gmail.com

AN: Ava.Helmer@gmail.com

BETREFF: Re: Dies ist keine Übung

#celebritycrush

NACHRICHT

14:34 PST

A: Hab meinen Dad fast geschlagen. 4–6!

G: Du warst zu Hause????

A: Meine Eltern haben mich gebraucht. Ich bin der Leim, der sie zusammenhält.

A: Außerdem werden meine Klamotten in der Wohnheim-Waschmaschine nur dreckiger.

G: Dann schick deine Klamotten mit der Post heim! Und schieb ne heiße Nummer auf ner Waschmaschine!

A: Mit wem? Mir selbst?

G: Love Yourself! 😉🎶

A: Ich fahr lieber nach Hause.

G: Da kommt man mit Sicherheit nicht zum Masturbieren.

NACHRICHT

22:17 EST

G: Ekel-Alarm!

A: Ich hab nur deine Fotos gelikt! Soll ich deine Fotos nicht mehr liken?!

G: Nein! Das mein ich nicht!
G: Bitte like alle meine Fotos.
G: Ich bin Grapsch-Igor über den Weg gelaufen.
A: Neiiiiiiiiiiin!
A: Hat er dich begrapscht?
G: Hat keine Minute gedauert.
G: Er studiert an der Uni in Boston.
G: Er hat eine Freundin!
A: WAS?!
A: Du musst sie retten! Sicher hat er ihr eine Gehirnwäsche verpasst!
G: Ich hab versucht, ihr Zeichen zu geben (blinzle einmal für Hilfe, zweimal für Pfefferspray), aber sie schien ihn echt zu mögen??????
A: Grapsch-Igor hat eine Freundin, und ich hocke zu Hause bei meinen Eltern.
G: Das hast du dir SELBST so ausgesucht.
G: Geh aus und grapsch dir jemanden.
A: Vielleicht.

VON: Ava.Helmer@gmail.com
AN: GenX1999@gmail.com
BETREFF: Verrückte Idee

Ich glaube, ich verliere den Verstand (schon wieder, ich weiß), aber was würdest du dazu sagen, wenn ich versucht hätte, einer Verbindung beizutreten?

Eigentlich … Ich weiß, was du sagen wirst. Also habe ich Gegenargumente gesammelt. Mit dem Doppelzweck, mich gleichzeitig selbst zu überzeugen, dass es nicht meine schlechteste Idee ist, seit ich bei dem Töpferkurs für Senioren mitgemacht habe.

1) Verbindungen sind abartig.
a. Stimmt. Die Grundprinzipien einer Studentinnenverbindung sind an sich abartig: Für Freunde zahlen. Die Geschlechtergrenzen verschärfen. Hohe Absätze tragen. ABER geht es beim Feminismus nicht darum, unser Leben wieder ganz für uns selbst in Anspruch zu nehmen und uns gegenseitig zu unterstützen? Ist eine Schwesternschaft nicht der ureigentlichste Zufluchtsort?

2) Die Mitglieder.
a. Wieder: Stimmt. Die meisten Mädels aus Verbindungen sind Klischees in Reinkultur, oder schlimmer noch: tun absichtlich so, als wären sie Klischees. Aber diese Uni hat eine so ausgeprägte griechische Kultur, dass sich praktisch jeder hier irgendeiner Verbindung anschließt. Und es kann ja nicht jeder ein kompletter Loser sein. Richtig??? Statistisch ist das unmöglich.
b. Elizabeth Banks, Lucy Liu und Julia Louis-Dreyfus waren alle in Verbindungen! (Danke, BuzzFeed.)

3) Die obligatorischen Partys.
a. Richtig. Die Partys. Das ist für mich am schwersten zu verstehen. Aber ich muss mein Sozialleben wohl als Voraussetzung und weniger als Option betrachten. Zu einer Verbindung zu gehören wird mir Struktur geben, so dass ich weiß, welche Partys ich besuchen muss, wann ich gehen muss und mit wem. Sollte es dort auch Eis geben, scheint es mir fast erträglich!

4) Es ist eine Verbindung!
a. Stimmt. Siehe oben.

Zu anderen Neuigkeiten: Jessica hatte letzten Donnerstag Sex in unserem Zimmer, während ich ebenfalls im Zimmer war. Das ist der wahre Grund, warum ich nach Hause bin. Ich war bisher nur zu gedemütigt, um es dir zu sagen oder zu tippen.

ICH HABE SEX GEHÖRT! ES KLINGT KOMISCH!

ICH MUSS DUSCHEN.

Ava

VON: GenX1999@gmail.com
AN: Ava.Helmer@gmail.com
BETREFF: Re: Verrückte Idee

Hast du zugesehen? Ich wette, du hast zugesehen.

Gratulation zu deinem ersten Dreier.

VON: Ava.Helmer@gmail.com
AN: GenX1999@gmail.com
BETREFF: Re: Verrückte Idee

Mehr hast du zu meiner Mail nicht zu sagen????

VON: Ava.Helmer@gmail.com

AN: GenX1999@gmail.com

BETREFF: Re: Verrückte Idee

WENN ICH ETWAS GESEHEN HABE, DANN GEGEN MEINEN WILLEN. JEDE EINZELNE KLEINIGKEIT.

VON: GenX1999@gmail.com

AN: Ava.Helmer@gmail.com

BETREFF: Re: Verrückte Idee

Du verkraftest das. Ich hab mal gesehen, wie meine Mom meinem Dad einen geblasen hat, und sogar das hab ich überlebt. (Die Kokainsucht hilft.)
Ich habe meine Antwort auf diese »hypothetische Mitgliedschaft in einer Schwesternverbindung« gut durchdacht.

Ich finde, du solltest es machen. Stellst du fest, dass du es hasst, steigst du wieder aus. Stellst du fest, dass du es da super findest, müssen wir unsere Freundschaft beenden. Aber das wirst du dann nicht mal bemerken, weil du so mit der Verbindung beschäftigt bist.

Kappa Alpha Kotz!

Ich bin stolz auf dich.
G

PS: Lass ja nicht zu, dass sie deine Problemzonen mit Edding markieren!

VON: Ava.Helmer@gmail.com

AN: GenX1999@gmail.com

BETREFF: Re: Verrückte Idee

Echt? Das war's schon? Ich muss dich nicht mit einer ganzen Serie von Mails, Bildern und Links zu *House Bunny* überzeugen?

Allmählich beschleicht mich das Gefühl, dass ich dir nicht mehr wichtig bin.

VON: GenX1999@gmail.com

AN: Ava.Helmer@gmail.com

BETREFF: Re: Verrückte Idee

Oh, eine Mail von einer Fremden. Wer bist du denn?

VON: GenX1999@gmail.com

AN: Ava.Helmer@gmail.com

BETREFF: Re: Verrückte Idee

JK!!!!!!!!!!!!!!!!!(× 1000)

Und ob du mir wichtig bist! Deshalb will ich auch, dass du raus in die Welt gehst und Mist baust (z. B. einer Verbindung beitrittst).

Schick mir heiße Fotos von deiner ersten Party.

VON: Ava.Helmer@gmail.com

AN: GenX1999@gmail.com

BETREFF: Re: Verrückte Idee

Was moralische Unterstützung angeht, bist du eine Niete.

NACHRICHT

18:12 EST

G: Schick mir mal die Arbeit, die du letztes Jahr über Geschlechterpolitik in der Russischen Sozialistischen Föderativen Sowjetrepublik geschrieben hast.

A: Warum?

G: Ich will sie einreichen.

A: Vergiss es.

VON: Ava.Helmer@gmail.com

AN: GenX1999@gmail.com

BETREFF: SOS

Hatte gerade meine erste Therapiesitzung. Die Uni hat mir eine Therapeutin zur Ausbildung zugeteilt! Ich war schon länger in Therapie als die therapiert.

Himmel!

VON: GenX1999@gmail.com

AN: Ava.Helmer@gmail.com

BETREFF: Re: SOS

Hast du ihr deine Kurzversion von »Folgendes stimmt nicht mit mir und so müssen wir damit umgehen« gegeben?

VON: Ava.Helmer@gmail.com

AN: GenX1999@gmail.com

BETREFF: Re: SOS

Natürlich. Und sie hat nur genickt. Ganz offenbar muss ich mich selbst therapieren.

SIMSALABIM! Fort ist die Angst vor Schmutz und das Getriebensein von Zwängen!

Streng genommen bin ich ein X-Man.

VON: GenX1999@gmail.com

AN: Ava.Helmer@gmail.com

BETREFF: Re: SOS

Das heißt X-MEN.

Meinen Glückwunsch zu deiner Spontan-Genesung!

NACHRICHT

16:37 EST

G: Woher weiß ich, ob mich jemand anbaggert?

A: HA! Du schreibst hier mit Ava.

G: Ich weiß. Aber ich brauche Hilfe. Diese Lehrassistentin hat mich in ihre Sprechstunde beordert.

A: Du studierst. So was ist ganz normal. Schick mir Rauchzeichen, falls sie dich in ihr Schlafzimmer beordert.

G: Verstanden.

A: Bist du schon irgendwo durchgefallen?

G: Wird sich zeigen.

VON: GenX1999@gmail.com

AN: Ava.Helmer@gmail.com

BETREFF: Reifere Frauen

Gibt es so was wie eine Zeitmaschine für private Zwecke? Ich weiß, gäbe es so was, sollte ich Hitler töten oder so, aber irgendwie will ich einfach nur in meine End-Zwanziger vorausdüsen. Vielleicht sogar in die Dreißiger, solange ich noch keine Falten habe.

Charlotte (meine LA) ist eine Göttin. Ihr genaues Alter kann ich unmöglich schätzen, aber es liegt irgendwo nach Sich-um-die-Meinung-anderer-scheren und einige Jahre vor Keine-Ahnung-von-angesagter-Musik-haben. Nachts arbeitet sie in der Nachrichtenredaktion vom Boston Globe und hat Zugang zum Polizeifunk. Damit ist sie praktisch eine Real-Life-Superheldin.

Wie sich rausgestellt hat, falle ich nirgends durch. Sogar im Gegenteil. Ich falle auf. Was nicht easy ist, weil die meisten meiner Kommilitonen Haare in Neonfarben haben.

Charlotte hat mich in ihr Büro bestellt, um mir zu sagen, dass ich für den Beacon (unsere College-Zeitung) schreiben sollte. Während ihres Bachelorstudiums war sie da Chefredakteurin und, ich zitiere: »Die Kurse sind für die Eltern da. Der Beacon ist für angehende Journalisten.«

Das erste Treffen dieses Jahr findet heute Abend statt. Ich werde einen Blazer anziehen und kein einziges Mal lächeln. Charlotte meint, sie würde meine ersten Aufträge redigieren. Damit ich mich nicht zum letzten Deppen mache.
Endlich weiß jemand mein von Gott gegebenes Talent fürs geschriebene Wort zu schätzen!

OH-OH!
G

PS: Bitte verkneif dir den Hinweis auf meinen Streik hinsichtlich außerschulischer Zusatzarbeit. Das hier zählt viel mehr als ein Praktikum. Dabei kommen echte Artikel mit richtigen Verfasserzeilen raus, die deine Mom ausdrucken und an die Wand hängen kann.

VON: Ava.Helmer@gmail.com

AN: GenX1999@gmail.com

BETREFF: Re: Reifere Frauen

So wahr ich lebe und atme, Genevieve Goldman ist unter die Freelancer gegangen!
Glückwunsch dazu, ein Ziel zu haben und es zu verfolgen! (Vielleicht sollte ich das nicht zu laut sagen, am Ende bringt es Pech. Weiß ja nicht genau, wann das Treffen ist.)

Ich glaube, für den Beacon (gegründet 1881, hervorgegangen sind bemerkenswerte Absolventen wie Thomas Jefferson und Genevieve Goldman) zu schreiben, ist eine super Idee! Es ist so wichtig für dich, dich mit etwas anderem als Drogen zu beschäftigen.

Charlotte klingt, als wäre sie im genau richtigen Maß arrogant, um eine gute Mentorin abzugeben. Überreiz deinen Aufenthalt in ihren Sprechstunden nur nicht. Wahrscheinlich hat sie eine Menge Reifere-Frauen-Kram zu tun, wie etwa ihre Ellbogen einzucremen.

VON: GenX1999@gmail.com

AN: Ava.Helmer@gmail.com

BETREFF: Re: Reifere Frauen

Gibt es echt Leute, die ihre Ellbogen eincremen?

VON: Ava.Helmer@gmail.com

AN: GenX1999@gmail.com

BETREFF: Re: Reifere Frauen

Beim Kampf gegen das Alter steht Feuchtigkeitscreme ganz oben!

NACHRICHT

19:42 EST

G: Hier gibt es nur drei weibliche Angestellte.

G: Eine ist die Lifestyle-Redakteurin und die 2 anderen sind Korrektorinnen.

A: Zettelst du einen Streik an?

G: Noch nicht. Muss das Ganze erst infiltrieren. Und einen Hut kaufen.

A: Warum einen Hut?

G: PRESSEMENSCHEN!

A: Muss jetzt los.

G: Carpe diem!

A: Kein Anschluss unter dieser Nummer.

NACHRICHT

17:29 PST

A: Hast du das Foto bekommen?

G: Welches? Du hast 12 geschickt.

A: Ich habe eine Panikattacke.

A: Steht mir gelb? Oder sehe ich darin aus wie ein Geist?

G: Stell dir mal vor, du wärst echt ein Geist! Das wäre mega cool.
A: Gen! Meine erste Verbindungsveranstaltung ist in einer Stunde! Das ist jetzt nicht der richtige Zeitpunkt!
G: Das rote Kleid: Foto mit der Glücksnummer 7.
A: DANKE. 
A: 👻
G: Ich wusste es.

VON: Ava.Helmer@gmail.com

AN: GenX1999@gmail.com
BETREFF: Willkommen bei ALPHA PHI!

Stell dir fünfzig Blondinen vor, die dir diese Worte entgegensingen, während man dich in eine Mini-Villa führt, umgeben von zwanzig anderen überwältigten Erstsemestern und einer Studentin im zweiten Semester, die im ersten keine Verbindung haben wollte.

DENN SO SAH MEIN ABEND AUS!

Allein der Gedanke, dass ich vorher schon eine Sozialphobie hatte …!

Die beste Art, wie ich den Bewerbungsakt beschreiben kann, ist eine Mischung aus Speed-Dating und Jobinterview. (Nicht, dass ich schon mal eins von beiden gemacht hätte.)

Die Mädchen reden mit der ganzen Gruppe, bevor man in Paare aufgeteilt wird und man so tun muss, als hätte man seit frühster Kindheit von nichts anderem als Kappa Kappa Gamma geträumt, obwohl man den Namen Kappa Kappa Gamma vor zwei Stunden das erste Mal gehört hat.

Das gesamte Konzept ist elitär und hierarchisch und ICH MUSS UNBEDINGT DA REIN!
Ich weiß. Es ist lächerlich. Aber so sind Menschen nun mal. Sobald einem weisgemacht wird, dass irgendwas schwer zu haben ist, will man es umso mehr. Wie damals, als du mit Joel Simpson ausgehen wolltest, obwohl er SUPER schwul war.

Einen Vollidioten habe ich nicht aus mir gemacht, glaube ich, wobei man das nicht wirklich wissen kann, weil da einfach alle ununterbrochen gelächelt haben. Richtig gelesen: ununterbrochen! Ich glaube, die trainieren in der Woche vor der Bewerbungswoche irgendwie ihre Wangenmuskeln. Jupp. So was gibt es. Ich vermute, dass dabei Diäten und Händchenhalten eine große Rolle spielen.

Aber egal. Jedenfalls war ich heute bei fünf der zehn Verbindungen. Morgen kommt die zweite Hälfte dran. Dann lege ich meine Top Five fest und die Verbindungen geben ihre Favoriten bekannt – und vielleicht gibt es eine Überschneidung. Wenn nicht, bleibt mir nichts anderes übrig, als in in eine der miesen Verbindungen einzutreten, was zu einem Leben voller Schande und Reue führen wird. Ich weiß, es ist 2017, aber wenn ich kein Call-back von Delta Gamma bekomme, werde ich ihnen Antisemitismus unterstellen!

Mir schwirrt der Kopf. Es ist genau wie mit den Bewerbungen fürs College, nur auf einen einzigen Tag konzentriert und ohne den Luxus, sich hinter einem Computerbildschirm verstecken zu können.

Was, wenn keiner mich aussucht? Ich habe kein Problem damit, am Ende nicht in die beste Verbindung zu kommen oder mich mit meiner dritten Wahl zufriedenzugeben, aber was, wenn ich es nicht mal in die zweite Runde schaffe??? Ich habe meine Verbindungs-Tutorin gefragt, ob so was vorkommt, und sie meinte, bisher ist das noch nie passiert.

Bisher!

Ava

VON: GenX1999@gmail.com

AN: Ava.Helmer@gmail.com

BETREFF: Re: Willkommen bei ALPHA PHI!

Weißt du noch, als du dachtest, die USC würde dich nicht annehmen?

Weißt du noch, als du dachtest, du würdest nicht in den Filmstudiengang kommen?

Weißt du noch, als du dachtest, die f***ing Studentinnenverbindungen an der USC würden dich nicht aufnehmen?

Sagst du Bescheid, falls du dein Kurzzeitgedächtnis verloren hast?

Jede dieser unechten Frauenvereinigungen könnte sich glücklich schätzen, dich zu haben. Und wenn sie das nicht SOFORT checken, werden sie es spätestens dann bereuen, wenn du den Oscar bekommst für das beste Originaldrehbuch über eine Studentinnenverbindung, die insgeheim eine Terrorzelle ist. (Geniale Idee btw! Darfst du gerne verwenden.)

Tief durchatmen. Schrubb deine ganzen Sorgen in einer heißen Dusche runter und denk daran, dass jeder Schreckensmoment im Nachhinein eine klasse Geschichte abgibt.

AUSSERDEM: Du hast den Vorteil, aus deinem Leben eine Fiktion machen zu können. Ich berichte nur über Fakten.

NACHRICHT

23:39 EST
G: Wie läuft's?
A: Mein Mund tut weh.
G: Vom Lachen? Oder vom S***-Lutschen?
A: Wozu sollte ich »S***-Lutschen«, um in eine Verbindung voller Frauen zu kommen?

G: Geschlechter sind nicht auf Geschlechtsorgane beschränkt.
G: Hast du denn gar nichts von mir gelernt?
A: Ich bewerbe mich seit zwei Tagen um die Aufnahme in eine Verbindung und bin schon dümmer geworden.

VON: GenX1999@gmail.com
AN: Ava.Helmer@gmail.com
BETREFF: Fuck!

Also, es tut mir ja leid, dir damit zu kommen, während du ganz offenbar eine tumultreiche Zeit durchmachst, in der du von Frauen umringt bist, die dich aufgrund oberflächlicher Kriterien bezüglich deines Aussehens und deiner Persönlichkeit beurteilen, aber ich stecke offiziell in einer Krise.

Ich habe meinen ersten Auftrag aus der Nachrichtenredaktion und … Schön ist was anderes. Es gibt einen neuen Dekan für Kommunikationswissenschaft. Mein Redakteur, Kent, hat mich beauftragt, bei ihm durchzuklingeln, ein Interview zu führen und ihn in den Himmel zu loben. Ok, er hat nicht wirklich gesagt »in den Himmel loben«, aber das ist praktisch dasselbe wie ein »Porträt« schreiben. Doch dann klappe ich zur Vorbereitung meinen dämlichen Laptop auf, weil du mich in einen Streber verwandelt hast, und ich google den Typen. Das war's. Eine schnelle Suchanfrage. Nur um zu sehen, ob er vielleicht Ukulele spielt. Oder irgendein anderes unschuldiges Hobby hat, das ich im Porträt aufgreifen kann.

Und was kommt dabei raus?

EIN VERFAHREN WEGEN SEXUELLER BELÄSTIGUNG.

Ganz recht! Der Kerl wurde aus seinem letzten Job gefeuert, weil er eine Studentin begrapscht hat, und meine bescheuerte Hochschule hat ihn eingestellt.

Blättert unsere Personalabteilung denn nie bis zur dritten Seite von Google?

Jetzt muss ich also entscheiden, ob ich zum Whistleblower werde oder nicht. Soll ich diesen Perversling auf den Prozess ansprechen oder einfach nur fragen, ob er Ukulele spielt?

HILFE!

Hab ich erwähnt, dass das Interview in einer Stunde stattfindet?

VON: Ava.Helmer@gmail.com

AN: GenX1999@gmail.com

BETREFF: Re: Fuck!

Obwohl ich es liebe, dass du mich um Rat und Hilfe bittest, solltest du diese Fragen vielleicht lieber deinem Redakteur stellen?

Und. Igitt. Da fällt mir nur ein: ätzend!

VON: GenX1999@gmail.com
AN: Ava.Helmer@gmail.com
BETREFF: Re: Fuck!

DU BIST EIN GENIE

PS: Ganz vielleicht habe ich mich übergeben.

VON: GenX1999@gmail.com
AN: Ava.Helmer@gmail.com
BETREFF: Re: Fuck!

UPDATE! Das ist meine Watergate-Affäre.

Mein Redakteur, Kent, hat gejubelt, als ich ihm den Artikel gezeigt habe. Anscheinend ist auf diesem Campus nichts Interessantes mehr passiert, seit die Theaterleute *Miss Saigon* ausschließlich mit Weißen aufgeführt haben.

Sie wollen, dass ich das Interview wie einen ganz normalen Beweihräucherungsbeitrag durchziehe (diesmal hat Kent, mein Redakteur, wortwörtlich »Beweihräucherung« gesagt) und dann BAM!, soll ich dem Dekan die Prozess-Frage stellen.

Ich flippe aus, aber vermutlich auf eine gute Art.
Werde dich auf dem Laufenden halten. (Wie krass, was ich da gemacht habe!)

Genevieve Goodman
Enthüllungsjournalistin

VON: Ava.Helmer@gmail.com

AN: GenX1999@gmail.com

BETREFF: Re: Fuck!

Vergiss mich nicht, wenn du erst TED-Talks hältst.

VON: GenX1999@gmail.com

AN: Ava.Helmer@gmail.com

BETREFF: Re: Fuck!

Holy Shit! Er ist ausgerastet. Er hat alles abgestritten und das Mädchen ein Luder genannt. EIN LUDER. Ist das zu fassen? Ich bin praktisch Helen Thomas und wir schreiben das Jahr 1955.

Kent, mein Redakteur, will, dass der Artikel ein Verriss wird, der unsere Verwaltung dafür fertigmacht, dass sie einen anerkannten Verbrecher auf unsere Studentinnen loslässt. Als Aufmacher. 500 Wörter. Vielleicht mehr auf der Website.

Ich werde Charlotte um Hilfe bitten. Deadline ist in zwei Tagen.

Bete für mich.

VON: Ava.Helmer@gmail.com

AN: GenX1999@gmail.com
BETREFF: Re: Fuck!

Habe zu jeder »bekannten« Gottheit gebetet. Aber was du brauchst, sind keine organisierten Religionen. Du brauchst nur dich selbst!

Ich heule gerade ein bisschen. Entweder bin ich mega stolz auf dich oder echt hungrig.

NACHRICHT

10:14 PST
A: Welcher Song eignet sich, wenn man depressiv ist, aber nicht auf traurige Musik steht?
G: Fuck You. Lily Allen.
G: Alles okay?
A: Wird sich zeigen.

VON: Ava.Helmer@gmail.com

AN: GenX1999@gmail.com
BETREFF: Die totale Beschämung der Ava Helmer (1999 – Gegenwart)

1) Geburt. Ich kacke meiner Mom in den Mutterschoß. Natürlich kann ich mich daran nicht erinnern. Aber ich erinnere mich an all die Male, als meine Mutter es bei Familienfeiern erzählt hat.

2) Vorschule. Während der Schlafenszeit will ich auf dem Schoß der Erzieherin sitzen. Sie sagt, dass das nicht angebracht ist. Vor der gesamten Klasse.

3) Dritte Klasse. Becky Simpson und Laura Jenner laden mich zum Spielen ein. Wir tauschen Geheimnisse aus. Ich gebe zu, dass ich manchmal Blumen esse. Sie erzählen jedem, dass ich eigentlich ein Pferd bin, gefangen im Körper eines Mädchens.

4) Die komplette Mittelstufe.

5) Mike F. bittet mich, zu ihm nach Hause zu kommen … damit er mich über dich ausfragen kann. (Hab ich dir das je erzählt? Ich wusste, dass du Mike F. nicht ausstehen kannst, daher hab ich diese stille Schande bisher mit mir herumgetragen. O nein. Was, wenn du ihn NICHT nicht ausstehen konntest und ich deine einzige Chance auf wahres Glück ruiniert habe, ebenso wie die Möglichkeit, dass du in Kalifornien aufs College gehst?! Er geht an die Stanford. Ich liebe ihn so sehr.)

6) Abschlussball. Du weißt, warum.

7) Tag drei der Bewerbungswoche für die Verbindungen. Als ich herausfinde, dass mich nur drei von zehn Häusern ein zweites Mal einladen. OBWOHL DER DURCHSCHNITT BEI 7 LIEGT! Dass man in Runde zwei von nur drei Verbindungen eingeladen wird, war noch nie da. Ich versinke vor Scham.

   a. Eine der drei Verbindungen, Pi Phi, ist die COOLSTE auf dem Campus, also haben sie mich eindeutig nur eingeladen, um nett zu sein. Oder als grausamen Witz. (Vgl. mit Nummer drei der obigen Liste.)

Ich hab nicht mal Bock auf die zweite Runde. Wenn ich da hingehe, hab ich das Gefühl, darum zu betteln. (Nicht in sexueller Hinsicht! Ich weiß, dass Frauen sexuelle Übergriffe nicht provozieren.)

Ich könnte heulen, nur geht die blöde Jessica einfach nicht aus dem Zimmer!

Früher auch bekannt als Ava Beth Helmer

PS: Eigentlich heule ich längst. Nur eben sehr, sehr leise.

VON: GenX1999@gmail.com

AN: Ava.Helmer@gmail.com

BETREFF: Re: Die totale Beschämung der Ava Helmer (1999 – Gegenwart)

Willst du mich verarschen???? Ich hätte längst mit Mike F. verheiratet sein können?

Mein Nachname hätte Facker sein können?

Nach diesem abgrundtiefen Verrat rede ich nie wieder ein Wort mit dir.

VON: GenX1999@gmail.com

AN: Ava.Helmer@gmail.com

BETREFF: Re: Die totale Beschämung der Ava Helmer (1999 – Gegenwart)

JK!!!!
Von der Mike-F.-Sache hast du mir direkt im Anschluss erzählt. Du hast den ganzen Heimweg lang geheult, und ich hab dir danach Frozen Joghurt vorbeigebracht. Im Ernst, ich bin tief verletzt, dass du dich nicht an den Frozen Joghurt erinnerst. Ich hatte mit extra viel Schlagsahne und allem bestellt.

Atme tief durch und denk dran: Collegestudenten sind Deppen. Du würdest diesen Mädchen nicht mal zutrauen, dir Kaffee zu kochen, warum also einen Scheiß auf ihre Einschätzung deines Charakters geben?

Außerdem haben dich drei Vereinigungen noch mal einbestellt! Eine davon ist sogar cool! Was für mich ein echter Schock ist, weil Studentenverbindungen in meiner Vorstellung gar nicht in der Lage sind, COOL zu sein!

Vielleicht sind diese Pi Phis ja deshalb die Coolsten, weil dort die schlausten Mädchen landen. Und diese schlauen Mädchen hatten so eine Ahnung, wie wahnsinnig genial du bist. Schon mal daran gedacht? Harry Potter ist x-mal abgelehnt worden, bevor eins der größten Geschenke an die Muggelwelt endlich publiziert wurde.

Niemals aufgeben! Niemals die Flinte ins Korn werfen!

(Es sei denn, du begreifst, dass Studentinnenverbindungen UNCOOL sind und DU nicht zu IHNEN gehören willst.)

Gen

PS: Jetzt will ich Frozen Joghurt.

VON: Ava.Helmer@gmail.com

AN: GenX1999@gmail.com
BETREFF: Re: Die totale Beschämung der Ava Helmer (1999 – Gegenwart)

Habe gerade erfahren, dass Jessica von Pi Phi abgelehnt wurde. Irgendwie fühle ich mich jetzt besser.

Ich bin ein schlechter Mensch.

Aber ein schlechter Mensch, der nicht von Pi Phi abgelehnt wurde. (Noch nicht)

A

NACHRICHT

20:52 EST
G: Wusstest du, dass es Essig-Pie gibt?
G: Und Avocado-Pie?
G: Von Pie mit grünen Weintrauben würde ich allerdings die Finger lassen. Klingt nach Erstickungsgefahr.

A: …

G: Nur ein paar Themen, falls dir im Pie-Haus der Gesprächsstoff ausgeht!

A: Nicht hilfreich.

G: Ich liebe Apple-Pie!!!

VON: GenX1999@gmail.com

AN: Ava.Helmer@gmail.com

BETREFF: Ich bin unwürdig

Habe ich erwähnt, dass Charlotte eine Göttin ist? Ich habe ihr meinen ersten Artikelentwurf geschickt und sie hat ihn völlig auseinandergenommen. Ich bin zu ihr nach Hause, um ihre Anmerkungen zu besprechen, und habe begriffen, dass ich keine Ahnung davon habe, wie man eine gute Geschichte schreibt.

Ich hab die scheiß Kernbotschaft viel zu weit hinten gebracht! Jede Vorstadt-Hausfrau weiß das besser!

Ihr Wortschatz ist verrückt. Und ihre fließende Ausdrucksweise! Wer konnte ahnen, wie wichtig das ist? Ich dachte, beim Berichterstatten zählen nur harte Fakten: Fakt, Punkt, Fakt, Punkt. IST NICHT SO. Sie hat mir ein Buch von Adrian Nicole LeBlanc gegeben, das sich wie ein Roman liest. Ich werde doch noch eine Künstlerin!

Ich war zwei Stunden bei ihr. Zum Korrigieren. Kam mir wie fünf Minuten vor.

Ich glaube, mein Artikel könnte echt gut werden. Also, gut genug, um mir damit Ärger einzuhandeln. Und vielleicht einen dauerhaften Job. Noch warte ich auf Rückmeldung von meinem Redakteur, Kent. Aber ich wäre schockiert, wenn er nicht total begeistert wäre. Es ist wahnsinnig provokativ geworden.

Wusstest du, dass man eine Inspirationspinnwand aus Korken basteln kann? Kann man – und es sieht geil aus.

Charlotte = Göttin.

G

VON: Ava.Helmer@gmail.com

AN: GenX1999@gmail.com

BETREFF: Re: Ich bin unwürdig

Schon verstanden. Du hasst Charlotte.
Ich kann's kaum erwarten, deinen großen Wurf zu lesen! Hoffentlich bringt der Artikel den kompletten Betrieb zu Fall, Emerson geht zugrunde und du ziehst wieder nach Hause, um hier die renommierte Annenberg School for Communication and Journalism zu besuchen.

Noch ein paar Anmerkungen am Rande:

1) Warum warst du bei ihr zu Hause? Ist das überhaupt erlaubt? Kommt mir komisch vor. Vor allem die Inspirationspinnwand.

2) Ich hab kapiert, dass dein Redakteur Kent heißt. Aber wenn du willst, kannst du ihn gerne weiter

deinen Redakteur, Kent, nennen, wenn du dich dann cooler fühlst.

BIN MEGA STOLZ! Meine kleine Rebellin wird erwachsen.

AVA

NACHRICHT

9:24 EST
G: Grüße aus dem Dozentenbad der Geowissenschaften. Ich dusche.
A: Spaß oder Ernst?
G: Emerson ist SEHR liberal.
G: Oooooooo! Ein Duschschwamm!
A: Foto, or it didn't happen!
G: haBa hANdY In SWaSSEr gEschmIsSEn
G: KaNN GrAd eNiCHt sChReIEBN

VON: Ava.Helmer@gmail.com
AN: GenX1999@gmail.com
BETREFF: Runde zwei, Bitches!

Klinge ich schon wie eine Pi Phi? Keine Sorge. Eigentlich redet bei denen keine so. Oder falls doch, dann halten sie sich während der Bewerbungsphase zurück.

Habe eben die Rückmeldung von Runde zwei bekommen und ALLE DREI Verbindungen wollen mich noch mal sehen! Ich habe offiziell aufgeholt! Am Tag der Schwesternschaft, wenn die finale Runde steigt, darf man sowieso höchstens noch drei im Rennen haben. (Erinnerst du dich an den Monat, als ich deine Besessenheit von *Fuller House* ignoriert habe? Bitte tu mir denselben Gefallen.)

Ich fühle mich high. Zumindest so, wie ich es mir vorstelle, high zu sein. Es fühlt sich verdammt gut an, gewollt zu werden. (In nicht-sexueller Hinsicht, nämlich von einer Truppe Collegemädchen, die gerne bastelt.)

Und noch mehr Neuigkeiten: Ich glaube, ich habe eine echte Film-Freundin gefunden. Sie heißt Sophia und geht in mein Einführungsseminar für Kinogeschichte. Ihre Mutter stammt aus Portugal und ihr Vater aus Mexiko, aber sie ist in New York aufgewachsen, wodurch sie auf Anhieb hundertmal interessanter ist als ich. Sie will internationale Thriller schreiben, also begreife ich jetzt schon nicht, warum sie sich die Mühe macht, überhaupt mit mir zu reden. Ich habe den Verdacht, dass sie zu diesen Leuten gehören könnte, die sagen »Du bist komisch«, ohne dabei zu lachen. Ihr Freund geht auf die Uni von New York, wahrscheinlich ist sie also gelangweilt und einsam. Von gelangweilt und einsam kann ich ein Lied singen! Wir haben schon dreimal zusammen zu Mittag gegessen und waren einmal zusammen abendessen, danach im Kino. Ich will ja den Tag nicht vor dem Abend loben, aber ich glaube, sie mag mich.

Würde ich an scheiß Horoskope glauben, würde ich darauf tippen, dass Merkur rückläufig ist oder so was!

Ava

VON: GenX1999@gmail.com

AN: Ava.Helmer@gmail.com

BETREFF: Re: Runde zwei, Bitches!

Rückläufiger Merkur ist schlecht. Ich glaube, was du meinst, ist das Phänomen, wenn Saturn wiederkehrt. Obwohl es dafür ein bisschen zu früh ist. Zumindest laut all dem »Scheiß«, an den ich ziemlich fest glaube.

Das sind alles super Neuigkeiten! Und nur Tage nach »Der totalen Beschämung der Ava Helmer (1999 – Gegenwart)«! Ich wusste, das war noch nicht druckreif! Dir steht noch so viel Leben und Schande bevor!

Vielleicht wird eines Tages ein kleines Baby in DEINEN Schoß kacken!

Sophia klingt cool? Ich mag keine Leute, die nicht lachen. Was haben sie zu verbergen? Außer einer echt nervigen Lache?

Dafür mag ich Leute, die in NYC aufgewachsen sind. Jetzt, wo ich weg bin, kann sie für deine Dosis Nervenkitzel sorgen, die dir gerade fehlt. Wie läuft das mit ihrem Freund? Führen sie eine offene Beziehung? In Emerson ist jeder »offen«. Es geht ziemlich wild her. Macht biologisch betrachtet auch eine Menge Sinn.

Zu dumm, dass Patrick auf Monogamie bestanden hat, als wir in der Elften diese zwei Monate »zusammen waren«. Ich hätte echt viel Spaß mit seinen Teamkameraden haben können.

Heute Abend gehe ich wieder mit Molly aus. Werde mein Bestes geben, mich nicht mit Cherry Coke zu betrinken.

XOXO & GLEICHBERECHTIGUNG
Gen

NACHRICHT

20:59 EST
A: Was ist 24x57?
G: Woher soll ich das wissen?
A: Gut. Eine mit Cherry Coke abgefüllte Gen hätte wild drauflosgeraten.
A: Benimm dich! 🖤
G: 1,742

VON: GenX1999@gmail.com
AN: Ava.Helmer@gmail.com
BETREFF: Wie eine Chica-Cherry-Coke

Grüße aus der Notaufnahme! Mir wurde erfolgreich der Magen ausgepumpt. Der Großteil meiner Hirnzellen sollte in den nächsten 7–8 Jahren zurückkehren. Oder haben die *Monate* gesagt? Zu kaputt, um mich zu erinnern …

Hast du mir das abgekauft? Kurz wahrscheinlich schon. Oder, wie ich dich kenne, glaubst du es immer noch und rufst gerade in sämtlichen Notaufnahmen in Boston und Umgebung an.

Zusammenfassend: Mir geht's gut. Molly und ich haben uns ein bisschen betrunken und herumgeblödelt, aber es ist nicht mal großartig spät geworden. Shannon hatte ein Date mit einem Baseballer, um ihren eigentlichen Baseballer eifersüchtig zu machen, also sind wir gegen Mitternacht einfach in mein Zimmer und haben *Doctor Who* geschaut. Sie hatte es noch nie gesehen, also habe ich ihr *Vincent und der Doktor* gezeigt.

Wir haben beide geheult.

VON: Ava.Helmer@gmail.com

AN: GenX1999@gmail.com

BETREFF: Re: Wie eine Chica-Cherry-Coke

Sie kennt *Doctor Who* nicht??? Ich dachte, wir mögen dieses Mädchen?!

Kannst du dich noch an letzten Sommer erinnern, als du mich gezwungen hast, das komplette Doctor-Who-Reboot-Special anzuschauen? Ich nicht. Ich hab nämlich die ganze Zeit geschlafen.

Freut mich, dass dein Flirt mit Cherry Coke Geschichte ist. So bleiben dir ein paar Geschichten aus dem Krieg UND alle deine Zähne.

Das Neueste von der griechischen Front: Habe gerade herausgefunden, dass ich fürs House of Pien noch immer im Rennen bin! Heute ist die letzte Runde (Preference Day) und morgen bekommen wir dann unsere Angebote. Es geht das Gerücht um, dass sämtliche Verbindungsjungs Schilder hochhalten, um unsere Attraktivität zu bewerten, wenn wir in unsere Häuser einziehen. Aber ich gehe davon aus, dass das irgendeiner Teenie-Komödie entsprungen ist und nicht dem richtigen Leben. (BITTE LASS MICH MEHR ALS 6 KRIEGEN!)

Sophia aus dem Drehbuchseminar findet Verbindungen bescheuert, weshalb ich sie, ehrlich gesagt, noch mehr mag.

Go Trojans! (Ich probier's schon mal aus. Angeblich sind Football-Spiele Pflichtveranstaltungen.)

Ava

NACHRICHT

21:01 EST
G: Kent, mein bereits erwähnter Redakteur, LIEBT meinen Artikel. Morgen erscheint er auf der Titelseite! 😬
A: 🎉
A: Schick mir den Link!

VON: Ava.Helmer@gmail.com

AN: GenX1999@gmail.com
BETREFF: Mein letzter Wille und Testament

Nie wieder werde ich irgendwelche Pies essen! Was vermutlich nicht schwierig sein wird, da ich vorhabe, mir das Leben zu nehmen. (Ich weiß, du sagst immer, wer als Teenager suizidgefährdet war, darf keine Witze über Selbstmord machen, aber scheiß drauf! Sonst ist mir nichts geblieben!)

Spoiler-Alarm: Pi Phi hat mich NICHT aufgenommen.

Stattdessen habe ich ein Angebot von den bescheuerten Gamma Phi bekommen. Was so ungefähr die zweitschlechteste Verbindung von allen ist.

Ich schäme mich sogar, meine Eltern zu bitten, für so lahme Freunde zu bezahlen.

NACHRICHT

22:42 EST
G: Noch am Leben? 💀
A: Fürs Erste.
G: Gamma Phi. Pi Phi. Klingt, als wär da kein großer Unterschied.
A: Du verstehst das nicht. Das sind alles Loser.
G: Warum?
A: Sie sind lame.
G: Aber wieso?

A: WEIL SIE LOSER SIND

G: AVA!

A: UND ICH BIN JETZT AUCH EIN LOSER.

G: Grrrrrr!

G: Du warst schon immer ein Loser.

A: Bisher war es nicht offiziell.

G: Du spinnst.

G: Ruf mich an, wenn meine nicht-diskriminierende beste Freundin wieder da ist.

A: AUF NIMMER WIEDERSEHEN

G: 🩶

VON: Ava.Helmer@gmail.com

AN: GenX1999@gmail.com

BETREFF: Mea Culpa

Hi. Hier spricht deine einstmals beste Freundin, Ava, die gestern kurzfristig den Verstand verloren und sich in ein schreckliches Vorurteilsmonster verwandelt hat. Die alte Ava ist wieder da, wenn auch beschämt.

Ich werde nicht sagen, dass die Mädchen von Gamma Phi keine Loser sind, aber ich will mich dafür entschuldigen, sie so genannt zu haben. So aggressiv. In Großbuchstaben.

Ich beschloss, am Angebotsabend teilzunehmen, vor allem, weil ich vor Jessica nicht blöd dastehen wollte – sie ist nämlich von Kappa genommen worden, was schon immer ihre erste Wahl war. (Mitbewohner sind das Letzte.)

Ich bin also ins Verbindungshaus, wo alle verdammt aufgedreht waren. Und an spontanem Gedächtnisverlust litten, denn ich lege meine Hand dafür ins Feuer, dass wenigstens die Hälfte eine Stunde vorher noch in ganz andere Verbindungen wollte. Jedenfalls hatte ich den Eindruck, ich müsste auch so tun als ob, und innerhalb einer halben Stunde hatte ich mir erfolgreich eingeredet, so was in der Art wie Freude zu empfinden. (Ich glaube, so funktionieren Studentenverbindungen grundsätzlich: aufgesetztes Lächeln/Verhaltenskonditionierung/Stockholmsyndrom.)

Man gab uns allen identische Tanktops, die wir anziehen mussten. Obwohl ich ein langärmliges T-Shirt anhatte, weil es nachts in der Wüste kalt ist. Ich musste mein Shirt in meine Tasche stopfen und wie der letzte Depp rumrennen, weil man den lächerlichen blauen BH, den du mir aufgezwungen hast, sehen konnte.

Nach unfassbar vielen Umarmungen mit Leuten, die ich definitiv noch nicht zu berühren bereit war, fing die Party an. Nicht im Verbindungshaus, denn hier kann man nicht feiern, sondern in der Burschenschaft unserer Bruderverbindung, ZBT. (Ich fasse es nicht, dass ich gerade UNSERER gesagt habe. Ich habe schon völlig resigniert.)

Als wir bei ZBT ankamen, wurden wir von einigen Erstsemestern mit tropischer Bowle und Blütenketten empfangen. Die Party hatte *Dschungel* als Motto, und wahrscheinlich gab es mindestens eine Vergewaltigung. (JK – hoffe ich.)

Die Bowle habe ich abgelehnt, weil – offensichtlich! Dafür habe ich ein Bier genommen, weil das immerhin einen Verschluss hat.

Es. War. Widerlich. Wie kann man nur mehr als eins von den Dingern trinken? EKLIG.

Unterm Strich war es … eine Erfahrung. Eine authentische Collegeerfahrung. Ich bin sogar bis nach Mitternacht geblieben. (Bis 0:05 Uhr, um genau zu sein.)

Ich würde dem Abend 3 von 5 Sternen geben.

Ich hoffe, du kannst mir vergeben und merkst, dass ich mich verändert habe. Oder zurückverändert.

Ava

PS: Ich habe einen süßen Typen kennengelernt und mich mit ihm 20 Minuten lang unterhalten, aber es hatte wahrscheinlich nichts weiter zu bedeuten.

VON: GenX1999@gmail.com

AN: Ava.Helmer@gmail.com
BETREFF: Re: Mea Culpa

WAS HAB ICH DIR ÜBER DIE KERNBOTSCHAFT GESAGT UND WAS MAN AUF KEINEN FALL DAMIT MACHT?!

Wer ist der Typ??? Wie süß ist er??? Wie sieht sein Schwanz aus???

Wenn du nicht wenigstens zwei der drei Fragen beantwortest, werde ich dir niemals vergeben, dass du dich gestern in Regina George verwandelt hast.

Freut mich, dass du den Losern eine zweite Chance gibst. Stell dir nur mal vor, du hättest von mir keine bekommen. 😜

UND:
Neuer Dekan für Kommunikationswissenschaften verschleiert Vergangenheit

G

VON: Ava.Helmer@gmail.com
AN: GenX1999@gmail.com
BETREFF: Liebe Miss Capote

Dein Artikel ist ... DER HAMMER! So bissig und trotzdem objektiv. Es war, als würde ich lauter Fakten präsentiert bekommen, aus denen ich dann meine eigenen Schlüsse ziehen musste. Und dieser Schluss war: Der Typ muss gefeuert werden!

OH MEIN GOTT! Stell dir vor, der Kerl wird deinetwegen gefeuert. Das wäre mega beindruckend. Ich glaube, ich würde vor Schuldgefühlen ohnmächtig werden, aber deine Verfassung ist ja besser als meine.

Wow! Einfach wow!

»Man kommt ins Grübeln in Anbetracht des Aufwands, den die Verwaltung beim Auswahlverfahren ihrer Studenten betreibt, verglichen mit der nachlässigen Überprüfung ihres Lehrkörpers.«
TREFFER – VERSENKT!

Ich schicke ihn meiner ganzen Familie. Deine Eltern wollen ihn bestimmt auch lesen. (Hoffe ich. So richtig weiß ich nie, was ich von ihnen zu erwarten habe.)

Du solltest einen Preis dafür kriegen. Ich schau mal, ob ich auf Etsy einen finde.

Deine geheime Bewundererin,
Ava

VON: GenX1999@gmail.com

AN: Ava.Helmer@gmail.com
BETREFF: Re: Liebe Miss Capote

ERZÄHL MIR VON DEM KERL, BEVOR ICH DICH ERWÜRGE

VON: Ava.Helmer@gmail.com

AN: GenX1999@gmail.com
BETREFF: Re: Liebe Miss Capote

Hahahaha.

Sorry. Ich weiß nicht, was ich sagen soll, weil ich nicht sicher bin, ob ich mir das Ganze nicht nur eingebildet habe. Wahrscheinlich fange ich am besten damit an, dir die Szenerie zu beschreiben.

Habe ich schon erwähnt, dass ich gerade Drehbuchschreiben 101 belegt habe?

Die Nacht: schwarz. Die Sterne: keine Ahnung. (Wir waren drinnen.)

Ich hab mich im Hintergrund gehalten und alles beobachtet – vielleicht auch, um eine potentielle Flucht vorzubereiten –, als der Typ, Jake, mich angesprochen hat. Er hat wohl Regie als Hauptfach, ist im zweiten Semester und hat mich aus dem *Coffee Bean* der Filmschule wiedererkannt.

Ist es verrückt, dass ich mich noch NIE so geschmeichelt gefühlt habe? Wiedererkennungswert ist ja grundsätzlich gut. Allerdings merke ich persönlich mir eher die schrecklichen Leute – aber wenn er mich schrecklich finden würde, hätte er mich bestimmt nicht angesprochen, oder?

Ich glaube, das Gespräch lief gut? Es war ziemlich durchschnittlich. Woher kommst du? Was schaust du gerne? Willst du mit mir Kinder haben? (Die letzte Frage habe ich eventuell nur mit den Augen angedeutet.)

Ich bin ratlos. Ich weiß nicht, wie ich Jungskram interpretieren soll, wenn du nicht dabei bist, alles beobachtest und FÜR MICH interpretierst.

Obwohl – wenn ich so drüber nachdenke, waren deine Interpretationen bisher auch nicht gerade hilfreich.

Schätze, ich bin ein hoffnungsloser Fall.

Bald in der Versenkung verschwunden.

VON: GenX1999@gmail.com
AN: Ava.Helmer@gmail.com
BETREFF: Re: Liebe Miss Capote

Ich brauche mehr Einzelheiten. Wie hat das Gespräch geendet? Wie ist sein Instagram?

VON: Ava.Helmer@gmail.com
AN: GenX1999@gmail.com
BETREFF: Re: Liebe Miss Capote

Ich kenne sein Instagram nicht. Oder seinen Nachnamen. Der Abend endete damit, dass einer seiner Brüder ihn zum Bier-Ping-Pong geholt hat. Er wollte, dass ich zuschaue, aber ich meinte, ich müsste nach Hause, weil ich viel Schlaf brauche, um mental im Gleichgewicht zu bleiben.

VON: Ava.Helmer@gmail.com

AN: GenX1999@gmail.com

BETREFF: Re: Liebe Miss Capote

OH MEIN GOTT, ICH BIN EIN LOSER! ICH HAB'S NICHT MAL VERDIENT, EINE GAMMA PHI ZU SEIN!

VON: GenX1999@gmail.com

AN: Ava.Helmer@gmail.com

BETREFF: Re: Liebe Miss Capote

Ist er das?
Instagram.com/chinatownjake98

VON: Ava.Helmer@gmail.com

AN: GenX1999@gmail.com

BETREFF: Re: Liebe Miss Capote

Wie hast du das gemacht????? Und warum nutzt du deine Kräfte, um Verbindungsjungs auf Instagram zu finden?

VON: GenX1999@gmail.com

AN: Ava.Helmer@gmail.com

BETREFF: Re: Liebe Miss Capote

Leider beginnen und enden meine Superkräfte damit, Jungs auf Instagram ausfindig zu machen. Deshalb lehnt mich Xaviers Schule für junge Begabte auch ständig ab. Abonnier ihn.

VON: Ava.Helmer@gmail.com

AN: GenX1999@gmail.com

BETREFF: Re: Liebe Miss Capote

Ganz bestimmt nicht.
Aber ich verneige mich vor deiner Kunst.

NACHRICHT

15:42 PST

A: O mein Gott. Gerade ist was absolut Witziges passiert!

G: Getränk ausgeprustet?

G: Bananenschale?

G: Apple-Pie im Gesicht?

G: O nein! Vergiss, dass ich Pie gesagt habe!

A: Hahaha.

A: Dein Sinn für Humor ist eine Krankheit.

G: War es eine absurde Verwechslungsgeschichte?

A: So in der Art!

G: Wusst ich's doch.

VON: Ava.Helmer@gmail.com

AN: GenX1999@gmail.com

BETREFF: Eine absurde Verwechslungsgeschichte

ALSO! Bei einem Versuch, uns alle in die Kunst des Drehbuchschreibens einzuführen, müssen wir in Drehbuchschreiben 101 die ganze Zeit Prosa schreiben. Bitte gib dir keine Mühe, auf die Ironie hinzuweisen. Es macht mich so schon fertig genug.

Wie auch immer. Die letzte Aufgabe war eine Kurzgeschichte mit Ich-Erzähler, die auch autobiografisch sein durfte. (Dabei wollte ich immer schreiben, weil mir selbst nie etwas Aufregendes passiert. Es sein denn, man findet es spannend, wenn eine Vierjährige schon Antidepressiva verschrieben bekommt. Allerdings sind Kleinkinder unzuverlässige Erzähler, und ich bin noch nicht gut genug, um diese schriftstellerische Herausforderung zu meistern.)

Ich schreibe also diese skurrile Geschichte über einen Jungen auf der Highschool, der seinen ersten Kuss mit einem Mädchen hat und kapiert, dass er eigentlich schwul ist. Nur, dass ich an keiner Stelle ausdrücklich sage, dass es aus der Sicht eines Jungen ist, UND ich habe ihm keinen Namen gegeben, weil es ja ein Ich-Erzähler ist. Was passiert?

Jeder in meinem Kurs glaubt, dass ich eine autobiografische Geschichte geschrieben habe. Und nicht nur irgendeine, sondern meine höchst persönliche COMING-OUT-Geschichte. Hahahaha.

Die komplette Klasse dachte tagelang, ich sei lesbisch, bis wir meine Geschichte besprochen haben und ich die ganzen Anmerkungen bekommen habe.

So witzig und peinlich! Ich musste allen versichern, dass ich nicht lesbisch bin, nur eine unpräzise Autorin.

Ich hoffe, du trinkst gerade was, damit du es rausprusten kannst!

A

VON: GenX1999@gmail.com

AN: Ava.Helmer@gmail.com

BETREFF: Re: Eine absurde Verwechslungsgeschichte

Kapier ich nicht. Was ist so witzig daran, dass andere dich für lesbisch halten?

VON: Ava.Helmer@gmail.com

AN: GenX1999@gmail.com

BETREFF: Re: Eine absurde Verwechslungsgeschichte

Weiß nicht! Es war einfach lustig. Bisher hat mich noch nie jemand für lesbisch gehalten. Ich bin wie eine jungfräuliche SATS-Charlotte-York, nur mit größerer Nase.

NACHRICHT

14:15 PST

A: Jake steht im *Coffee Bean* vor mir in der Schlange an!

A: Was mach ich jetzt?

A: Er bestellt! Ich weiß nicht, ob er mich gesehen hat!

A: GEN!!!!!!

17:27 PST
A: Falls du tot bist, hast du mir hoffentlich deine Lederjacke hinterlassen.
A: Sie steht mir nicht, aber ich häng sie bei mir zu Hause auf.
A: Als Kunstwerk.
A: Hallo????

20:42 PST
G: Sorry. Viel zu tun.
A: Was denn?
G: Mädchen knutschen.
A: ...
A: OMG! Hältst du mich etwa für homophob?
A: Meine Tante ist lesbisch!
A: Nicht offiziell, aber wir wissen alle Bescheid.
G: ok
A: Gen! Komm schon! Bist du echt sauer?
G: Wir reden später

VON: Ava.Helmer@gmail.com
AN: GenX1999@gmail.com
BETREFF: Pride

Liebste Genevieve,

ich erbiete der schwulen, lesbischen, bisexuellen und transgender Gemeinschaft von tiefstem Herzen mein Mitgefühl. Ich hatte nicht die Absicht, einen deiner homosexuellen Freunde, Familienmitglieder oder geliebten Menschen zu beleidigen. Es ist absolut nichts falsch daran, schwul oder lesbisch zu wirken oder zu sein. Ehrlich gesagt fühle ich mich ein wenig geehrt, dass meine Kommilitonen mich für cool genug gehalten haben, ein heißes Mädchen dazu gekriegt zu haben, hinter der Tribüne mit mir zu knutschen.

Ich habe keine Entschuldigung für meinen Fehltritt, aber bitte vergiss nicht, dass die USC nicht der aufgeklärte Campus von Emerson ist und ich in meiner Entwicklung ein wenig hinterherhinke, was Toleranz und Feingefühl betrifft.

Alles in allem habe ich nicht weniger als den größten Respekt für Kristen Stewart, Neil Patrick Harris und Laverne Cox. Neben vielen anderen berühmten LGBT-Ikonen. Ich werde den Rest meines Lebens damit verbringen, es wiedergutzumachen.

(Nachdem das gesagt ist, bin ich ein bisschen angepisst, dass du gleich von homophoben Vorurteilen meinerseits ausgehst. Ich war genauso geschockt, als mich mal jemand für eine Russin gehalten hat. Außerdem ist mir klar, dass es deine Art ist, Streit aus dem Weg zu gehen, was allerdings echt unmöglich ist, solange du 4800 km entfernt bist und ich nicht einfach an deiner Haustür auftauchen kann, um dich dazu zu zwingen, mit mir zu reden.)

Alle Liebe der Welt
Ava Helmer
(No Homo)

VON: GenX1999@gmail.com

AN: Ava.Helmer@gmail.com

BETREFF: Re: Pride

Hey. Tut mir leid, dass ich mich tot gestellt habe. Es ist nur so ... ich fand deine Reaktion nicht so super, aber bestimmt habe ich zu viel reininterpretiert oder so.

Ich glaube, ich habe im Augenblick einfach viel zu viel um die Ohren. Der Artikel sorgt echt für Aufsehen (gutes und schlechtes), und wegen all der Sachen für den *Beacon* hänge ich mit den Hausaufgaben total hinterher.

Außerdem. Ich hab da jemanden kennengelernt und das beschäftigt ne Menge meiner Hirnmasse.

Daher habe ich vermutlich überreagiert. Es ist keine große Sache. Danke, dass du die Klügere warst und blablabla.

G

VON: Ava.Helmer@gmail.com

AN: GenX1999@gmail.com

BETREFF: Re: Pride

WEN HAST DU KENNENGELERNT????? HAST DU SEX????
WAS IST LOS?????

NACHRICHT

11:04 PST

A: MIT WEM TRIFFST DU DICH???

G: Denk mal nach.

A: ICH DENK AN NICHTS ANDERES.

G: 😇

A: OK

A: Bin draufgekommen.

A: Kent, dein Redakteur.

G: HAHAHAHAHAHA.

A: Lachst du, weil ich so richtig oder weil ich so falsch liege?

G: Falsch.

G: Und du bist süß.

A: Okay. Auch gut. Mit deinem Redakteur solltest du eh nichts anfangen ...

A: Hmmmmmm. Von welchen Kerlen hast du denn noch erzählt?

G: Kälter.

A: ???

G: Es ist kein Kerl.

G: Hallo?

G: OK

A: Molly!

G: Genau.

A: Beim zweiten Mal erraten. Nicht schlecht.

VON: Ava.Helmer@gmail.com

AN: GenX1999@gmail.com

BETREFF: Sollten wir darüber reden?

Ich habe schon eine Menge Versionen von dieser Mail geschrieben, aber ich glaube, die Betreffzeile spricht für sich.

Ava

VON: GenX1999@gmail.com

AN: Ava.Helmer@gmail.com

BETREFF: Re: Sollten wir darüber reden?

Nö. Lass mal.

VON: Ava.Helmer@gmail.com

AN: GenX1999@gmail.com

BETREFF: Re: Sollten wir darüber reden?

Okay, also für mich ist die Sache damit nicht gegessen. Du hattest die Eingebung, dass du lesbisch bist, und hast es nicht für nötig gehalten, mich einzuweihen? Deine beste Freundin auf der ganzen weiten Welt? Oder ist Molly jetzt deine beste Freundin? Bist du überhaupt in Boston? Deine Beiträge sind nicht mehr geo-getaggt. Lebst du unter neuem Namen in Zimbabwe? Ich komme mir nämlich gerade ziemlich verlassen vor.

Ich habe KEIN Problem damit, dass du lesbisch bist. Ich habe ein Problem damit, dass du mir nichts gesagt hast. Und ja, das ist ein egoistisches Problem, aber ich bin nun mal ein egoistischer Mensch. Und wenigstens habe ich nie ein Geheimnis draus gemacht.

VON: GenX1999@gmail.com

AN: Ava.Helmer@gmail.com

BETREFF: Re: Sollten wir darüber reden?

Genau deshalb hab ich dir nichts gesagt. Ich bin nicht lesbisch. Ich hab was mit einem Mädchen. Nicht alles ist schwarz oder weiß.

VON: Ava.Helmer@gmail.com

AN: GenX1999@gmail.com

BETREFF: Re: Sollten wir darüber reden?

Wow. Okay. Das war super herablassend. Du weißt, dass es mir schwerfällt, die Dinge NICHT schwarz und weiß zu sehen, WEGEN MEINER PSYCHISCHEN KRANKHEIT.

VON: GenX1999@gmail.com

AN: Ava.Helmer@gmail.com

BETREFF: Re: Sollten wir darüber reden?

Das hat rein gar nichts mit deiner Zwangsneurose zu tun. Ich will das einfach nicht. Ich werde keine Coming-Out-Party schmeißen. Nichts an mir als Mensch hat sich verändert. Ich war schon immer ich. Ich definiere mich doch nicht dadurch, mit wem ich was anfange.

VON: Ava.Helmer@gmail.com

AN: GenX1999@gmail.com

BETREFF: Re: Sollten wir darüber reden?

Herzlichen Glückwunsch. Du hast mich in die PC-Ecke gedrängt. Genieß die moralische Überlegenheit.

NACHRICHT

12:32 EST

G:

A: Sehr witzig.

G: 🖤

A: Clever. Ich vergebe dir.

G: Moment! Ich muss *dir* vergeben!

A: Zu spät! Ich habe gewonnen!

G: Grrr.

A: Wann darf ich endlich mal mit deiner Freundin FaceTimen?

G: Sie ist nicht meine Freundin.

A: Wie bitte?

A: Darf ich mit deiner Partnerin FaceTimen?

A: Bessere Hälfte?
G: Fuck Buddy?
A: DU HAST SEX?!! AHHHHHHHHH!
G: Du machst mehr Wirbel darum als ich. Oder das Mädchen, mit dem ich Sex habe.
A: Kann ich dich was fragen, ohne dass es eine große Sache ist?
G: Wie funktioniert Homo-Sex?
A: Ich weiß, was Homo-Sex ist …?
A: Lesbischen Sex verstehe ich nicht.
G: Hahahaha.
G: Google es.
A: Google ist Geschichte! Ich habe eine lesbische beste Freundin!
G: Hör auf, mir einen Stempel aufzudrücken.
A: Sorry! 😳

VON: Ava.Helmer@gmail.com
AN: GenX1999@gmail.com
BETREFF: Ich verpfände mein Leben

Willkommen zu unserem täglichen Quiz über die bunte Welt von Gamma Phi! Denk daran, Schwestern sind fürs Leben und alles unter 85 % Prozent gilt als durchgefallen!

Frage eins: Warum nehme ich an diesem Quiz teil?
Antwort: Weil du noch nicht genug zu tun hast! Wir finden es spaßig, aus einer Verbindung eine extrem Zeit fressende Verpflichtung zu machen, voller obligatorischer Veranstaltungen mit unangekündigten Tests!

Frage zwei: Was für Fragen habe ich zu erwarten?
Antwort: Es geht einzig und allein um unnützes Wissen, das du dir weder merken kannst noch jemals wieder brauchen wirst. Die Themen sind u.a.: Geschichte der Gründungsmitglieder, veraltete Tischgebete und langweilige Fakten über ranghöhere Schwestern, die niemals ein Wort mit dir wechseln werden.

Frage drei: Sollten Studentenverbindungen nicht Spaß machen?
Antwort: Du musst so tun, als HÄTTEST du Spaß. Das ist ein Unterschied.

Frage vier: Kann ich mein Geld zurückverlangen?
Antwort: Nein.

Kisses & Hugs & geheimer Handschlag
A

VON: GenX1999@gmail.com

AN: Ava.Helmer@gmail.com
BETREFF: Re: Ich verpfände mein Leben

Wie geht der geheime Handschlag? Ich verrats auch nicht weiter.

VON: Ava.Helmer@gmail.com

AN: GenX1999@gmail.com

BETREFF: Re: Ich verpfände mein Leben

Hochkomplizierte Sache. Man muss der anderen die Hand schütteln, aber statt sie wirklich zu schütteln, drückt man nur kurz und zaghaft zu. Zweimal.

VON: GenX1999@gmail.com

AN: Ava.Helmer@gmail.com

BETREFF: Re: Ich verpfände mein Leben

Abgefahren. Lesbischer Sex geht genauso.

NACHRICHT

19:12 PST

A: Wir basteln Poster füreinander.

G: Wozu?

A: Keine Ahnung. Ich will kein beschissenes Poster.

G: Und schon hast du den perfekten Slogan für dein Poster.

A: Darf ich hinschmeißen?

G: Du kannst machen, was du willst.

A: ICH BIN KEIN HINSCHMEISSER.

G: Ich liebe es, Sachen hinzuschmeißen.

A: Es fühlt sich komisch an, dass ich diese Leute hier praktisch dafür bezahle, Zeit mit mir zu verbringen.

G: Haben dir deine Eltern nie erzählt, dass ich seit der Neunten ein festes Gehalt bekomme?

A: Ich wusste es!

A: Du warst zu cool, um wahr zu sein.

VON: GenX1999@gmail.com

AN: Ava.Helmer@gmail.com

BETREFF: Erwischt

Heuchlerin.

VON: Ava.Helmer@gmail.com

AN: GenX1999@gmail.com

BETREFF: Re: Erwischt

O nein! Was hab ich verbrochen??? Wurde jemand verletzt?

VON: GenX1999@gmail.com

AN: Ava.Helmer@gmail.com

BETREFF: Re: Erwischt

Nur dein Ruf. Von wegen DU würdest mit deiner besten Freundin alles teilen! Dachtest du, du könntest chinatownjake98 auf Instagram folgen, ohne dass ich es merke?

NETTER VERSUCH! Vergiss es, Bitch!

VON: Ava.Helmer@gmail.com

AN: GenX1999@gmail.com

BETREFF: Re: Erwischt

Woher weißt du das??? Hast du wirklich Social-Network-Superkräfte?

Ich folge ihm nur, weil Sophia mich gezwungen hat. Sie hat die Schnauze voll davon, sich über ihre Fernbeziehung zu beklagen, und wollte, dass es jemandem genauso mies geht. Ich schäme mich in Grund und Boden.

VON: GenX1999@gmail.com

AN: Ava.Helmer@gmail.com

BETREFF: Re: Erwischt

Warum schämst du dich? Er folgt dir doch auch.

Sophia sollte ihre Fernbeziehung abschießen. Ist eh zum Scheitern verurteilt.

VON: Ava.Helmer@gmail.com

AN: GenX1999@gmail.com

BETREFF: Re: Erwischt

ER FOLGT MIR??? WOHER WEISST DU DAS ALLES?!

VON: GenX1999@gmail.com

AN: Ava.Helmer@gmail.com

BETREFF: Re: Erwischt

Wie kannst du das NICHT wissen?! Echt jetzt. Deine Mom kennt sich im Internet besser aus als du.

Was hast du als Nächstes vor? Und sag bloß nicht, ihm nicht mehr folgen.

VON: Ava.Helmer@gmail.com

AN: GenX1999@gmail.com

BETREFF: Re: Erwischt

Einige Mädels aus meiner Verbindung gehen heute Abend rüber zu seinen Jungs. Da könnte ich doch mitgehen, oder? Und versuchen, nicht wie ein Troll mit Sozialphobie rüberzukommen?
Hab ich dir erzählt, dass meine Therapeutin bei meiner letzten Sitzung genickt hat? Sie taut voll auf.

NACHRICHT

1:14 EST
G: Hab einen Entwurf für meinen nächsten Artikel. Kann ich ihn dir schicken?
A: JA! Werde ihn lesen, ASAP.
G: Wolltest du nicht auf die Party?
A: Ich bin auf der Party.
G: AVA! Kein Lesen auf Partys.

A: Ach, komm schon. Bestimmt haben einige der Typen hier Journalismus als Hauptfach.
G: Ich schick ihn dir nicht. Geh Jake suchen!
A: 😢

VON: Ava.Helmer@gmail.com
AN: GenX1999@gmail.com
BETREFF: Höfliche Anfrage

Kurze Frage: Erinnerst du dich an den Winterball in der Neunten, als du Chris R. gesagt hast, er soll mich küssen, was er auf dem Heimweg auch gemacht hat – nur war mir nicht klar, dass man beim Küssen nicht durch den Mund atmen kann, weshalb ich fast erstickt bin? Muss das unbedingt als mein erster Kuss zählen?

Ich hätte nämlich viel lieber den von letzter Nacht als meinen ersten Kuss. Diesmal hab ich sogar dran gedacht zu atmen und alles.

Sag mir deine offizielle Meinung als zukünftige Autorin meiner E-Book-Biografie.

Ava

NACHRICHT

14:13 EST
G: Wenn es ums Küssen geht, schreibt man keine Mails!

G: Wenn es ums Küsses geht, meldet man sich über WhatsApp!
G: Eine volle Stunde lang war ich ahnungslos, dass du eine kleine Schlampe bist!
A: Ich bin keine Schlampe!
G: Schlampe ist nichts Schlimmes. Wir erobern das Wort Schlampe für uns zurück.
A: Ich weiß. Aber ich glaube nicht, dass sanftes Knutschen zählt.
G: Iieeh. Was ist sanftes Knutschen?
A: Minimaler Zungeneinsatz? Jede Menge Gefühl.
G: O Mann.
G: Ich brauche mehr Details, treff mich aber gleich mit Charlotte.
G: Bitte schick mir ne Mail.
A: Richte Charlotte von mir aus: »Was geht?«
G: Nein.

VON: Ava.Helmer@gmail.com
AN: GenX1999@gmail.com
BETREFF: Liebe, Lust & Bier-Ping-Pong

Eins vorweg: Alles, was gestern Abend passiert ist, war unfassbar klischeemäßig und schon fast langweilig. Wäre es eine Szene in einem Film gewesen, hätte ich sie zerrissen, weil sie so unoriginell und vorhersehbar war.

Aber genau das hat es auch irgendwie so besonders für mich gemacht. Es fühlte sich so … normal an. Ich habe mich normal gefühlt. Besser als normal. Begehrt.

Eklig. Eklig. Streich das aus der Bio.

Jedenfalls bin ich gegen halb zehn zur ZBT, mit zwei Mädels aus meiner Gruppe, Chelsea und Emma. (Chelsea ist so eine Art Basic Bitch, aber weil sie das weiß und es ihr egal ist, ist es schon wieder ganz erfrischend. Emma kommt aus England und droht ständig damit, aus Gamma Phi auszutreten, weil es so viele Pflichtveranstaltungen gibt. Emma mag ich am liebsten.)

Randbemerkung: Warum fangen Partys eigentlich so spät an? Was wollen wir damit beweisen? Zwischen sieben und zehn macht sowieso keiner was Interessantes. Inzwischen nenne ich dieses Zeitfenster meines Lebens *abendliches Fegefeuer*.

Oh! Ich hab ganz vergessen, dir zu erzählen, was ich anhatte! Schwarze Jeans und diese durchsichtige pinke Bluse mit den Goldknöpfen. (Sei nicht sauer, aber ich hab darunter ein schwarzes Tanktop getragen. Ich bin noch nicht bereit, aufs Ganze zu gehen.)

Jake trug ein ZBT-Shirt ohne Ärmel und Jeans. Ich wünschte, ich hätte diesen Teil aus dem offiziellen Report streichen können. (Um fair zu bleiben: Auf diesen Partys tragen alle Jungs Tanktops. Wenn er im Café ist, hat er ganz normale Sachen an.)

Jedenfalls – als wir ankommen, sehe ich, wie er mit einer Erstsemesterlerin redet, die auch Film studiert. (Kritische Rezeption, glaube ich. Nichts Großartiges.) Ob er mich bemerkt hat, lässt sich nicht sagen, also starre ich ihn einfach nur an, mehrere Sekunden, wie eine komplett Irre, bis Chelsea mich zu den Getränken schleppt.

Randbemerkung, die Zweite: Muss ich trinken, um dazuzugehören? Ich weiß ja selber, dass das eine ziemlich bescheuerte Frage ist, und jeder Aufklärungsfilm, den wir je in der Schule gesehen haben, sagt dasselbe: Nein! Natürlich nicht! Aber bleiben wir mal in der Realität. Muss ich? Ich finde es nämlich zum Kotzen.

Ich entscheide mich also für Wodka-Cranberry, nachdem Emma mir versichert hat, dass keiner ihn gepimpt hat. Angeblich bin ich super paranoid wegen der ganzen Sache – von wegen jemand könnte was in die Bowle mischen. Ich nippe ein paarmal und tue so, als würde ich den Text zu irgendeinem Katy-Perry-Song kennen, während meine Freunde tanzen.

Es dauert keine zwanzig Minuten, da muss ich pinkeln. Weil ich nun mal ich bin und nicht nur die Persönlichkeit einer 65-Jährigen habe, sondern auch ihre schwache Blase. Was aus vielen Gründen ein Problem ist. Zum Beispiel, weil ich nicht weiß, wo die Toiletten sind, außerdem kann ich nur davon ausgehen, dass besagte Toiletten eklig sind. Selbst für jemanden ohne meine übertriebenen Hygieneansprüche.

Basic Bitch Chelsea tanzt bereits engumschlungen mit einem älteren Studenten, also flehe ich Emma an, mitzukommen. Macht sie auch, allerdings ohne große Begeisterung (Engländerinnen! Weißt du, was ich meine?), und im nächsten Moment hab ich sie auch schon wieder verloren. Dafür finde ich Jake. Ganz allein. Wartet er auf jemanden? Vielleicht auf mich? Unwahrscheinlich.

Er: »Hey.«
Ich: »Hi! Wo sind hier die Toiletten?«

WAS STIMMT EIGENTLICH NICHT MIT MIR? Muss ich immer gleich so rüberkommen, als wäre ich Reizdarmgeschädigt? Dabei hab ich nicht mal einen Reizdarm. Sonst wäre ich vermutlich sogar cooler, denn immerhin sind Reizdarm-Leute Lichtjahre davon entfernt, sich für ihre Grundbedürfnisse zu schämen.

Er: »Ich zeig's dir.«

Ich weiß. Totales Klischee. Aber ich hab dich ja gewarnt.

Er nimmt meine Hand (O mein Gott!!! Ruhig bleiben!!!) und führt mich die Treppe hoch – du hast es dir bestimmt schon gedacht – in sein Zimmer. Die ganze Zeit über denke ich: Das ist so lame und durchschaubar. Aber auch: HEILIGE SCHEISSE! Ich bin im Zimmer eines Typen und … er hört gleich, wie ich pinkle!!!

Sein Zimmer grenzt an ein Bad, in das ich also reingehe. Dann muss ich erst mal drei Türen absperren, weil es natürlich ein Gemeinschaftsbad ist, was in etwa meinem schlimmsten Albtraum entspricht. So schnell wie es geht gehe ich in die Hocke und bete zu den Pinkel-Göttern, dass nichts anderes als Pipi rauskommt. (Jetzt wäre der perfekte Zeitpunkt, wirklich ein Darmproblem zu entwickeln.)

Nachdem ich das Klopapier inspiziert habe (wirkte neu), wische ich ab, wasche mir die Hände und öffne mit meinem T-Shirt über der Hand die Tür, nachdem ein sauberes Handtuch wohl zu viel des Guten gewesen wäre.
Als ich rauskomme, sitzt Jake auf seinem Bett. Und spielt Gitarre.

ICH WEISS! ICH HAB'S JA GESAGT! WAS GLEICH KOMMT, HAT WÜRGPOTENTIAL. SOLLTEST DU EINE ABNEIGUNG GEGEN SCHNULZIGE AUFRICHTIGKEIT HABEN ODER SEIT KURZEM SCHWANGER SEIN, LIES NICHT WEITER!

Ich: »Was spielst du?«
Jake: »Eine Akustikversion von *Hotline Bling*.«
Ich: »Cool.«

Er lacht, und ich hoffe, das bedeutet, dass er weiß, wie lächerlich das klingt. Dann klopft er neben sich aufs Bett. Ich geh rüber und setze mich – und mache mir Sorgen, weil meine Hände noch immer nass sind, da ja kein sauberes Handtuch zu finden war.

Ich: »Sorry. Meine Hände sind noch nass, weil kein sauberes Handtuch da war.«
Jake: »Du kannst sie gerne an meinem Shirt abwischen.«

WILL DER MICH VERARSCHEN? Der Typ ist so lässig.

Also wische ich meine Hände kreuz und quer an seinem Shirt ab. Da packt er mich an den Handgelenken, schaut mich viel zu lange an, um mir noch irgendeine Chance zu lassen, mich wohl oder gar sexy zu fühlen, und sagt …

Jake: »Echt schön, dass du heute gekommen bist.«
Ich: »Gleichfalls.«

Und dann fangen wir an zu knutschen!!! Auf einem Bett! Es war verrückt! Ich hatte das Gefühl, als könnte mein Dad jeden Moment reinplatzen (was nicht gerade die schönste Vorstellung war).

Seine Zunge war warm und schmeckte nach Bier. Sosehr ich Bier in meinem eigenen Mund hasse, in seinem mochte ich es.

Er wollte mir die Bluse ausziehen, aber ich hab ihn nicht gelassen. Ich wollte nicht gleich alles abbrechen, ich wollte nur nicht, dass es eskaliert, doch sobald ich ihn gestoppt hatte, ist er auf Abstand gegangen, hat meine Hand geküsst und gesagt: »Gehn wir wieder runter.«

Weit sind wir nicht gekommen, da ist Emma aufgetaucht, die sich bei mir über ihren Exfreund ausgeheult hat, obwohl der in London ist, während mein potentieller Freund nur Meter entfernt stand. Sie hat Rotz und Wasser geheult und oft »Wichser« gesagt. (Ich liebe dieses Wort – darf ich es benutzen?)
Jake blieb noch kurz bei uns, aber dann ist er zu seinen Leuten. Wenig später bin ich nach Hause.

Das war's also. So ist es gelaufen.

HAB ICH ES VERMASSELT?

Ich erbitte Rat.

Versuch bitte, zu verdrängen, dass er meine Hand geküsst hat. Ich gebe ebenfalls mein Bestes.

Ava

VON: GenX1999@gmail.com

AN: Ava.Helmer@gmail.com

BETREFF: Re: Liebe, Lust und Bier-Ping-Pong

Wow. Ich würde deiner Mail das Label NS17 (nicht süß, es sei denn, du bist 17) verpassen. Da wir schon 18 sind … hab ich in meine Tasche gekotzt.

WAR EIN WITZ. Das alles kommt mir entzückend normal vor. Mit einem Touch schnulzig-unbeholfen. Vergiss dabei nur nicht: Jake ist ein typischer College-Typ, der sich mit Mühe und Not um sich selbst kümmern kann. Dein Selbstwertgefühl sollte nicht von seiner Wenigkeit abhängen.

Wie ist dein Schlachtplan?
Fester Freund?
Heiße Nummer?
Vollkommenes Aus-dem-Weg-gehen?

(FYI: Variante zwei ist übrigens am einfachsten.)

Bin stolz auf dich, Süße.
G

VON: Ava.Helmer@gmail.com

AN: GenX1999@gmail.com

BETREFF: Re: Liebe, Lust & Bier-Ping-Pong

Kann ich eine detaillierte Beschreibung der verschiedenen Strategien bekommen, damit ich meine Affinität in Relation zur Energie setzen kann, die ich aufwenden will?

Danke im Voraus, und bitte antworte in angemessenem Zeitraum.

VON: GenX1999@gmail.com

AN: Ava.Helmer@gmail.com

BETREFF: Re: Liebe, Lust & Bier-Ping-Pong

Das Folgende ist in keiner Weise von der Amerikanischen Behörde für Lebensmittel- und Arzneimittelsicherheit als offizielle Behandlungsweise in einem Fall von »Horny Girl« bestätigt, wird aber von vielen Teenagern, Königinnen und Geschiedenen empfohlen.

Strategie 1: Fester Freund

Ignoriere ihn fünf Tage lang. Wenn er dich innerhalb dieser Zeit kontaktiert, kannst du reagieren, schreib aber auf keinen Fall zuerst. Keine Fragen stellen. Bleib mysteriös. Wenn er sich nicht bei dir meldet, geh noch mal auf eine Party in seinem Verbindungshaus und – und das ist SEHR wichtig! – ignoriere ihn. Unterhalte dich mit möglichst vielen seiner Freunde, während du so tust, als würdest du dich bestens amüsieren. Wenn er versucht, mit dir zu reden, lass es zu, aber dann wimmelst du ihn ab und behauptest, du musst noch woanders hin. Rechne mit einer Nachricht innerhalb von zwei Tagen. Eine Einladung, zu ihm zu kommen, lehnst du ab. Lehne alles ab, was kein Abendessen ist. Warte einen Monat, bevor du Sex mit ihm hast. (Widerrufsbelehrung: Ich hasse diesen Plan. Er ist bescheuert und sexistisch. Aber in 95 % aller männlichen Weißer geht er auf.)

Strategie 2: Heiße Nummer
Der Plan mit dem größten Spaßfaktor. Warte drei Tage, dann schreibst du ihm: »Was machst du gerade?« EGAL, was er antwortet, schreib: »Willst du vorbeikommen?« Hab Sex. Oder nicht. Es ist dein Körper. Trefft euch einmal die Woche auf eine heiße Nummer, bis der Funken erlischt oder einer von euch beiden sich verliebt und den anderen davon überzeugt, dass es »mehr als nur eine Affäre ist«. Glückwunsch. Du hast es zum Resultat von Strategie 1 geschafft, allerdings mit minimalem Aufwand. So unterwandert man das System. (Widerrufsbelehrung: Das ist bei weitem die gefährlichste Strategie, weil man sich dabei ein gebrochenes Herz und/oder Geschlechtskrankheiten einfangen kann. Vergiss nicht zu verhüten!)

Strategie 3: Vollkommenes Aus-dem-Weg-gehen
Geh ihm aus dem Weg. Vollkommen. (Widerrufsbelehrung: Das könnte den entgegengesetzten Effekt vom erwünschten Resultat haben und bewirken, dass er sich in dich verliebt. Deshalb wurde die Einstweilige Verfügung erfunden.)

Bitte schön! Wähle weise. Oder gar nicht.

VON: Ava.Helmer@gmail.com

AN: GenX1999@gmail.com

BETREFF: Re: Liebe, Lust & Bier-Ping-Pong

Ich muss FÜNF Tage warten???? Das ist mega lang! Ich glaube nicht, dass ich irgendetwas so lange aufschieben kann! Können wir uns auf dreieinhalb einigen?

VON: GenX1999@gmail.com

AN: Ava.Helmer@gmail.com

BETREFF: Re: Liebe, Lust & Bier-Ping-Pong

Wie ich sehe hast du dich für Option 1 entschieden. Möge das Glück mit dir sein.

NACHRICHT

8:42 PST

A: Ich bin eine schreckliche Freundin!

G: Nein, bist du nicht!

G: Moment. Warum?

G: Hast du mich betrogen?

A: Schlimmer! Ich hab dich vergessen!

G: Was glaubst du eigentlich, wem du grade schreibst?

A: Ich meine, ich hab vergessen, dich nach dir zu fragen! Wie lief das Treffen mit Charlotte?

G: Ach so! Gut.

A: Nur gut? Hat ihr dein Artikel gefallen?

G: Ja, glaub schon.

A: Du GLAUBST?

G: Wir haben die meiste Zeit einfach nur gequatscht. Über Journalismus auf der Makroebene.

A: Darf ich anmerken, dass das schwul ist?

G: Nein.

VON: GenX1999@gmail.com

AN: Ava.Helmer@gmail.com

BETREFF: Expertenrat gefragt

Ich weiß nicht, wie ich das höflich verpacken soll, also sag ich's einfach: Ich kenne niemanden, bei dem so viele Schrauben locker sind wie bei dir. Das ist KEINE Beleidigung. Wenn überhaupt, ist es ein Beweis für deine extreme Belastbarkeit, dass du so durchgeknallt bist und dabei trotzdem so herrlich funktionierst. Nach Jahren voller Therapien und Medikamente ... Die komplette Rede werde ich mir sparen, aber du kapierst schon, was ich meine. Du bist im Grunde eine inoffizielle Therapeutin.

ALSO! Ich brauche semi-professionellen Rat bei der Frage, was zur Hölle mit Molly los ist. Ich weiß nicht, ob sie nur »ein Collegemädchen ist, das sich auslebt« oder »eine junge Frau in ernsten Schwierigkeiten«. Außerdem kann ich nicht einschätzen, ob ich mir überhaupt erlauben darf, was zu sagen, weil ich sie ja noch gar nicht so lange kenne und wir außerdem hin und wieder Körperflüssigkeiten austauschen. Das macht es komplizierter als wenn sie nur eine Freundin wäre.

Mein Hauptfach ist nicht Psychologie (weil das auf der Emerson nicht angeboten wird), aber am ehesten würde ich ihr Verhalten mit »manisch« beschreiben. Nicht komplett wie in *Durchgeknallt*, aber doch besorgniserregend. Sie macht das ganze Wochenende über Party und verschläft ihre Kurse. Wenn ich nicht sofort ans Telefon gehe, quatscht sie mir krass lange Nachrichten voller Schimpfwörter auf die Mailbox, aber wenn ich dann zurückrufe, ist es, als wäre alles längst vergeben und vergessen.

Ist das normal? Ich weiß, keiner ist »normal«, aber muss ich mir Sorgen machen? Ihre Eltern leben ganz in der Nähe, in Stoneham. Kann ich vielleicht einen Besuch dort vorschlagen? Oder wirkt das dann, als würde ich ihre Eltern kennenlernen wollen, weil ich heimlich in sie verliebt bin und auf die patriarchale Tour mein Revier markieren will? Ehrlich: Ich habe kein Interesse an einer festen Beziehung mit diesem Menschen. Ich hab gerade mein erstes Semester am College angefangen. Ich werde mich mit Sicherheit noch nicht binden! Aber ich mach mir Gedanken, weil ich eben auch ein Mensch bin.

Gen

PS: Brauchst du noch mehr Motivation?

VON: Ava.Helmer@gmail.com

AN: GenX1999@gmail.com

BETREFF: Re: Expertenrat gefragt

Hmmmm. Das ist schwierig. Es ist knifflig, Leuten zu helfen, die keine Hilfe wollen. Hilfe zu wollen war schon immer meine Rettung. Ich schrei es regelrecht von den Dächern: »Hilfe!« (Falls du dir irgendwann noch mal die Mühe machen solltest, mich dazu zu motivieren, meinen semi-professionellen Rat abzusondern, musst du unbedingt erwähnen, dass ich zu meinem Dad mal gesagt habe: »Ich muss zum Arzt, weil etwas in mir mich traurig macht.« Mit VIER JAHREN! Warum hat eigentlich noch kein Frauensender mein Leben verfilmt?)

Könnte es sein, dass sie drogenabhängig ist? Falls ja, musst du einen anderen Halbprofi um Rat fragen, weil ich nur Erfahrung mit Sachen habe, die man auf Rezept bekommt. (Übrigens bekomme ich von Duloxetin immer noch Schweißausbrüche. Ich musste mir Schweißtücher fürs Gesicht kaufen, aber die nässen sofort durch. Es ist superekelig. Ich bin superekelig.)

Aber egal. Wenn es *nichts* mit Drogen zu tun hat, finde ich, du solltest versuchen, mit ihr zu reden. Vielleicht fängst du mit irgendetwas an, womit du zu kämpfen hattest, seit du nicht mehr zu Hause wohnst. (Ich weiß. Du bist vollkommen unabhängig. Denk dir was aus.) Dann frag sie, ob es ihr zufällig ähnlich geht. Tu dir keinen Zwang an, die emotionale Baustelle zu erwähnen, die sich deine beste Freundin nennt. Die Leute lieben es, mir ihre Probleme anzuvertrauen. Ich glaube, es liegt daran, dass man sich so leicht mit mir identifizieren kann. Ich bin die Sandra Bullock der Geisteskrankheiten.

Und versuch, nicht mehr mit ihr rumzumachen. Sie braucht eine Freundin, keinen F-Buddy. Außerdem ist sexuelle Freizügigkeit oft eine Begleiterscheinung von Depressionen, und ungesundes Verhalten sollte man nicht unterstützen.

Damit hast du von mir schon mehr praktischen Rat bekommen als ich von meiner aktuellen Therapeutin, die eine ZULASSUNG hat!!!!! Wie kommen die Leute eigentlich an ihre Jobs?

Halt mich auf dem Laufenden!
XO
A

NACHRICHT

11:14 EST
G: Ich hab überreagiert.
A: *Fifth Harmony* ist nicht die geilste Band aller Zeiten?
G: Das hab ich nie behauptet! Ich sagte nur, sie sind die geilste Casting-Girlgroup aller Zeiten.
A: Lügnerin!
G: Auch egal.
G: Molly geht's bestens. Sie hat mich praktisch ausgelacht.
A: Noch nie von Leugnung gehört?

G: Nein. Liegt das in Ägypten?

A: Was hat sie gesagt?

G: Sie hat gesagt, dass es ihr gutgeht. Und dass es süß ist, dass ich mir solche Gedanken um sie mache.

A: Und weiter?

G: Und gar nichts weiter.

A: Ihr habt euch beide in Luft aufgelöst?

G: Nein …

A: GENEVIEVE!

G: Ich hab versucht, ein guter Mensch zu sein. Ich hatte mir ein bisschen Spaß verdient.

A: Unfassbar!

G: 😁

VON: Ava.Helmer@gmail.com

AN: GenX1999@gmail.com

BETREFF: Gefangen auf einsamer Insel, Tag drei

Ich werde noch wahnsinnig. Ich weiß nicht mehr, wo oben und wo unten ist. Ich habe angefangen, jeden Abend eine dünne Linie ins Fußende meines Betts zu ritzen, um die Zeit nicht aus den Augen zu verlieren. Mein bester Freund ist ein Basketball namens Willis.

WARUM MELDET ER SICH NICHT?!?!?!?!?!?

Bin ich so schlecht im Küssen? Woher weiß ich, ob ich schlecht küsse? Jetzt kann ich nicht mal mehr dich küssen, um Feedback zu kriegen! ICH HASSE ES, EINE LESBISCHE FREUNDIN ZU HABEN.

Sorry. Ich schlage nur grade wild um mich. Ich bin super stolz auf dich und dein Lesbisch-sein.

Ich wünschte, ich wäre lesbisch.

Nein, stimmt nicht.

Ich wünschte, ich wäre asexuell.

Bitte lösch diese Mail. Am besten noch, bevor du dir die Mühe machst, sie zu lesen.

VON: GenX1999@gmail.com

AN: Ava.Helmer@gmail.com

BETREFF: Re: Gefangen auf einsamer Insel, Tag drei

Wie läuft's so in deiner Panikspirale? Hast du Spaß? Gibt es viele überraschende Abzweigungen, die in schwarze Löcher führen?

Ich ziehe es vor, deine latente Homophobie zu ignorieren, und frage dich stattdessen: Warum sollte er alle deine Instagram-Fotos liken, wenn du schlecht küssen würdest?

G

PS: Ich bin nicht lesbisch. Ich bin kein gar nichts. Ich bin die Dunkelheit unter deinem Bett.

NACHRICHT

16:27 PST

A: Er hat vier meiner Fotos geliked!!!

G: Ich weiß.

G: Warum hast du das nicht gewusst???

A: Verbindungen! Sämtliche Mädchen sind verpflichtet, die Fotos aller anderen zu liken. So viele likes hatte ich mein ganzes Leben nicht! Ich hab den Überblick verloren.

G: Ich hab's trotzdem gesehen.

A: Spar dir die Schadenfreude und sag mir, was ich machen soll!

G: Poste ein Schwanzfoto. 🍆

A: Jetzt fang nicht schon wieder damit an!

G: Schreib einen Kommentar zu seinem letzten Foto und geh am Wochenende auf eine Party, auf der er auch ist.

A: Auf seinem letzten Foto ist eine Bong.

G: Lass die Finger davon, bevor es zu spät ist!

A: Ich schreib einfach: Hübsch.

G: Vergiss den Kommentar. Geh einfach auf die Party.

G: Das echte Leben liegt dir mehr.

A: Ich will Schriftstellerin werden!!!

VON: GenX1999@gmail.com

AN: Ava.Helmer@gmail.com

BETREFF: Wenig bescheidene Angeberei

Heute Morgen ist mein zweiter Artikel erschienen (zumindest im Internet). Er hat voll eingeschlagen! Bei unserem eingegrenzten Zielpublikum. Die Präsidentin des Colleges ist vorbeigekommen, um zu fragen, ob sie möglicherweise einen Kommentar dazu schreiben könnte!

Mein Redakteur, Kent, hat mir so gut wie versprochen, dass ich nächstes Semester ins feste Team aufgenommen werde. Er hat mich schon auf eine neue Story angesetzt – ich soll rassistische Graffiti im *Paramount Center* aufdecken. (Frag nicht.)

Ein Teil von mir findet, ich sollte aufhören, solange ich so gut im Rennen liege, und die Welt von meinem legendären Ruf berichten lassen, während ich mich nach Mexiko absetze und Mai Tais schlürfe. Der andere Teil will solange weiter schreiben, bis ich die erste queere Chefredakteurin der New York Times bin.

Charlotte will mich zum Abendessen ausführen, um meinen Erfolg zu feiern. Ich bin ein bisschen schockiert, weil sie mich diese Woche im Unterricht fast durchgehend ignoriert hat, aber vielleicht will sie es nicht ZUUU offensichtlich machen, dass ich ihre Lieblingsstudentin bin.

WAS ZIEH ICH NUR AN?! BISHER MUSSTE ICH MICH NOCH NIE FÜR EINE ERFOLGSFEIER ANZIEHEN!

Genevieve Goldman
Zukünftige Chefredakteurin der New York Times

NACHRICHT

13:32 PST
A: 🖤🖤🖤🖤🖤🖤🖤
A: Ich bin so stolz auf dich!!!!!!
A: Zieh nen Blazer an.
G: Ja, alles klar.

19:19 PST
A: Ich hab was Dummes gemacht …
A: Wirklich dumm. So wie »Hoppla, war das der Knopf für die Atombombe?«-dumm.
A: Ich raste aus!!!
A: Hallo?
A: SUPER! JETZT MACH ICH MIR AUCH NOCH SORGEN, DASS DU TOT BIST!
A: Mir ist rein gar nichts mehr geblieben.

4:27 EST
G: Was ist passiert?

7:52 EST
G: Alles okay?
G: Ava?
G: Ist das jetzt die Rache?

23:31 PST

A: Wo warst du denn?

G: Wo warst DU?

A: Im Fitnessstudio.

G: Sehr gut. Dann funktioniert dein Körper also noch.

A: Ich hab was Dummes gemacht.

G: Wie dumm?

A: Strategie-2-dumm.

G: Määäääääädchen!

VON: Ava.Helmer@gmail.com

AN: GenX1999@gmail.com

BETREFF: Brauche neue Strategie

Also ... ich hab ein bisschen Mist gebaut. Gestern Abend (eigentlich war es Nachmittag, aber das hört sich *dermaßen* peinlich an ...) bin ich auf einmal durchgedreht. Ich bin in dieses abgedrehte Kaninchenloch gefallen und habe mir eingeredet, dass Jake sich vielleicht deswegen nicht bei mir meldet, weil er denkt, dass ich es NICHT WILL. Außerdem ist mir klargeworden, dass er meine Nummer gar nicht hat! Wie sollte er mich da kontaktieren, selbst wenn er wollte? (Schon klar. Twitter. Instagram. Facebook. Diese Möglichkeiten sind mir später auch eingefallen.)

Ich war nicht mehr ich selbst, okay? Also hab ich einem der Typen aus meinem Drehbuch-Kurs, der auch Anwärter bei ZBT ist, eine Mail geschrieben und nach Jakes Nummer gefragt. ICH BIN WAHNSINNIG. Eine andere

Erklärung für mein Handeln gibt es nicht! Weil ich wahnsinnig bin.

Genau eine Stunde später meldet sich mein Bekannter also mit Jakes Nummer. Wichtig, zu wissen, dass ich inzwischen begriffen hatte, dass ich – du errätst es – wahnsinnig bin. Aber nachdem ich schon so offen nach seiner Nummer gefragt hatte, konnte ich ihn unmöglich *nicht* anschreiben. Immerhin hätte Jake ja auf jeden Fall davon erfahren.

Ich zerbreche mir also den Kopf nach einem glaubhaften Grund, ihn kontaktieren zu müssen, der nichts mit extremer Verzweiflung zu tun hat, und mein glorreicher Einfall ist … Darf ich mir deine Kamera ausleihen?

Bevor du ausflippst, vergiss nicht, dass ich Film studiere und das nicht die abwegigste Bitte ist. Er hat eine Canon 5D, was ich nur deshalb weiß, weil er in der Nacht, in der wir rumgemacht haben, damit angegeben hat. (Erinnerst du dich an diese Nacht? Als ich noch ein normales Collegemädchen war und keine Psychopatin?)

Ich verbringe also eine halbe Stunde damit, die perfekte Nachricht zu verfassen – ein bisschen flirtend, trotzdem lässig, mit Fokus aufs Wesentliche, trotzdem witzig – und entlasse sie in den Äther.

Nichts. Zwei Stunden lang Funkstille. In diesem Moment hätte ich dich am dringendsten gebraucht. (Mehr dazu später! Wo zum Teufel warst du und warum warst du um 4 Uhr morgens noch wach?)

Und dann ... eine Antwort! Nicht nur das, sondern eine Einladung, zu ihm rüberzukommen, damit er mir »erklären kann, wie sie funktioniert«. Was genau genommen ein bisschen oberlehrerhaft ist, weil ich immerhin ebenfalls Film studiere. (Obwohl ich tatsächlich keine Ahnung hatte, wie man mit dem Ding umgeht. Diese Hände sind zum Tippen geschaffen, Baby!)
Spulen wir drei Outfit-Wechsel und eine leichte Panikattacke vor, schon bin ich auf dem Weg zu ZBT, allein, nachts. Das war aus vielen Gründen dämlich, einschließlich der gefährlichen Nachbarschaft. Als ich ankomme, hängen einige Typen im Wohnzimmer ab. Ich frage, ob Jake da ist, und sie fragen mich, welcher Jake, und dann bekomme ich Panik und vergesse seinen Nachnamen. Das passiert mir immer, wenn ich extreme Panik schiebe. Auf einer besonders stressigen Pyjamaparty in der Mittelstufe habe ich sogar mal vergessen, wie man Veronica buchstabiert.

Einer der Kerle wirft dankbarerweise ein paar Jake-Möglichkeiten in die Runde, und ich erkenne den Richtigen. Man sagt mir, dass er in seinem Zimmer ist. Dann kommt es zu folgendem Gespräch:

Netter Typ: Einfach die Treppe rauf bis zur –
Fieser Typ: Sie weiß, wo.
Ich: *im Erdboden versink*

Warum sind Jungs so gemein? Im Ernst? Wozu ein absolut nettes Mädchen so total grundlos niedermachen?

Ich geh also die Treppe rauf, klopfe an der FALSCHEN Tür und finde Jakes Zimmer, nachdem ich einen Nerd enttäuschen musste, der gerade *Magic: The Gathering* gezockt und mich angeglotzt hat wie eine Pizza, die überpünktlich geliefert wurde.

Jake, oben ohne auf seinem Bett, zupft an seiner Gitarre herum und lächelt, als er mich sieht. Kein breites Lächeln. Aber ein Grinsen. So wie: »War ja klar, dass du wiederkommst.« Mir dreht sich der Magen um. Ob auf eine gute Art, kann ich nicht sagen.

Lange Rede, kurzer Sinn: Er hat mir nicht beigebracht, wie man die Kamera bedient, aber dafür bin ich zum ersten Mal befummelt worden und muss jetzt einen experimentellen Kurzfilm drehen, sonst denkt er, dass ich von ihm besessen bin.

UUUPSIE!
A

VON: GenX1999@gmail.com

AN: Ava.Helmer@gmail.com
BETREFF: Re: Brauche neue Strategie

Ich würde dieser Story eine 2- geben. Viel zu viel Hinführung und der dritte Akt scheint übereilt.
Was genau soll das heißen, er hat dich befummelt?! Solche Details wären wichtig.

Ich warte auf die Fortsetzung.

VON: Ava.Helmer@gmail.com

AN: GenX1999@gmail.com

BETREFF: Re: Brauche neue Strategie

Es ist mir peinlich! Die ganze Sache ist mir so peinlich! Mir sind tausend Sachen durch den Kopf gegangen und dauernd musste ich an seine Laken denken. Sie wirkten sauber, aber wie sauber konnten sie schon sein? Wann hat er sie zuletzt gewaschen? Wird er mich hinterher noch respektieren? Was, wenn ich pinkeln muss? Es war alles ein bisschen viel auf einmal.

Was fühlt man denn normalerweise, wenn man mit jemandem ins Bett geht? Nichts? Alles?

In mein Höschen hab ich ihn nicht gelassen. Vorher wollte ich sichergehen, dass es mit uns irgendwie was Ernsthafteres ist, außerdem will ich, dass es auf *meinen* Laken passiert. Gegen Mitternacht sind wir eingeschlafen und am Morgen hat er mich zurück in mein Wohnheim begleitet. ICH WURDE IM FREIEN GEKÜSST. AM TAG!

Aber was nach all dem bei mir hängengeblieben ist: WARUM WARST DU UM 4 UHR MORGENS NOCH WACH? Glaub ja nicht, du kannst mir was vormachen. Ich bin eine verdammt gute Detektivin.

In Liebe und Unruhe
Ava

VON: GenX1999@gmail.com

AN: Ava.Helmer@gmail.com

BETREFF: Re: Brauche neue Strategie

Himmel, du lässt auch nie locker, was? Selbst wenn du mit den Qualen der Leidenschaft ringst.

Ich war mit Charlotte zur Feier des Artikels abendessen. Und was trinken.

NACHRICHT

15:49 PST

A: Willst du mich verarschen?

G: Immer.

A: Wenn ich mit dem dämlichen Probelauf für die Aufnahmezeremonie fertig bin, wartet besser eine DETAILLIERTE Mail auf mich.

A: Ich will Details, Genevieve.

A: Alle Details.

G: 🔫

VON: GenX1999@gmail.com

AN: Ava.Helmer@gmail.com

BETREFF: Ihre Anfrage

Anfrage ist freundlich ausgedrückt. Du solltest zur CIA. Angeblich sind dort aggressive Techniken des Verhörens sehr gefragt. Unabhängig von irgendwelchen menschlichen Grundrechten.

Ich weiß nicht, was es da noch zu sagen gibt. Außer, dass ich mit meiner LA ins Bett gehe.

HA! SO erzählt man eine Geschichte! Man fängt mit der scheiß Kernaussage an.

Jetzt, wo ich dich am Haken habe, werde ich mir Zeit lassen, weil mein Redakteur, Kent, mir zumindest für Mails noch keine Wortanzahl vorschreibt:

Junge Journalistin vom Interesse einer undurchschaubaren reiferen Frau geschockt

Von Genevieve Goldman

Berkeley Beacon Redaktion

BOSTON. Vor vergangener Nacht hatte Genevieve Goldman, 18, die Schwelle zur sapphischen Reife lediglich zaghaft berührt. Doch als sie das *Gaslight* im South End betrat, sollte ihr Schicksal sich wenden. Goldman, geboren in Los Angeles, traf sich mit ihrer Lehrassistentin für Enthüllungsjournalismus des Emerson College, Charlotte Huang, 32 (????), zu einem Siegesdinner. Ms Huang hatte Ms Goldman unter dem Vorwand der Mentorschaft eingeladen, da die beiden sich während Goldmans jüngster Recherche bezüglich eines perversen Widerlings, der ohne Zweifel aus dem Institut für Kommunikationswissenschaften fliegen sollte, nähergekommen waren.

Nachdem sie die Getränke bestellt hatten – ein Whiskey pur für Ms Huang und eine Cherry Coke für Ms Goldman –, wurden die Gespräche schnell persönlich. Ms Huang beschwerte sich darüber, dass eine verflossene

Liebesaffäre kürzlich eine unschöne Wendung genommen hatte, während Ms Goldman darum bemüht war, cool und sachkundig bzgl. lesbischer Dramen zu erscheinen (was sie nicht ist). Bestimmte Signale wie flüchtige Berührungen und Mit-den Haaren-spielen ließen sozialwissenschaftlichen Erkenntnissen zufolge darauf schließen, dass Ms Huang flirtete. Ms Goldman, die laut ihrer engsten Freunde und Familie keine völlige Vollidiotin ist, flirtete zurück, unternahm jedoch nichts, um die Situation voranzutreiben. Am Ende eines Drei-Gänge-Menüs (Rote-Bete-Salat, Schwertfisch und ein geteilter Gateau aux Pommes) hatte Ms Goldman Anflüge von Übelkeit und Nervenflattern zu beklagen. Nach einem angespannten Moment im Freien brach Ms Huang das Schweigen mit einer Einladung auf einen Absacker. Bei ihr zu Hause. Ein Angebot, das unangefochten als erfolgreichste »Anmache« aller Zeiten gilt.

Innerhalb von zehn Minuten waren beide Frauen in Ms Huangs Apartment, nüchtern, aber beschwingt. Innerhalb weiterer zehn Minuten war keine von beiden mehr nüchtern – jedoch sehr wohl weiterhin beschwingt. Schnell gerieten die Dinge unter Zuhilfenahme weniger Worte (seitens aller Beteiligten) aus dem Ruder. Spezifische Einzelheiten des Geschehens wurden nicht zu Protokoll gegeben, aber Aussagen von Tatzeugen lassen darauf schließen, dass es zu bis zu vier »Vorgängen« gekommen ist. Vermutlich gegen 4 Uhr 27 unterbrach Ms Goldman das heitere Treiben, um auf die Nachricht einer geliebten Freundin zu antworten, die – wie sich später herausstellen sollte – in Abwesenheit von Ms Goldman einen groben Fehler begangen hatte.

Nachdem eine Antwort von besagter Freundin ausblieb, schlief Ms Goldman in den Armen Ms Huangs ein, die zweifellos Pilates oder zumindest leichtes Gewichtestemmen betreibt. Am folgenden Morgen verabschiedeten sich die beiden nach – dank Ms Huangs Erwachsenendaseins – einem French-Press-Kaffee voneinander.

Unbestätigten Berichten zufolge kam es vor Ms Huangs Apartment zu Rumgeknutsche, bevor sich eine erhitzte Ms Goldman auf den Rückweg zu ihrer bescheuerten Zimmermitbewohnerin und ihrem faden Studentenleben begab.

Sofern Sie mit der Journalistin in Kontakt treten möchten, senden Sie bitte vier Brieftauben und einen Big Mac ins Piano-Row-Wohnheim des Emerson College.

VON: Ava.Helmer@gmail.com

AN: GenX1999@gmail.com

BETREFF: Re: Ihre Anfrage

WAAAAAAAAS?!!! ABER! ABER! Sie ist deine LA! Und sie ist uralt! Und du hattest Cherry Coke?! Bitte sag mir, dass es nur stinknormale Cherry Coke, das beliebte Erfrischungsgetränk, war und NICHT Cherry Coke, das Codewort!

Wow. Einfach wow. Fast, als hättest du eine Art Handbuch gehabt, Wie mache ich eine krasse Collegeerfahrung, und hättest dann jeden dafür erforderlichen Schritt abgearbeitet.

Wenigstens ist sie unverheiratet und hat keine Kinder. Bitte sag mir, dass sie unverheiratet ist und keine Kinder hat!

Trefft ihr euch weiter??? Ist sie jetzt deine Freundin? Wie willst du dich im Unterricht normal verhalten? Solltest du das Seminar wechseln? Könnte sie dafür gefeuert werden? Ich finde, man sollte sie feuern. Nicht, dass ich ihr persönlich das wünsche, aber im Allgemeinen kommt es mir wie eine vernünftige Regelung vor.

Bei euch geht's zu wie in Sodom und Gomorrha! Gibt es keine Vorschriften??? Kein Wunder, dass man diesen Dekan eingestellt hat. Er könnte Emersons Maskottchen werden.

WOW.

VON: GenX1999@gmail.com

AN: Ava.Helmer@gmail.com

BETREFF: Re: Ihre Anfrage

Hahahaha. Die Antwort auf alle deine Fragen: Wird sich zeigen. Nur dass sie verheiratet ist, glaube ich nicht. Aber man kann nie wissen!

NACHRICHT

17:35 EST
G: Ich hab gerade gesehen, wie ein Eichhörnchen gestorben ist.
A: WAS?! Du hast ein Eichhörnchen ermordet?
G: Ich hab es nicht ermordet!
G: Wahrscheinlich ist es von einem Auto angefahren worden oder so. Es ist ausgeflippt und hat dann so komisch gezuckt.
G: Ich bin fürs Leben gezeichnet.
A: Lass dir das Eichhörnchen tätowieren, damit du es nie vergisst.
G: 😳
A: Das war ein Witz.
A: LASS DIR KEIN EICHHÖRNCHEN TÄTOWIEREN!
G: 🐿💉

VON: Ava.Helmer@gmail.com
AN: GenX1999@gmail.com
BETREFF: Um Stellungnahme wird gebeten

OKAY! Krise.
Jake hat mir gerade geschrieben und gefragt, wie es mit meinem Film vorangeht. Erinnerst du dich an meinen Film? Diese lächerliche Ausrede, um einem Kerl zu schreiben, der mich später befummeln durfte? Rate mal! Diese Erfindung wird schon bald Wirklichkeit. Ich kann unmöglich eine Zukunft mit Jake haben, wenn unsere komplette Beziehung auf einer Lüge basiert. Also muss ich einen Kurzfilm drehen UND darf mich dabei nicht wie

der letzte Volldepp anstellen, da Jake das Ergebnis sicher irgendwann sehen will.

Drehbuch-Sophia sagt, sie würde mir dabei helfen, weil sie sich mit ein paar Regieleuten angefreundet hat und außerdem gerne schauspielern würde. (Alle Autoren hier wollen schauspielern. Alle Regisseure wollen eigentlich schreiben. Der Grad an Zufriedenheit an dieser Schule ist gleich null.)

Hier sind ein paar Ideen. Es sind Rohentwürfe, nur um zu sehen, ob die Richtung stimmt. Bitte sei gnädig.

1) Ein Mädchen verliert ihr iPhone. Sie muss ihre Schritte zurückverfolgen, um es zu finden, und in der Zwischenzeit fällt ihr wieder ein, wie man im Leben auch ohne auskommt. (Aber auf witzig. Denk daran, dass es witzig werden würde.)

2) Ein Junge und ein Mädchen haben gemeinsam ihren ersten Kuss, aber keiner von beiden findet es gut. Dann gehen sie eine feste Beziehung ein, weil sie Angst haben, alles andere wäre unhöflich. (Wieder: lustig.)

3) Ein Stummfilm aus Sicht eines Eichhörnchens. (Von dir inspiriert. Aber unser Eichhörnchen stirbt nicht. Weil: Comedy. Und Budget.)

Such dir was aus. Such dir nichts aus. Sag, dass ich zu Jura wechseln und schon mal die nötigen Formulare ausfüllen soll.

VON: GenX1999@gmail.com

AN: Ava.Helmer@gmail.com

BETREFF: Re: Um Stellungnahme wird gebeten

Nummer zwei! Außerdem musst du keinen Film drehen, um irgendeinen Kerl zu beeindrucken. Aber du solltest einen machen, weil du auf die Filmschule gehst und das bestimmt alle da machen. Vielleicht einen YouTube-Kanal starten? So was kann mega einschlagen!

VON: Ava.Helmer@gmail.com

AN: GenX1999@gmail.com

BETREFF: Re: Um Stellungnahme wird gebeten

Ich hasse YouTube. Vimeo. Wenn überhaupt.

NACHRICHT

14:32 EST

G: Charlotte ignoriert mich.

A: Echt jetzt??? Das tut mir so leid

G: Quatsch! Das ist lustig!

A: Ignoriert zu werden ist lustig?

G: Absolut! Jetzt hab ich was, worauf ich mich im Unterricht konzentrieren kann.

A: Wie sind wir noch mal Freunde geworden?

G: Gleich wieder da – muss kurz einen Stift runterwerfen, damit sie in meinen Ausschnitt gucken kann.

A: Ok, jetzt bist du durchgeknallt.

VON: GenX1999@gmail.com

AN: Ava.Helmer@gmail.com

BETREFF: Erfolg

Charlotte hat mich nach dem Unterricht abgefangen und mich auf irgendeine Wein-und-Käse-Party zu sich eingeladen? Wenn das nicht der ultimative lesbische Traum ist, weiß ich auch nicht. Eigentlich soll ich heute Abend mit Molly zu einer Show im Comedy Studio, aber das sag ich einfach ab. Sie versetzt mich auch ständig.

Ich mach mir ein bisschen Gedanken, wie ich mich dort verhalten soll. Wahrscheinlich will sie ihren Freunden nicht unbedingt auf die Nase binden, dass sie mit einer Studentin schläft. Aber vielleicht bleibe ich einfach, bis alle anderen weg sind?

Gott, ich liebe Spielchen. Sie ist so gut darin. Zu schade, dass ich besser bin!

Love and Tits
G

NACHRICHT

19:12 EST
G: Heilige Scheiße.
A: Mehr Details, bitte.
G: Molly hat mir gerade eine mega Szene gemacht, weil ich abgesagt habe.
A: Eine Szene, wie?

G: Weißt du, was das bedeutet?

A: Ich kann's mir denken.

G: Sie ist ausgerastet. Hat herumgebrüllt, dass keiner sie zu schätzen weiß und respektiert.

A: 😏

A: Und was hast du gesagt?

G: Ich bin gegangen.

A: Du bist gegangen???

G: Du weißt, dass ich mich nicht gern anschreien lasse.

G: Außerdem muss ich auf ein schickes Lesben-Event.

A: Sind alle Freunde von Charlotte Lesben?

G: Man darf ja wohl noch träumen.

VON: Ava.Helmer@gmail.com

AN: GenX1999@gmail.com

BETREFF: Schwesternschaft der wandelnden Bimbos

Ich habe gerade drei Stunden lang griechische Buchstaben mit Glitzer auf ein Posterbrett geklebt, während zwanzig andere Mädchen über die Bachelorette gequasselt haben, als wären die Teilnehmer echte Menschen und keine Roboter, die von einem Megakonzern angeheuert wurden, um ihre Pflicht zu erfüllen und sich dann in unbedeutenden Instagram-Fame aufzulösen.

Dass ich die Bachelorette nie geschaut habe, hilft auch nicht gerade …

Keine Ahnung. Diese Mädels nehmen Gamma Phi so ernst. Als wäre es irgendwas Wichtiges und nicht nur ein Vorwand, um dämliche Fotos zu machen und Kerle zu treffen. Ich bin voll und ganz für Schwesternschaft im übertragenen Sinn, aber dieses »DU BIST MEINE ...« finde ich gruselig. Nicht mal meine richtige Schwester hat das je zu mir gesagt. (Übrigens habe ich den Verdacht, dass Jackie sich bald verlobt. Ich weiß das nur, weil sie ständig vor ihrem Freund und meinen Eltern darüber redet. Mega peinlich!)

Bin ich ein Snob? Oder versuche ich, ein Viereck in ein rundes Loch zu pressen?

Die Aufnahmezeremonie ist in zwei Wochen. Wenn ich vorher austrete, muss ich nicht für das ganze Semester Gebühren zahlen. Meine Mom meint, ich soll mir über das Geld keine Gedanken machen, und mein Dad reißt ständig Witze mit Phi. (»Phis später!« usw.)

Ich weiß, du bist damit beschäftigt, teuren Käse zu essen und nicht aufs Klo zu müssen, aber wenn du dazu kommst, könnte ich Genevieves gute alte Meinung gebrauchen.

A

NACHRICHT

23:17 EST
G: Zum nächsten Geburtstag wünsche ich mir einen riesen Block Chevre, bitte
A: Geh heim, Kleine. Du bist betrunken.
G: 💯
G: Aber reich betrunken. Der Wein hier kostet $$$
A: Wie viel?
G: $$$$$$$

VON: GenX1999@gmail.com
AN: Ava.Helmer@gmail.com
BETREFF: Re: Schwesternschaft der wandelnden Bimbos

Ava, ich habe deine Bedenken gegenüber Bimbos gelesen und habe dazu ein paar verkaterte Gedanken. Zunächst mal der Begriff Bimbo. Bitte streich ihn komplett aus deinem Wortschatz, da er veraltet ist und ein patriarchales Vokabular aufrechterhält. Lebst du 1940 und bist ein Mobster, der seiner Frau erzählt, dass all die anderen Frauen ihm nichts bedeuten? Nein? Dann sag nie wieder »Bimbo«. Außerdem bezweifle ich, dass die Mädchen alle so schlimm sind. Hast du schon mal versucht, mit ihnen über andere Dinge zu reden? Hast du nicht gesagt, eine von ihnen ist Engländerin? Ihr könnt euch über die EU unterhalten!

Meine offizielle, wenn auch – und das betone ich noch einmal – verkaterte Genevieve-Empfehlung lautet: abwarten. Nicht jeder fängt sofort Feuer. Ich fürchte, ich habe dich für andere Frauen verdorben. Ich bin einfach die Beste. Das wissen wir alle. Manchmal muss man sich mit weniger zufriedengeben.

Ich kann das Knarren der Dielen zwei Stockwerke über mir hören. Sollte mein Kopf explodieren, dann überlasse meine Hirnmasse bitte der Wissenschaft.

Au. Au. Au.
G

NACHRICHT

12:43 PST
A: Ich hab die Seuchenschutzbehörde verständigt. Sie halten sich für den Leichenabtransport bereit.
G: Die SSB??? Du glaubst, ich bin krank?
A: Das war die erste Behörde, die ans Telefon gegangen ist.
A: Wie fühlst du dich?
G: Ist der Tod ein Gefühl?
A: Trink Gatorade und bilde dir ja nicht ein, dass du auf die Tour einer lückenlosen Offenlegung des vergangenen Abends entgehst!
G: Hör auf, mir ständig Gatorade aufzudrängen!
A: Sorry. Hab nen Vertrag unterschrieben.
A: 🩶

VON: GenX1999@gmail.com

AN: Ava.Helmer@gmail.com

BETREFF: Gender ist Geschichte (Wenn man nur will)

Charlotte könnte meine Seelengefährtin sein, würde ich an Seelenverwandtschaft glauben und wäre ich an einer monogamen Beziehung interessiert. Ihre Freunde, hauptsächlich andere Doktoranden aus allen denkbaren Colleges in New England, sind cool, klug und reden mit mir wie mit einem Menschen, obwohl ich erst vor etwa einem Monat einer geworden bin.

Nicht alle sind Lesben, aber selbst der Vorzeige-Hetero-Mann hatte weibliche Züge und WUNDERVOLLES Haar. Es fing sehr entspannt an, doch um Mitternacht waren alle betrunken vom Rotwein und schmauchten eine Bong, die wie ein Elefant aussah – Charlotte hatte sie in Indien gekauft. Von der Bong hielt ich mich fern, weil ich bei klarem Verstand bleiben wollte. Diese Lyrik-Doktorandin aus Amherst hatte nämlich eindeutig ein Auge auf mein Mädchen geworfen. Gegen Ende der Party war es ein Endkampf um ihre Zuneigung, aber RATE MAL! Collegekids brauchen keinen Schlaf! Cathleen ist morgens um 2 die Luft ausgegangen, also ist sie nach Hause, so dass ich allein mit Charlotte übrig geblieben bin, die zu besoffen war, um irgendwas anderes zu tun, als mir übers Haar zu streicheln und mir zu erzählen, wie viele Auszeichnungen ich eines Tages einstreichen würde. Es war die befriedigendste Interaktion meines Lebens. (Keine Bange, später am Morgen waren wir trotzdem noch unzüchtig.)

Danach hat sie mir erzählt, dass morgen eine Freundin zu Besuch kommt, also müssen wir es ein, zwei Wochen ruhiger angehen lassen. Wer, bitte schön, verbringt eine ganze Woche oder gar zwei bei jemand anderem? (Ich weiß genau, was du jetzt denkst!) Aber Charlotte scheint ständig Gäste zu habem. Es gefällt ihr, unterschiedliche kreative Energien aufzusaugen.

Und mir macht das nichts aus. Wir sind ja kein festes Paar oder so. Wir erkunden. Und jetzt kann ich andere Leute erkunden ;)

GG

VON: Ava.Helmer@gmail.com

AN: GenX1999@gmail.com

BETREFF: Re: Gender ist Geschichte (Wenn man nur will)

Ihre Energien aufsaugen??? Im Ernst??? Deine Mail klingt wie einer dieser Flyer, die Möchtegern-Spirituelle an Flughäfen verteilen.

Ich freu mich für dich? Ich verstehe dich nicht, aber ich freu mich für dich.

Und jetzt geh Leute in deinem eigenen Alter erkunden!

NACHRICHT

10:24 EST

G: Mein Professor hat nen Popel.

A: Iiiiiiieeeeh. Sag's ihm.

G: Ich zeige schon ständig an meine Nase, aber der Kerl checkt einfach nicht, was ich von ihm will.

A: Haben es die anderen schon gemerkt?

G: Ich geh stark davon aus.

A: Wie schaffst du's, mir im Unterricht zu schreiben?

G: Desktop-Version.

G: 😈

NACHRICHT

19:16 PST

A: Jake hat mich zu sich eingeladen.

G: Nein!

A: Dann schreib ich einfach zurück »Nein«???

G: Schreib: »Nein. Nächste Idee bitte.«

A: DU BIST SO GUT.

A: Warte kurz.

A: Er tippt gerade …

A: »Abendessen?«

G: Ich bin ein scheiß Genie! Die Leute sollten mich dafür bezahlen, dass ich ihnen sage, was sie tun sollen!

A: Was zieh ich an???

G: Keinen Schimmer.

VON: Ava.Helmer@gmail.com

AN: GenX1999@gmail.com

BETREFF: Elizabeth Taylor und Richard Burton

Merkt man, dass ich Film studiere???

Folgende Szene:

Innenansicht El Cholo – Abend
Zwei nervöse Collegestudenten betreiben Smalltalk über Filme, die nur einer von ihnen gesehen hat. Das Essen kommt. Ava, 18, findet ihres nicht wirklich gut, tut aber so, als ob.

JAKE
Und, wann drehst du deinen großen Film?

Ava verschluckt sich an einem Tortilla-Chip. Süß ist was anderes.

AVA
In den nächsten Wochen. Ein paar Sachen stehen noch nicht ganz. Zum Beispiel die Crew. Und die Location. Und das Skript.

JAKE
Klingt gut. Cool. Wer übernimmt die männliche Hauptrolle?

AVA
Ach, die Schauspieler stehen auch noch nicht fest.

JAKE

Ich bin Schauspieler, weißt du?

Ava ist kurz davor, sich einen zweiten Tortilla-Chip in den Mund zu stecken, bremst sich aber.

AVA

Hab ich dich schon mal irgendwo gesehen? Zum Beispiel als Gaststar bei *Law & Order*?

VERSTEHST DU, WORAUF ICH HINAUSWILL?! Ich bin eine Niete im Daten und Jake will in meinem Film mitspielen! HILFE!

Findest du, das ist eine gute Idee?
Schlechte Idee?
Neutral?

Ein Teil von mir hält es für den offensichtlichsten – und krass klischeebeladenen – Weg, auf dem wir uns eventuell verlieben und so lange glücklich sind, bis einer von uns ein Auslandssemester einlegt. Der andere Teil denkt: Das ist *mein* Projekt und ich habe riesen Schiss, was falsch zu machen, und wenn ich wegen etwas Schiss habe, neige ich dazu, zur »schlimmsten Version meiner selbst« zu mutieren. Und vielleicht hält er mich dann für eine zickige Bitch, nur weil ich weiß, was ich will, und das auch ganz konkret sage. (Danke, dass du mir dabei geholfen hast, darin nichts Schlechtes mehr zu sehen!)

Ich wusste nicht, wie ich reagieren soll, also habe ich gesagt, dass er erst mal vorsprechen muss. Darüber hat er gelacht, weil er es für eine Art sexy Anspielung gehalten hat, obwohl es mein völliger Ernst war. Gezwungenermaßen habe ich mitgelacht und dann von seiner Chili-Margarita probiert (ein Typ aus der Alvarado Street hat ihm letztes Semester einen falschen Ausweis gebastelt).

Er hat gefragt, ob wir auf sein Zimmer gehen wollen, aber ich habe mich gedrückt, weil mein Bauch weh getan hat und ich außerdem Angst hatte. Ich weiß nicht, ob mein Bauchweh psychosomatisch war oder ob es am Essen lag. Jedenfalls finde ich, unser nächstes »Date« sollte kein Essen beinhalten. Falls es ein nächstes Date gibt. Wie's aussieht, muss ich vorher ein Vorsprechen abhalten!

Bitte um Hilfe, Liebe und Rat!
A

VON: GenX1999@gmail.com

AN: Ava.Helmer@gmail.com
BETREFF: Re: Elizabeth Taylor und Richard Burton

Hmmmmm. Interessant. Dieser Kerl geht ran, so viel steht fest. Ich bewundere sein Selbstvertrauen, finde es bei einem weißen Hetero aber auch abtörnend. Wenn du mich fragst: Wenn du irgendein blödes Gefühl bei der Sache hast, dann lass es bleiben. Du drehst deinen ersten Kurzfilm, was schon stressig genug ist. Da kannst du's echt nicht gebrauchen, dir am Set auch noch nen Kopf über die Gefühle von einem Typen zu machen.

Andererseits muss ich zugeben, dass ich mir gerade nichts Geileres vorstellen kann, als für den Rest meines Lebens gemeinsam mit Charlotte zu schreiben. Also, was weiß ich schon?

PS: Hast du auf Instagram gesehen, dass Tracy sich tätowieren lassen hat? Ein HANFBLATT???? Vor kurzem hat sie sich noch geweigert, mit uns *Minority Report* anzuschauen, weil er erst ab 17 war. Das College verändert die Menschen!

VON: Ava.Helmer@gmail.com

AN: GenX1999@gmail.com

BETREFF: Re: Elizabeth Taylor und Richard Burton

Eigentlich war *ich* das. Und der war ab 12. Trotzdem habe ich mich noch zu jung gefühlt, um den Inhalt wirklich verarbeiten zu können.

NACHRICHT

20:06 EST

G: Kent hat sich gerade selbst »mein Redakteur« genannt. LOL

A: Hahahahaha.

A: Als könnte er uns hören.

G: Würde mich nicht wundern. Immerhin ist er Enthüllungsjournalist.

A: Ändere in deinen Kontakten bitte meinen Namen.

VON: GenX1999@gmail.com

AN: Ava.Helmer@gmail.com

BETREFF: Auf der Welt gibt es drei verschiedene Menschenschläge …

… und alle studieren Journalismus. Erlaube mir, näher auszuführen. Als Rohentwurf für meine zukünftige Enthüllungsstory mit dem Titel »Auf der Welt gibt es drei verschiedene Menschenschläge: Und sie alle studieren Journalismus«. (Wir werden pro Wort bezahlt.)

Der bereits erwähnte Kent, mein Redakteur, fällt unter die Kategorie »Watergate-Anhänger«. Diese paranoide Gruppe junger Tatmenschen glaubt, sie wäre grundsätzlich einen Artikel davon entfernt, die US-Regierung zu Fall zu bringen. Watergate war für sie die Menschwerdung Gottes und Edward Snowden ist ihr Messias.

Der zweite Typ ist eine Mischung aus Carrie Bradshaw und Dan Savage. Sie halten ihr eigenes Leben für informativ genug, um eine Story zu rechtfertigen, und sind unfähig, objektiv zu bleiben. Sehr unterhaltsam auf Partys, grauenhaft im Unterricht.

Schließlich kommen wir zu »Hunter S. Thompson trifft auf *Almost Famous*«. Betrunken schreiben, nüchtern redigieren. Nur dass sie nie nüchtern sind. Auf jeden bahnbrechenden Artikel kommen fünfzehn Absätze wirrer LSD-Schrott.

Zu welcher Gruppe gehört Gen?, fragst du dich vielleicht. Ich halte nichts von Stempeln. Es sei denn, ich drücke sie anderen Leuten auf.

G

VON: Ava.Helmer@gmail.com

AN: GenX1999@gmail.com

BETREFF: Re: Auf der Welt gibt es drei verschiedene Menschenschläge …

Ich würde dich unter »Watergate-Anhänger« mit einer gesunden Dosis Zynismus einordnen.

Die drei verschiedenen Typen von Drehbuchautoren habe ich noch nicht abschließend definiert. In jedem Fall scheint es eine echte Kluft zwischen den Hauptfächern zu geben.

Hauptfach Regie: Dreht seit frühster Kindheit Filme. Weiß längst, wie man eine Kamera bedient. Will Regisseur werden. Snob.

Hauptfach Drehbuch: Liebt Filme. Absolute Niete bei allen technischen Aspekten des Filmemachens, wie Kabel und Beleuchtung. Unbeliebt in der Highschool. Verdient noch am ehesten Geld.*

Hauptfach Filmwissenschaft: Hätte gerne Regie als Hauptfach, wurde aber nicht genommen. (Charaktertyp: s. o.)

Hauptfach Animation: ein Mysterium.

*Ich allerdings werde niemals Geld verdienen, weil mein Skript für den Film EINE KRANKHEIT ist! Wie hab ich es je in dieses Studium geschafft? Haben die meine Bewerbung überhaupt gelesen? Wahrscheinlich war es irgendein Verwechslungsfehler und es war ihnen zu peinlich, es zuzugeben.

NACHRICHT

16:32 PST
G: Weißt du noch, das eine Mal, als du in meinem Namen eine Nachricht geschrieben hast und das Ergebnis davon war, dass Brett Collins und ich in deinem Auto rumgemacht haben?
A: Ja …
G: Beweis, dass du eine großartige Autorin bist!
A: Du hast gesagt, seine Spucke hat wie Sojasoße geschmeckt.
G: Das war seine Schuld. Nicht deine.
G: ur a ⭐

20:15 PST
G: Oops
A: You did it again?
G: Warum stammen alle deine Anspielungen aus grauer Vorzeit?
A: Meine Seele ist weit gereist.
A: Was ist denn los?
G: Molly will mit mir auf eine Party …

A: Habt ihr noch mal geredet seit dem großen Krach?
G: Nö
A: Willst du mit ihr hin?
G: Nö
A: Also wirst du …?
G: Gehen, was sonst? Ist schließlich ne Party.
A: Triff die richtigen Entscheidungen!!!

VON: GenX1999@gmail.com
AN: Ava.Helmer@gmail.com
BETREFF: Peinlich, peinlich

Also … ich hab das gestern Abend durchgezogen. Und es war beschissen bizarr.

Gegen zehn (weil Partys immer um zehn anfangen) bin ich mit Molly auf diese Party, die ganz okay war, aber nichts Besonderes. Ich hab das Gefühl, Kunststudenten performen die ganze Zeit nur, statt zu leben. Und sich mit der Karikatur eines menschlichen Wesens zu unterhalten, macht keinen großen Spaß. Würde ich herausfinden, dass ich eigentlich mit einem Alien geredet habe, der nur so GETAN hat, als wäre er ein Mensch – ich würde es sofort glauben! Aber echte Menschen, die Gefühle und Empathie nicht begreifen? Nein, danke.

Jedenfalls, gegen eins wollte ich weg und Molly hat darauf bestanden, mitzukommen (obwohl sie mich den ganzen Abend lang ignoriert hat). Sie hatte Hunger und hat mich zu dieser Pizza – *New York Pizza* – geschleppt.

Lächerlich. Erst hat sie sich da mega aufgeregt, weil es keine Ananas (???) gab. Als sie sich dann einigermaßen beruhigt hatte, ist sie raus auf eine Bank, wo sie gewartet hat, bis ich ihr das Essen bringe – für das ICH auch noch zahlen durfte. Ich warte also drinnen auf unsere Calzones, was EWIG dauert. Als sie endlich fertig sind, gehe ich raus und platze in einen ausgewachsenen Shitstorm: Da steht Charlotte mit ihrer Freundin, die zu Besuch ist – eine hinreißende Nigerianerin namens Essie –, während Molly sie anbrüllt.

Ja, mein Kumpel/Fuck-Buddy Molly schrie meine LA/Affäre Charlotte an. Vor einer wunderschönen, weltgewandten Frau. Erinnerst du dich an Mollys quälende/n Ex, Charlie?

Charlie = Charlotte und Charlotte = Charlie.

O JA!

Offenbar hatte die Sache zwischen ihnen kein schönes Ende genommen. Molly kreischte gerade irgendwas von Würde, als ich dazugeschlendert kam und völlig erstarrte. Doch Charlotte blieb ganz cool, hat mich kaum angesehen und sich absolut nichts anmerken lassen. Sie hat Molly eine Zeitlang so weitermachen lassen, bis sie sich verausgabt hatte. (FYI: Ist ne klasse Taktik, wenn man von jd. angebrüllt wird.) Essie hat auf ihrem Handy rumgespielt, bis sie sich mir irgendwann total lässig vorgestellt hat, während Molly weiterschrie: »Ich bin kein Spielzeug!«

Als Molly dann doch mal Luft holen musste, hat Charlotte ihr übers Haar gestreichelt und ihr ganz clever das Gefühl gegeben, dass man sich um sie kümmert. Gleichzeitig ist Molly sich bestimmt dumm vorgekommen, weil sie so eine Szene gemacht hat. Eine Sekunde später waren die beiden anderen Frauen weg und Molly hat sich mit Calzone vollgestopft.

Ähm ... was mach ich denn jetzt??? Sag ich Molly, dass ich mit Charlotte ins Bett gehe? (Meine Meinung: NEIN.) Gehe ich zu Charlotte, um mich für Mollys Benehmen zu entschuldigen? Oder mach ich einfach gar nichts und warte, bis sich alles von selbst erledigt? (Scheint mir ein solider Plan.)

Ich glaube, ich muss einen Schlussstrich unter diese ganze Molly-Sache setzen. Die Frau ist total instabil und das nicht auf die gute *Manic-Pixie-Dream-Girl-Margos-Spuren*-Art.

WIE WAR DEIN ABEND?
G

VON: Ava.Helmer@gmail.com
AN: GenX1999@gmail.com
BETREFF: Re: Peinlich, peinlich

Hui. Deine Charlotte kommt ja ganz schön rum. Hat sie mit dieser Essie auch was am Laufen? Ich kapier dein Leben nicht.

Ich weiß, das sieht mir gar nicht ähnlich, aber ich finde, du hast recht. Kein Plan ist der beste. Außer sich von Molly fernzuhalten. Und vielleicht mehr Gemüse zu essen.

Mein Abend war okay. Hab bei den Mädels abgehangen und versucht, mich wie »eine von ihnen« zu fühlen. Weiß auch nicht. Alles, was mit Gamma Phi zu tun hat, kommt mir so gezwungen vor. Jetzt am Wochenende ist NOCH EIN Footballspiel, zu dem wir gehen sollten (müssen). Ich glaub, ich gehe lieber nach Hause. Wie viele verschiedene »Familiengeburtstagsfeiern« ich mir dieses Jahr wohl noch aus den Fingern saugen muss, um mich vor bestimmten Dingen zu drücken? Irgendwann werde ich zu Beerdigungen übergehen müssen …

Okay. Ich muss jetzt zu Jakes Vorsprechen. Bevor er die Rolle bekommt, habe ich gesagt, muss ich sehen, ob er mit Sophia harmoniert. Bleibt nur zu hoffen, dass er wegen der schlecht geschriebenen Dialoge nicht seine Meinung ändert!

VON: GenX1999@gmail.com

AN: Ava.Helmer@gmail.com

BETREFF: Re: Peinlich, peinlich

Warum lässt du Jake vorsprechen??? Hatten wir nicht entschieden, dass du keinen Typen brauchst???

NACHRICHT

16:32 PST
A: Ich lasse Jake vorsprechen, weil ich bescheuert und schwach bin.
A: Außerdem ist er super süß, und ich habe nichts und niemanden.
G: Cool. Wollte das nur geklärt haben.

VON: Ava.Helmer@gmail.com
AN: GenX1999@gmail.com
BETREFF: Und der Oscar geht an …

Schon wieder einen Weißen!

Aber im Ernst, Sophia ist total gut. Ich hatte ja keine Ahnung. Eigentlich habe ich sie nur unserer Freundschaft zuliebe gecastet, und um ihre Ausrüstung für lau benutzen zu dürfen. Aber die Kleine hat es drauf! Jake war auch ganz gut. Einige Zeilen hat er ziemlich frei interpretiert, was ich jetzt nicht SUPER fand, andererseits geht es in der Kunst um Zusammenarbeit bla bla bla … Ich will mich in mein Zimmer einsperren und da ganz allein meine Drehbücher schreiben!

ICH DREHE EINEN FILM!!!*

Ich drehe einen Kurzfilm!!**

Ich drehe einen Studenten-Film.

NACHRICHT

23:47 EST

G: Nur mal so rein hypothetisch … kann man mich feuern, wenn ich mit meinem Redakteur rummache?

A: Kent??? Dein Redakteur, Kent????

G: NEIN!

G: Irgendein Redakteur.

G: Oder würde nur der Redakteur gefeuert werden und ich kann wegen sexueller Belästigung vor Gericht ziehen?

A: Ist das echt nur hypothetisch?

G: Klar.

A: Ich frag meinen Dad.

G: 👌

VON: GenX1999@gmail.com

AN: Ava.Helmer@gmail.com

BETREFF: Superman vs. Lex Luther

Ich habe einen Erzfeind. Was eigentlich cool ist, weil ich schon immer fand, dass man erst so richtig interessant ist, wenn es wenigstens eine Handvoll Leute gibt, die einen hassen.

Sein Name ist Alex. Er ist der einzige andere Studienanfänger, der eine echte Chance auf die feste Stelle im Team hat. Solange er am Emerson ist, hat er noch nichts Bahnbrechendes geschrieben, aber letztes Jahr hat er für seine Highschool-Zeitung eine superwichtige nationale Auszeichnung ergattert. Mit einem Artikel über geschlechtsspezifische Toiletten in Grundschulen. (Nebenbei bemerkt ist er trans. Was hier, und wahrscheinlich sonst nirgends, gleichzusetzen ist mit einem Privatjet.)

Ärgert es mich, dass mein Erzfeind ein sozialbewusstes Mannweib-Wunderkind ist? Und wie! Aber ich falle nicht auf seine clever formulierten Gruppenmails rein. Hinter seinem Pride-beklebten Laptop hockt ein hinterhältiger Arsch, der sich nur um sich selbst schert. Er sät tatsächlich schon Gerüchte, dass ich mit meiner Dekan-Story »nur Glück hatte« und mich als echte Journalistin noch beweisen muss.

Zu blöd, dass ihm keiner verraten hat, dass meine Geheimwaffe Wut ist!

»Das ist mein Geheimnis, Captain. Ich bin immer wütend.«

Bitches & Hoes!
G

VON: Ava.Helmer@gmail.com

AN: GenX1999@gmail.com
BETREFF: Re: Superman vs. Lex Luther

Okay. Ganz schön harter Tobak. Woher weißt du, dass er Gerüchte verbreitet? Und wäre es nicht besser, sich nicht drauf einzulassen? Vielleicht solltest du ihn einfach ignorieren und dich auf die Arbeit konzentrieren!

Seufz. Schon während ich das hier tippe, weiß ich, dass es komplette Zeitverschwendung ist. Wenn ich das nächste Mal die Nachrichten einschalte, werde ich feststellen, dass du dir irgendeine Laserschwertschlacht mit dem *Out-Magazine*s-Studenten des Jahres geliefert hast.

Das Schlimmste daran: Diese super-ungesunde Rivalität macht aus dir am Ende noch eine bessere Journalistin.

»Folge deinem Herzen, aber nimm dein Hirn mit« – laut Google unter den Top Ten der lustigsten Zitate.

Ava

VON: GenX1999@gmail.com

AN: Ava.Helmer@gmail.com

BETREFF: Re: Superman vs. Lex Luther

Lass uns jede Mail mit einem lächerlichen Zitat abschließen! Meine kommen alle aus dem Marvel-Universum!

Angeblich hat Alex letztes Wochenende auf einer *Beacon*-Party bissige Bemerkungen fallen lassen, und heute Morgen hat er in einer Besprechung die Augen verdreht, als ich was gesagt habe. Außerdem WEIGERT er sich, mir auf Twitter zurück zu folgen. Und sein Instagram ist privat. WAS HAST DU ZU VERBERGEN, ALEX?!

Ich werde dieses Arschloch zur Strecke bringen! Und wenn ich Kent außerhalb der Arbeitszeit den Arsch küssen muss, schmier ich mir die Lippen dick mit Fettstift ein und lege los! Büro-Gen: ziemlich cool. Party-Gen: unaufhaltsam.

Friss Scheiße! (Nicht du)

»Genie, Milliardär, Playboy, Philanthrop.«
Genevieve Goldman

NACHRICHT

20:36 PST
A: Sophia hat Schluss gemacht!
G: Und, wer hat's prophezeit?
A: Sie ist gruselig gefasst.
G: Sie hat den Kerl nicht gemocht.
A: ???
A: Woher willst du das wissen?
G: Ich gehe davon aus, dass niemand irgendwen mag, solange man nicht mindestens 20 Jahre verheiratet ist.
A: Nach der Logik müssten deine Eltern sich mögen …
G: HEILIGE SCHEISSE! Dass ich Eltern habe, hatte ich voll vergessen!
G: 😈
A: Meine Mom hört nicht auf, mir Nachrichten über *Jane The Virgin* zu schicken.
G: Ruth!!! Was für ein Softie!
A: Hast du deine Eltern echt noch nicht angerufen??
G: Kein Kommentar

VON: Ava.Helmer@gmail.com

AN: GenX1999@gmail.com

BETREFF: Christian Bale vs. »Der Kameramann«

Ich will dir ja nicht die Show stehlen, aber du bist nicht länger die Einzige mit einem Erzfeind. Obwohl du an der Betreffzeile schon sehen kannst, dass in meinem Fall beide, Antagonist und Protagonist, schwere Defizite haben.

Wer ist die inkompetente Kamerafrau für meinen grausigen Christian Bale (gequält/talentiert)? Tja, es ist niemand anderes als meine unerträgliche Teenie-Therapeutin, Lily. Ich hab tatsächlich endlich ihren Vornamen rausgekriegt! Und er ist supersüß, was es schwer macht, sie überzeugend wütend anzuschreien.

Nachdem sie wochenlang keinen Ton von sich gegeben hat, außer um mich zu bitten, mich andauernd zu wiederholen, nur damit sie NICHTS davon mitschreibt, beschließt Dr. Lily mir etwas mitzuteilen. Angeblich gehe ich immer sofort in die Defensive und setze zur Verteidigung an. Aus welchem Anlass denn bitte? Ihr leises Bonbonzerkauen? (Echt jetzt, wie kann sie nur so viele Bonbons essen?)

Ich war nicht mal sicher, ob diese Frau der Sprache überhaupt mächtig ist, und urplötzlich beschuldigt sie mich, ich würde mauern und mich weigern, irgendwas außer meiner »Selbst-Diagnose« zu akzeptieren. Sie besaß die Frechheit, mich zu fragen, warum ich überhaupt zur Therapie gehe, wenn ich alles längst durchschaut und im

Griff habe! ICH HABE REIN GAR NICHTS DURCHSCHAUT ODER IM GRIFF. Jeder, der mich kennt, weiß das. Außerdem *muss* ich zur Therapie, sonst lassen mich meine Eltern nicht aufs College gehen. Das war der Deal.

Ich habe versucht, ihr das – in aller Ruhe – zu erklären, und sie sagte, ich zitiere: »Warum sind Sie so wütend?« TJA, ALSO JETZT BIN ICH ECHT WÜTEND. Nichts pisst mich so sehr an, als wenn man mir einreden will, ich wäre angepisst. (Ich kann nur davon ausgehen, dass das irgendeine biologische Reaktion ist. Und wie, bitte, sollte man sonst auf einen so bescheuerten Kommentar reagieren?)

Den Rest der Sitzung hab ich vor lauter Ärger nur noch verschwommen wahrgenommen. Ich habe jedenfalls versucht, meinen Standpunkt klarzumachen:

1) Ich gehe *nicht* immer sofort in die Defensive, ich fülle die Zeit lediglich mit meinen eigenen Beobachtungen, weil Lily nie was sagt.
2) Ich kenne mich mit meiner speziellen Art von Krankheit besser aus, weil ich damit bereits 14 Jahre lang lebe und Lily mich eben erst kennengelernt hat.
3) Ich bin extrem selbstkritisch und finde mich kein bisschen über die Norm defensiv.

Statt sich mit mir auf ein Gespräch über ihre brandneue Interpretation einzulassen, hat sie dicht gemacht und den Kopf zur Seite gelegt. Weißt du, wie man jemandem am besten in die scheinbare Defensive drängt? Indem man ihn zwingt, sich zwanzig (!) Minuten lang darüber auszulassen, dass er absolut KEIN bisschen defensiv ist.

Sie ist ein bösartiges Genie.
Und ich werde sie vernichten.

Ich will zurück zu Dr. Miles und ihrer bequemen Couch in Santa Monica. Vielleicht bietet sie Skype-Sitzungen an. Oder meine Eltern erlauben mir, mein Auto mit herzunehmen. Bestimmt finde ich einmal die Woche drei Stunden Zeit, um quer durch die Stadt zu fahren und mir von einem netten, bekannten Gesicht erzählen zu lassen, dass ich super Fortschritte mache.

»Ich hasse Therapie.« – Ava Helmer, 2017

VON: GenX1999@gmail.com
AN: Ava.Helmer@gmail.com
BETREFF: Re: Christian Bale vs. »Der Kameramann«

Ich weiß deine Mühe zu schätzen, jede Mail mit einem Zitat abzuschließen, trotzdem muss ich dich der Form halber darauf hinweisen, dass es nicht zählt, wenn man sich selbst zitiert. Würdest du zu einem Meme oder so mutieren, dann könntest du besagtes Meme VIELLEICHT zu mir zurückschicken, aber solange aus dir kein virales Internet-Phänomen wird, beruf dich bitte ausschließlich auf andere Quellen.

Worüber habt ihr denn bitte geredet, als das alles passiert ist?

»Ganz egal, was morgen passiert, Sie müssen mir eins versprechen: dass Sie der bleiben, der Sie sind – kein perfekter Soldat, aber ein guter Mensch.« – Stanley Tucci

G

VON: Ava.Helmer@gmail.com
AN: GenX1999@gmail.com
BETREFF: Re: Christian Bale vs. »Der Kameramann«

Wir haben über diesen Kerl aus meinem Seminar geredet, Ben, der mich ständig unnötig kritisiert. Mit Anmerkungen kann ich umgehen, aber dieser Typ hat mich auf dem Kieker. Und dann, gestern, meinte er, ich soll nicht immer gleich so defensiv werden. Was in Dr. Lily offenbar den Geistesblitz zu einem neuen Ausdruck ausgelöst hat, an dem sie sich jetzt verbissen festklammert.

Du hältst mich nicht für defensiv, oder?

VON: GenX1999@gmail.com
AN: Ava.Helmer@gmail.com
BETREFF: Re: Christian Bale vs. »Der Kameramann«

Was hältst du von den Yankees? Wird ne geile Saison werden.

VON: Ava.Helmer@gmail.com

AN: GenX1999@gmail.com

BETREFF: Re: Christian Bale vs. »Der Kameramann«

Genevieve!

VON: GenX1999@gmail.com

AN: Ava.Helmer@gmail.com

BETREFF: Re: Christian Bale vs. »Der Kameramann«

Ok. Gehst du schnell in die Defensive? Ja. Aber da bist du nicht die Einzige. Aber in deinem Fall ist es ein bisschen anders, weil du eine Menge Zeit damit verbringst, dein Verhalten und deine Gedanken zu analysieren, daher ist es extra schwer, die Sichtweisen anderer zuzulassen – anders als bei Leuten, die sich absolut null Gedanken über ihr Handeln machen. (AKA jemand wie ich.)

AUSSERDEM sieht dich diese Frau in perfekt funktionstüchtigem Zustand. Sie begreift nicht, was du alles schon hinter dir hast und wie viel du an dir arbeiten musstest, um so weit zu kommen. (Wie ich.)

Zusammenfassend könnte man also sagen, dass du schnell defensiv reagierst. Aber das bedeutet nicht, dass du immer defensiv bist. Wenn irgendjemand weiß, wie man sich zum Positiven verändert, dann du. Weißt du noch, es gab eine Zeit, da hast du am Tag dreimal geduscht? Und auf wie viele Male hast du das inzwischen reduziert???

Das Leben ist eine Reise, Namaste.

VON: Ava.Helmer@gmail.com

AN: GenX1999@gmail.com

BETREFF: Re: Christian Bale vs. »Der Kameramann«

Eine Dusche und eine Fußwäsche.

Verstehe, was du meinst. Trotzdem hasse ich sie und ihre blöden Bonbons.

NACHRICHT

14:56 PST

A: Ich bin gerade vor echt vielen Leuten hingefallen.

G: Wie gefallen?

G: Gestolpert oder auf dem Boden gelandet?

A: Voller Bodenkontakt.

G: Schick mir ein Foto.

A: Ich bin schon wieder aufgestanden!

G: Dann ist ja alles gut ;)

A: Ich hoffe inständig, eines Tages passiert dir was echt Peinliches und du bist gezwungen, meinen täglichen Kampf zu verstehen.

G: Nichts kann peinlich sein, wenn dir nichts peinlich ist. 💸

A: 🔪🔪🔪

G: 🐿 RIP

NACHRICHT

15:12 EST
G: Charlotte hat mich in ihr Büro bestellt.
A: Das ist gut!
G: Zu Hause ist gut.
G: Büro ist schlecht.
A: Die Nachteile, wenn man seine Lehrer vögelt …
G: #slutlife

VON: GenX1999@gmail.com
AN: Ava.Helmer@gmail.com
BETREFF: Heißer Studentinnen-Newsflash

Hat sich rausgestellt, dass wir uns in ihrem Büro treffen mussten, weil ihr Apartment besetzt ist. Kurz dachte ich schon, dass sie mit mir über meinen letzten Artikel reden will, weil sie ihn mir rübergereicht hat, aber dann hab ich kapiert, dass die Tür noch offen stand und einer ihrer Kollegen vorbeigelaufen ist. Sobald die Tür zu war, war an Arbeit nicht mehr zu denken!

Kapiert? Wir hatten Sex in ihrem Büro!

Sehr aufregend und unbequem. Ich glaube, die Leute machen's aus gutem Grund in Betten, aber es musste halt schnell gehen. Definitiv eine Erinnerung, die man sich für einsame Stunden aufheben sollte.

Danach wollte ich mit ihr über die Molly-Geschichte reden, aber sie hat es ganz locker abgetan. Angeblich waren sie nie richtig zusammen, und Molly steht einfach auf Drama. Ich hab sie gefragt, ob ich ihrer Meinung nach mit Molly befreundet bleiben sollte. Charlotte meinte, ihr sei das egal. Dass Molly und ich miteinander im Bett waren, habe ich ihr nicht auf die Nase gebunden, weil das alles im Neonlicht ihres engen Gemeinschaftsbüros so lächerlich erschien.

Molly hat sich eh noch nicht wieder gemeldet, also ist das Thema vermutlich vom Tisch.

Falls ich nicht deutlich genug war: Ich komme mir ziemlich perfekt und cool vor.

G

VON: Ava.Helmer@gmail.com

AN: GenX1999@gmail.com
BETREFF: Re: Heißer Studentinnen-Newsflash

Ihr hattet Sex in ihrem Büro??? Was stimmt mit dieser Frau nicht?? Legt sie's denn drauf an, gefeuert zu werden?

Hast du nicht erst vor kurzem eine ganze Enthüllungsstory über einen Dozenten geschrieben, der sich seinen Studenten gegenüber unangebracht verhalten hat? Wie kann das jetzt okay sein? Nur, weil sie eine DozentIN ist??

Ich glaube echt, dass du aufpassen musst. Egal, ich bin nicht deine Mutter. Oder meine Mutter. Aber lass dich nicht auf so gefährliche Spielchen ein. Das wird langsam lächerlich.

VON: GenX1999@gmail.com

AN: Ava.Helmer@gmail.com

BETREFF: Re: Heißer Studentinnen-Newsflash

Danke für deine Sorge, aber du rastest gerade wegen NICHTS aus. Ich will, dass man diesen creepy Dekan wegen sexueller NÖTIGUNG feuert. Was heute passiert ist, war in völligem beiderseitigem Einverständnis, DESHALB ist es was anderes.

Wenn du so reagierst, hab ich irgendwie keinen Bock mehr, dir was zu erzählen.

VON: Ava.Helmer@gmail.com

AN: GenX1999@gmail.com

BETREFF: Re: Heißer Studentinnen-Newsflash

Mach das nicht. Tu nicht so, als müsste ich alles, was du tust, gut finden, nur um nicht aus deinem Leben gestrichen zu werden. Dafür sind Freunde nicht da. Wenn du eine Ja-Sagerin willst, verdien richtig Kohle und kauf dir eine.

VON: GenX1999@gmail.com

AN: Ava.Helmer@gmail.com

BETREFF: Re: Heißer Studentinnen-Newsflash

Man kann auch anderer Meinung sein, ohne wie ein selbstgerechtes, herablassendes Arschloch zu klingen.

Ich bin nicht blöd. Ich lass mich schon nicht vom College werfen. Selbst, wenn man uns »erwischen« sollte, na und? Es ist ja nicht so, als wäre sie mein Professor und ich würde ihr einen blasen, nur um ne eins zu bekommen. Sie hat nicht mal Einfluss auf meine Noten!

Entspann dich und werd erwachsen.

NACHRICHT

8:14 EST
G: (Schreib-Blase)

9:32 PST
A: (Schreib-Blase)

VON: GenX1999@gmail.com

AN: Ava.Helmer@gmail.com

BETREFF: #TBT

Kann ich das Foto von dir mit der Zahnspange und dem Amerikaflaggen-Tankini posten? Mit der Überschrift: »In Kieferorthopädie we trust«?

Zu spät. Schon gepostet.

VON: Ava.Helmer@gmail.com

AN: GenX1999@gmail.com

BETREFF: Re: #TBT

Soll das dein Social-Media-Friedensangebot sein? Massen-Blamage?

VON: GenX1999@gmail.com

AN: Ava.Helmer@gmail.com

BETREFF: Re: #TBT

Jake hat's gefallen. Was bedeutet, dass er sich getaggte Fotos von dir auf Instagram anschaut …

VON: Ava.Helmer@gmail.com

AN: GenX1999@gmail.com

BETREFF: Re: #TBT

Halt die Klappe! Ich mag ihn echt. Ich hoffe, er bekommt davon nichts mit.

NACHRICHT

19:29 EST

G: Erzfeind-Alarm!

A: Du bist Dr. Lily begegnet?

G: MEIN Erzfeind!

G: Alex und ich haben uns auf der Gemeinschaftstoilette von Emerson getroffen und er hat NICHTS gesagt!

A: Er hat dich ignoriert, als du ihn gegrüßt hast?

G: Ich hab ihn nicht gegrüßt!

A: Dann hast du ihn ignoriert!

G: Nein!

G: Ich war schon am Waschbecken, als er dazukam. Derjenige, der dazukommt, muss grüßen.

A: Was für einen billigen Knigge-Abklatsch hat deine Mom dir denn da gekauft?

G: Meine Mutter kauft keine Bücher. Das weißt du.

A: Ich glaube, diese Wer-grüßt-zuerst-Rivalität geht auf dein Konto.

G: Wenn du auf den König zielst, triffst du BESSER nicht daneben.

A: Ich bin ja schon froh, dass du dir die Hände wäschst.

VON: Ava.Helmer@gmail.com

AN: GenX1999@gmail.com

BETREFF: Sex?

Hab ich's getan? Hab ich's nicht getan? Schätze, du musst zusehen (lesen), um es rauszufinden:

7 STUNDEN VORHER ...

Ich halte im Aufenthaltsraum meines Wohnheims ein inoffizielles Vorsprechen mit Jake, Sophia, Emma und unserem Kameramann, Curtis, ab. (Emma hat Theater als Hauptfach und spielt die andere Rolle.) Jake wollte sich neben mich setzen, aber ich hab ihm gesagt, er soll sich neben Sophia setzen, damit sie besser interagieren können. Dann hat er sich SEHR nah zu Sophia gehockt, was mir unangenehm war. Noch dazu ist Single-Sophia viel mehr zum Flirten aufgelegt als die Sophia mit der Fernbeziehung. Ich bin ziemlich sicher, ich hab gesehen, wie sie sein Bein berührt hat. Bein ist gewagt!

Ich habe Sophia nicht in alle schmutzigen Einzelheiten zwischen mir und Jake eingeweiht, aber sie weiß, dass ich ihn mag und dass wir intim waren (exakt zweimal, außerdem waren wir pseudo-schick Abendessen). Ich glaube nicht, dass sie ihn ernsthaft anbaggern würde, aber das dachte Jennifer Aniston wahrscheinlich auch, bevor Angelina ihr Leben ruinierte (und dann Brads).

Positiv zu berichten ist, dass die Proberunde echt gut lief! Curtis, ein Studienanfänger, der kaum den Mund aufmacht, musste über einige Zeilen laut lachen und Emma hat mir Komplimente für meine »cleveren Dialoge« gemacht. Ein paar Änderungen muss ich noch vornehmen, hauptsächlich wegen Inszenierungsbedenken, aber ich glaube, es wird! »Gutes Benehmen« sollte in null Komma nichts in sämtlichen Kinos anlaufen!

Ich glaube übrigens, die Schlussszene müssen wir bei meinen Eltern zu Hause drehen. DAS … stünde also noch aus. Und der Gedanke, dass Jake meinen Dad kennenlernt, der ihn entweder völlig ignorieren oder versuchen wird, mit irgendwelchen Zaubertricks anzugeben … Ich kann es kaum erwarten!

ENDE

Scherz! Nach der Probe hat Jake mich gefragt, was ich noch vorhabe, und ich meinte: »Sag du's mir!?«, weil ich zu viele Kitschfilme gesehen habe und mir außerdem gerne das Einschlafen schwer mache, um in meinem Kopf so viele totpeinliche Momente wie möglich abspielen zu können.

Zum Glück ist er auf meine romantische-Komödie-Anmache nicht eingegangen, sondern hat mich auf sein Zimmer eingeladen, um *Harry und Sally* zu gucken. JUPP! Er hat mich auf einen meiner absoluten Lieblingsfilme aller Zeiten eingeladen. Wenn das keine wahre Liebe ist …

SCHNITT

Jakes Zimmer. Der Film läuft. Er hat den Arm um mich gelegt. Ich beuge mich zu ihm rüber und flüstere: »Findest du Sophia hübsch?«

ICH BIN EIN ALBTRAUM. Ich weiß. ABER – es war die Sache beinahe wert, denn:

JAKE: Nicht so hübsch wie dich.

Ein paar Minuten später habe ich meinen ersten Penis gesehen.

UND KLAPPE

NACHRICHT

10:42 EST
G: What the fuck.
A: We didn't fuck! Ich dachte, ich hätte mich klar ausgedrückt!
G: Was habt ihr denn dann gemacht???
G: Solange du nichts Genaues rausrückst, muss ich davon ausgehen, dass er ihn dir ins Ohr gesteckt hat.
A: Gibt es Leute, die so was machen???
G: Ava. Lass den Scheiß.
A: Okay. Sorry. Es ist peinlich.
G: Warum? War er krumm?
A: Eklig! Nein!
G: Daran ist gar nichts eklig. Jeder Körper ist schön.

A: Verschon mich. Ich erhol mich davon, ihm einen runtergeholt zu haben.

G: WIE BITTE???!!! Im Jahre des Herrn 2018 gibt es immer noch Menschen, die anderen einen runterholen?

A: Dachte ich!! Hätte ich das nicht machen sollen??

G: Hat er gesagt, dass du aufhören sollst?

A: Nein!

G: Dann hast du alles richtig gemacht.

A: Ich fühl mich komisch und irgendwie aufgeregt.

G: Gleichfalls.

VON: GenX1999@gmail.com

AN: Ava.Helmer@gmail.com

BETREFF: ****Herzlichen Glückwunsch****

Bin mega stolz auf dich, Süße.

VON: Ava.Helmer@gmail.com

AN: GenX1999@gmail.com

BETREFF: Re: ****Herzlichen Glückwunsch****

Danke??? Das Adrenalin hat sich verzogen und jetzt stellt sich die Unruhe ein, wie eine vertraute Grippe.

War ich zu schnell?? Wird er das Interesse und allen Respekt für mich verlieren?

Ich weiß, das ist komplett rückschrittlich und sexistisch, aber die Medien haben mir diese Denkweise eingetrichtert und gegen die Medien komme ich nicht an.

Seit wir uns zuletzt gesehen haben, sind 12 Stunden vergangen, ohne jede Kontaktaufnahme. Ich hab mir sogar schon ausgemalt, dass er mit Sophia und Curtis nach Paris durchgebrannt ist. (Curtis ist dabei, um die Reise für spätere Instagram-Posts zu dokumentieren. Und um das Gepäck zu schleppen.)

HILFE!

VON: GenX1999@gmail.com

AN: Ava.Helmer@gmail.com

BETREFF: Re: ****Herzlichen Glückwunsch****

Okay. Entspann dich. Es sind 12 Stunden. Und ich sage das ganz lässig: »Hey, es sind doch erst 12 Stunden«, und nicht wie: »O MEIN GOTT, GANZE 12 STUNDEN! DIE VERMISSTE PERSON MUSS LÄNGST TOT SEIN!«

Deine Unruhe kann ich verstehen. Du bist in eine völlig neue Welt voller Genitalien und Gefühle eingetaucht. Aber, angesichts allem, was du mir erzählt hast, mag dieser Jake dich. Und er scheint nicht allzu viel am Laufen zu haben.

Ich bin sicher, er will nur den Coolen spielen. Oder er schläft. Manche Leute schlafen tatsächlich auch noch nach 8 Uhr 30. Mal ganz davon abgesehen, ist er auch nur ein dämlicher Kerl in einem dämlichen College. (Nimm's mir nicht übel, aber deine Uni ist jetzt nicht gerade the place to be.) Du bist 18 Jahre lang ohne den Typen klargekommen. Du schaffst das noch mal 18 Jahre lang.

Und vielleicht lauft ihr euch dann in einem Supermarkt über den Weg, entfacht das Feuer aufs Neue und verlasst eure Lebenspartner für eine felsige zweite Ehe!

Ist das Leben nicht spannend???
G

NACHRICHT

17:12 PST
A: Die USC ist die beste Filmschule im ganzen Land.
G: Emerson ist die beste Homoschule im ganzen Land.
G: Schon irgendwas Neues von du weißt schon wem?
A: Nein. Ich halt's nicht mehr aus.
A: Emma will heute Abend rüber ins Verbindungshaus und ich soll mit. Aber was, wenn Jake denkt, ich würde ihm hinterherrennen?
G: Geht überall hin, nur nicht in seine Verbindung.

A: Ich muss aber! Ja, ich renne ihm nach!
G: Du bist ein hoffnungsloser Fall.

VON: GenX1999@gmail.com
AN: Ava.Helmer@gmail.com
BETREFF: Nicht alle Verschwörungen sind reine Theorie

Es ist 3 Uhr morgens. Wissen Sie, wo Ihre Kinder sind?

Ich bin in meinem Zimmer, ein bisschen high, und denke über Edward Snowden nach. Ich weiß! Ich hab's schon mal gesagt. Aber dieser Mann ist einfach ein Held. Ich glaube, ich muss ihn aufspüren, um ihm mit meinem Körper zu danken. Ich frage mich, ob er in Russland viel zu vögeln bekommt oder ob er da allen schnurzegal ist, weil die russische Regierung korrupt ist und das, was ihm passiert ist, da zur Tagesordnung gehört.
Glaubst du, er hat Putin kennengelernt? Glaubst du, es gibt irgendjemand, der Putin wirklich kennt? Ist er ein Kerl, den man kennen *kann*?

Meine Mitbewohnerin schnarcht. Das ist neu. Gefällt mir nicht.

Was, wenn ich der nächste Edward Snowden bin? Wahrscheinlich müsste ich ein paar Jahre lang die NSA unterwandern. Aber zum Wohl unserer großartigen Nation würde ich sogar undercover arbeiten.

Ich will eine Heldin sein. Oder stinkreich. Ich glaube, wenn man das nötige Kleingeld hat, kann man leicht zum Helden werden.

Ich weiß, du phantasierst davon, einen Oscar zu kriegen und deinen Eltern für alles zu danken (nachdem du auf dem Weg auf die Bühne gestolpert bist). Aber ich träume davon, Informanten in einem Parkhaus zu treffen und meine gesamte Familie in Gefahr zu bringen.

ICH WILL GROSSARTIGES LEISTEN, AVA! Ich will Sachen schreiben, die die Welt verändern, und in Zimmer voller Leute marschieren, die mich alle fürchten!

Ich will auf dieser Welt Spuren hinterlassen, ohne dass meine Vagina von einer Geburt ganz ausgeleiert ist!!!

ALLE MACHT DER VIERTEN GEWALT!

VON: GenX1999@gmail.com

AN: Ava.Helmer@gmail.com

BETREFF: Re: Nicht alle Verschwörungen sind reine Theorie

WOW! Letzte Nacht war ich so high hahahahahahhha.

NACHRICHT

7:12 PST

A: Ich schreib dir aus feindlichem Territorium.

G: Russland???

A: Was? Nein!

G: Hast du meine Mail gelesen?

A: Noch nicht. Bin gerade erst aufgewacht …

A: Ist was Schlimmes passiert??

G: Ja, dem amerikanischen Volk.

G: Ich war high und hab zweimal *Citizenfour* geschaut.

A: Schon wieder???

G: Jupp! Wo steckst du?

A: Bei Jake.

G: WHAT THE FUCK.

A: Ich weiß! Ich dreh durch!

A: Das ist das erste Mal, dass ich irgendwo übernachte – seit der 7. Klasse, als ich meine Mutter gezwungen habe, mich bei Rachel abzuholen, weil die Bettwäsche schmutzig war.

G: Über deine Kindheit nachzudenken, macht mich traurig.

G: Wie bist du mit der Bettwäsche von Verbindungs-Boy klargekommen?

A: Alkohol und Atemübungen.

G: ALKOHOL???

G: Du hasst Alkohol!

A: Sehr sogar.

G: Ich brauche sämtliche Details.

A: Tippen zu schwierig. Sein Körper drückt mir den Arm ab.

G: Er hat recht.

G: Du bist alles, nur nicht lässig.

VON: Ava.Helmer@gmail.com

AN: GenX1999@gmail.com

BETREFF: Wegen gestern Nacht

Es war ein Abend wie die meisten anderen. Milde südkalifornische Brise, in der ich leicht gefroren habe. Gelächter und zweideutige Witze in der Luft. Emma hat mich abgeholt und zusammen sind wir rüber zur Party gelaufen. Sämtliche anderen Gamma-Phis waren in der *9-0*-Bar, aber Emma brauchte eine Auszeit von den Mädels, für deren Freundschaft wir zahlen. Sie hat mit einem Lambda-Chi-Typ angebandelt und wollte eine zweite Meinung über ihn. Angeblich war ihr Ex der totale Albtraum, aber keiner hat sich die Mühe gemacht, es ihr zu sagen.

Pat, ihr aktueller Kerl, ist kein *totaler* Albtraum, kann aber gut mithalten. Schon als wir reinkamen, hat er uns zu einer Runde Schnaps überredet, und dann wollte er mich an einen seiner Kumpel vermitteln, damit er sich mit Emma ungestört in eine Ecke verziehen und rummachen konnte. Eigentlich war es echt süß. Sie haben ein paar Minuten geknutscht, dann hat sie mich gefragt, ob bei mir alles okay ist, dann haben sie weitergeknutscht, und nach einer Weile hat sie mich wieder gefragt, ob alles okay ist. Carl, der Typ, dem sie mich aufs Auge gedrückt hatten, hat mir kein einziges Mal ins Gesicht gesehen und unsere wertvolle gemeinsame Zeit damit verbracht, anderen Mädchen hinterherzugaffen. Nach zwanzig Minuten war ich kaputt und wollte nach Hause. Ich hab überlegt, in die Bar zu den anderen zu laufen, aber dann entschieden, dass ich ja nicht jeden Abend meines jungen Collegelebens Spaß haben muss.

Also habe ich Emma gesagt – nachdem ich ihr mehrfach auf die nackte Schulter getippt und endlich ihre Aufmerksamkeit hatte –, ich hätte vergessen, meinen Laptop ans Netz zu hängen. JUPP! Das war meine glorreiche Ausrede. Man nennt mich nicht umsonst Ein-Schnaps-Helmer! Zum Glück war Emma so vom Knutschen vernebelt (ihre Worte, nicht meine), dass sie nicht weiter drüber nachgedacht hat.

Ich habe also Walk-of-Lame nach Hause angetreten, als auf einmal jemand meinen Namen schrie. Ernsthaft. Die Jungs von ZBT hatten Liegestühle auf ihr Dach gestellt – Jake ist aufgestanden und hat mir vom Dach aus zugerufen.

Das war gleichzeitig der peinlichste und aufregendste Moment meines ganzen Lebens. Einschließlich dem Augenblick, als ich für meinen Dad einen Tag mit seinem Baseball-Idol Cal Ripken Jr. gewonnen habe und meinen Siegeraufsatz vor den übrigen Teilnehmern vorlesen musste.

Ich musste genau so laut brüllen, um Jake zu sagen, dass er aufhören soll. Nur um von ihm aus vollem Hals »KOMM RAUF IN MEIN ZIMMER« zu kassieren.

Ganz ohne mich irgendwie nackig zu machen, war aus meinem Walk-of-Lame ein Marsch der Walk-of-Shame geworden.

Ich war gut zehn Minuten vor ihm in seinem Zimmer. Offenbar ist der Zugang zum Dach tückisch. Als er endlich eintrudelte, hatte ich bereits die schönste Panikattacke. Doch als er mich gesehen hat, hat er durch die Zähne gepfiffen, wodurch ich mich tatsächlich entspannt habe. Jake in betrunken ist echt witzig. Darf man das sagen? Er ist total albern und lustig, so dass es mir leichtfällt, einfach alles zu sagen, ohne Angst zu haben, irgendeine Katastrophe auszulösen. Wir haben ziemlich schnell angefangen, uns zu küssen, was ich gut fand. Du weißt ja, was ich von Heuchelei halte.

War es schon immer mein Traum, meine Unschuld auf einer Party an einen besoffenen Zweitsemesterstudenten zu verlieren? Nö! Aber zum Glück ist er eingeschlafen, bevor das passieren konnte! Ich will ihm ja keine Erektionsstörung attestieren, schließlich bin ich kein Arzt, allerdings waren da doch gewisse Symptome. Zum Beispiel, dass er keine hatte.
Wahrscheinlich ein einmaliges Alkoholproblem …

TROTZDEM! Was, wenn es nicht am Alkohol lag? Und ich das Problem bin?? Fest steht, dass ich gestern nicht gut genug aussah, um das Interesse von Creepy Carl zu wecken. Vielleicht hab ich es für Jake einfach nicht gebracht. Immerhin gibt es auch eine Menge Leute, die ich nicht attraktiv finde (AKA die meisten). Was, wenn Jake mich nicht anziehend findet und ich mich die ganze Zeit über zum Affen gemacht habe? Nicht mal am nächsten Morgen hat er irgendwas versucht! Klar, er hatte einen Kater und irgendwann, als wir längst geschlafen haben, kam sein Mitbewohner ins Bett gekrabbelt … Jake hat angeboten, mich zu meinem Wohnheim zu begleiten, aber ich habe abgelehnt, weil ich mir selbst gerne die Tour vermassle.

Um auf den Punkt zu kommen: Wie kannst du Edward Snowden vögeln wollen? Ich dachte, du wärst jetzt homo.

VON: GenX1999@gmail.com

AN: Ava.Helmer@gmail.com
BETREFF: Re: Wegen gestern Nacht

Mir gehen so viele wütende Gedanken durch den Kopf, ich weiß gar nicht, welchen ich dir zuerst entgegenbrüllen soll! Aber nachdem ich egoistisch bin, fange ich mit dem an, der mit mir zu tun hat!

Es ist mein gutes Homo-Recht, Edward Snowden vögeln zu wollen. Sexualität ist ein Fluss und manchmal mündet sie direkt in Amerikas größtem Helden.

Abgesehen davon – schon mal von dem Begriff BISEXUELL gehört?! Hör auf, mich in dein heteronormatives Bild quetschen zu wollen!

Dann also zum nächsten angekündigten Abschuss: DU BIST NICHT DAS PROBLEM. Mach dich nie für das physikalische Versagen eines Mannes verantwortlich. Ihre Infrastruktur ist quasi designt, um zu versagen.

Glaubst du, Männer hocken je zu Hause rum und zerbrechen sich den Schädel, ob SIE das Problem sein könnten??? Vergiss es. Also verschwende deine Hirnaktivität genauso wenig.

Außerdem, und ich hasse mich selbst für die Frage, aber ich habe den Eindruck, du hast mich so konditioniert: Habt ihr euch eigentlich schon mal unterhalten? Über diese Sache zwischen euch? Willst du wirklich Sex haben, solange ihr eure Beziehung nicht geklärt habt? Ich sage ja nicht, dass du den Typen heiraten sollst (bitte heirate ihn nicht!), aber es könnte sich lohnen, mal nachzuhaken, um zu sehen, ob ihr euch einig seid. DTR, Süße!

Wenn du willst, kann ich für dich mit ihm reden. Ich bin echt gut darin, leere Gewaltandrohungen überzeugend zu verpacken.

VON: Ava.Helmer@gmail.com

AN: GenX1999@gmail.com

BETREFF: Re: Wegen gestern Nacht

Ich habe »bisexuell« nachgeschlagen – einige führende Wissenschaftler haben nicht beweiskräftige Hinweise dafür gefunden, dass es existieren könnte.
(JK! JK! OMG, Scherz!)

Danke für den DTR-Hinweis auf das klärende Gespräch. Ich wollte das schon tausendmal ansprechen, aber ich weiß nicht, wie, und ich will nicht wie eine Klette rüberkommen.*

* Kaum zu fassen, wie lange einem ein blöder Kommentar von einem Sommercamp-Typen nachhängen kann. Ich war erst 11, Kyle! Natürlich war ich anhänglich!

Was soll ich sagen?
Wie soll ich es sagen?
Wann soll ich es sagen?

Ich hasse das Gefühl, ich würde ihn nie wieder sehen, wenn wir uns verabschieden – jedes Mal. Ich weiß ja, dass es nicht stimmt, schon allein, weil er in meinem Film mitspielt, aber trotzdem. Mir fehlt einfach das Vertrauen, dass er nicht wie jeder andere Vertraute (außer dir) verschwindet.

Bitte gib mir, wie immer, spezifische Anweisungen.

VON: GenX1999@gmail.com
AN: Ava.Helmer@gmail.com
BETREFF: Re: Wegen gestern Nacht

Du bewegst dich auf dünnem Eis, was die Homo-Gemeinde angeht.
(JK JK LOL ROFL JK)

Spezifische Anweisungen s. u.

1) Warte, bis er sich bei dir meldet.
2) Trefft euch in der Öffentlichkeit.
3) Frag ihn, wie er die Sache zwischen euch sieht. Und bestehe darauf, dass er zuerst antwortet. LASS IHN NICHT

DAMIT DURCHKOMMEN, DASS ER DICH ZURÜCKFRAGT. Wenn er sagt: »Der Anfang von etwas« oder »Ich will, dass du meine feste Freundin bist«, kannst du bleiben. Wenn er sagt: »Wir haben nur Spaß«, dann geh. Nicht sofort. Doch sobald es möglich ist, ohne dass ein großes Drama daraus wird.

3a. Wenn du bleiben kannst, redet auf jeden Fall noch über Treue, bevor es zum eigentlichen Akt kommt, doch bis dahin genieße einfach deine erste offizielle Beziehung!

3b. Wenn du gehen musst, triff dich nie wieder mit ihm allein. Sei weder unhöflich noch darfst du ihn ignorieren. Sei einfach »viel beschäftigt«. Entweder ändert er seine Meinung oder du willst ihn sowieso nicht haben!

Bitte teile diese idiotensichere Liste mit niemandem. Solltest du nicht gehorchen und mich als Urheberin angeben, werde ich alles abstreiten.

NACHRICHT

16:12 PST

A: Jake hat mir geschrieben!

A: Um sich dafür zu entschuldigen, dass er »so früh eingepennt ist«.

G: Wie ein kleiner Schlappschwanz?

A: Jupp! Ich meinte: Kein Ding.

G: Liebesbriefe des 21. Jhds ...

G: Ich frage mich, ob künftige Studenten sie in Literaturkursen durchnehmen.

A: Was sollte ich denn sonst sagen???

A: »Kein Problem. Willst du mit mir gehn?«
G: Könnte nicht schaden. 
A: Soll ich ein Treffen vorschlagen?
G: NEIN!!!
G: Er soll dich fragen.
G: 

VON: GenX1999@gmail.com

AN: Ava.Helmer@gmail.com
BETREFF: Kaltblütig

Hast du das gesehen??? Artikel unten!

BEACON-PARTY VON ERSTSEMESTERN GECRASHT
von Genevieve Goldman
Berkeley Beacon Redakteurin

BOSTON. Samstagabend kam eine kleine Gruppe Mitarbeiter des Beacon zusammen, um eine besonders erfolgreiche Ausgabe zu feiern. Jedoch wurde die lebhafte Feier von einem Brüllwettbewerb zwischen zwei Jungreportern unterbrochen. Genevieve Goldman erschien gegen 21 Uhr auf besagter Party. In der Gruppen-Mail war als offizieller Beginn 20 Uhr angegeben worden. Gastgeber war Kent Winzel, Goldmans Redakteur, der in sein Zuhause in Allston eingeladen hatte und seinen jungen Gast und Schützling zu den Getränken führte.

Bei Betreten der Küche entdeckte Goldman sofort Kollege und Nichtsnutz Alex Cassidy. Cassidy hatte bereits einige Drinks Vorsprung und begrüßte seine angebliche

Rivalin mit einem anzüglichen Grinsen. Goldman, stocknüchtern, ließ sich davon nicht erschüttern und schenkte sich ein bescheidenes Glas Wein ein, bevor sie sich ins Wohnzimmer zurückzog.

Nach etwa einer Stunde anregender Unterhaltungen kehrte Goldman zurück, um ihr Glas zum dritten (oder vierten) Mal zu füllen, und stellte fest, dass Cassidy noch immer auf seinem Posten war. Goldman erkundigte sich, ob Cassidy als Hilfskellner angeheuert worden war, und Cassidy antwortete mit einer Beschuldigung bezüglich Goldmans Mitbewohnerin und stellte ihre Loyalität in Frage. Gerüchten zufolge hat es Goldmans Zimmergefährtin, Shannon Middleton, auf einen Platz in der Studentenvereinigung SGA (Student Government Association) abgesehen. Da der Beacon als einziges Kontrollorgan für die SGA fungiert, kommt es häufig zu Unstimmigkeiten wegen potentieller Interessenkonflikte.

Goldman, die keine Ahnung hatte, dass sich ihre Mitbewohnerin überhaupt für die SGA bewirbt, gab Kontra und beschuldigte Cassidy, nur Streit anzetteln zu wollen. Cassidy parierte mit gespielter Sorge, der gute Ruf des Beacon könne auf dem Spiel stehen, sollte eine unzuverlässige Reporterin ins feste Team aufgenommen werden. Zunehmend lauter wurde der Streit fortgesetzt, bis Winzel, Goldmans Redakteur, das Zimmer betrat und beide Beteiligte dazu aufforderte, sich einem Trinkspiel anzuschließen. Goldman tat ihm den Gefallen, während Cassidy sich lieber in eine Diskussion über das Semikolon einbrachte. Später hörte man ihn noch aus dem Nebenzimmer Vonnegut zitieren.

Der restliche Abend verlief ohne weitere Vorkommnisse, bis Goldman sich auf den Weg zur Bahn begab und Cassidy nur wenige Schritte vor sich entdeckte. Goldman schwieg, bis beide gemeinsam an der Haltestelle landeten, wo sie auf die Linie B warteten. Dann fragte sie Cassidy, ob er sich gut unterhalten hätte, woraufhin Cassidy spöttisch die Augen verdrehte. Daraufhin wollte Goldman wissen, ob sie irgendwas falsch gemacht hätte, woraufhin der antwortete: »Du hast gar nichts getan.«

Dieser nervtötende Kommentar hing in der Luft, bis die beiden die Bahn bestiegen und schweigsam zurück zu ihren Wohnheimen fuhren.

WAS FÜR EIN PSYCHO!!!

VON: Ava.Helmer@gmail.com

AN: GenX1999@gmail.com

BETREFF: Re: Kaltblütig

Ich will ja nicht an deinen Fähigkeiten als Journalistin rummäkeln, aber aus erzählerischer Sicht fand ich diesen Artikel enttäuschend. Die Überschrift hat neugierig gemacht, aber was dann kam, war unbefriedigend. Wen kümmert's, ob Shannon sich für die SGA bewirbt? Warum ist dieses »Du hast gar nichts getan« so schlimm? Was würdest du denn gerne mit ihm tun?

Ehrlich gesagt fühlt sich das allmählich an wie *Weiblich, ledig, jung, sucht …* Sag Bescheid, falls du irgendwann anfängst, dich anzuziehen wie er, damit ich dich vom

College holen kann, bevor du euer beider Leben ruinierst.

VON: GenX1999@gmail.com

AN: Ava.Helmer@gmail.com

BETREFF: Re: Kaltblütig

Ich bin nicht von ihm besessen. Du kapierst die Dynamik nicht.

NACHRICHT

21:12 EST

G: Habe Shannon davon überzeugt, sich nicht für die SGA zu bewerben.

A: Wie?? Warum??

G: Hab ihr erklärt, dass ihr jede Menge lange Sitzungen bevorstehen würden.

A: Das war ihr vorher nicht klar?

G: NEIN!

G: Stattdessen fängt sie lieber Quidditch an.

A: Jetzt glaub ich dir nicht mehr, dass es euer College wirklich gibt.

G: 💪

G: Friss Dreck, Alex!

NACHRICHT

19:23 PST
A: Jake will, dass ich rüberkomme, um das Drehbuch zu besprechen …
G: Wohin rüber?
A: Keine Ahnung. In die geheime Bibliothek, die er unter seinem Bett versteckt?
A: Wahrscheinlich sein Zimmer.
G: HEY! Lass deine aufgestaute sexuelle Unzufriedenheit nicht an mir aus.
G: Ich bin der Wind unter deinen Flügeln.
A: Kann ich hin?
G: Angeblich ist das hier ein freies Land. Zumindest für männliche Weiße.
A: Aber du hast gesagt, dass ich mich mit ihm in der Öffentlichkeit treffen soll.
G: Äh. Regeln sind dazu da, gebrochen zu werden.
A: DIESE REGELN SIND VON DIR!
G: Kondome nicht vergessen!

VON: GenX1999@gmail.com
AN: Ava.Helmer@gmail.com
BETREFF: Shannon (Eine Charakterstudie)

Mir ist klar, dass du gerade damit beschäftigt bist, sweet, sweet love zu machen, aber ich wollte dir berichten, was ich so mit meinem Abend anstelle.

Seitdem ich Shannon den weisen Rat gegeben habe, ihre politische Karriere aufzugeben, damit ich meine eigene vorantreiben kann, scheint sie zu glauben, wir wären Freundinnen. Gerade habe ich eine geschlagene Stunde damit verbracht, zuzuhören, wie sie ihre Beziehung mit Baseball-Mike analysiert hat, obwohl die anscheinend schon seit Wochen vorbei ist und außerdem nie eine echte Beziehung war.

Eigentlich ist es mir egal, aber aus einer Art morbiden Faszination heraus hab ich irgendwann angefangen, Fragen über ihr Leben zu stellen, und erfahren, dass ihre Familie sogar noch merkwürdiger ist als sie selbst! Ihr Dad »arbeitet für die Regierung«, sagt aber keinem was Genaues, und ihre Mom ist eindeutig in ihre beste Freundin verknallt. Das halbe Jahr lang sind sie auf »Mädelsausflügen«. Ihr jüngerer Bruder ist so eine Art Genie und hat das College längst abgeschlossen, trotzdem arbeitet er bei Starbucks???? Was sind das für Leute?! Ich glaube, ihre komplette Familie belügt Shannon nach Strich und Faden und sie hat nicht die leiseste Ahnung davon. Wenigstens weiß ich aus erster Hand, dass mein Vater Alkoholiker ist und meine Mutter ihn dabei ganz klassisch unterstützt. Zwar lügen sie mich auch ständig an, aber wenigstens *weiß* ich, dass man ihnen nicht trauen kann!

Hab ich dir erzählt, dass meine Mom mich neulich aus heiterem Himmel viermal am selben Tag angerufen hat? Als wäre ihr plötzlich eingefallen, dass sie ja noch eine erwachsene Tochter hat? Als ich irgendwann zurückgerufen habe, war sie schon wieder ganz mit ihrem »Wunder«-Kind beschäftigt. Hope blüht im Kindergarten auf und lernt, sich mit Fingerfarben auszudrücken. Wie soll ich mir so was anhören und dabei ernst bleiben, nachdem meine Kindheit so aussah, dass ich die Wand mit Scheiße bemalt habe, weil keiner auf mich aufgepasst hat?

EGAL.

Zurück zu meiner Fallstudie: Shannon glaubt, Baseball-Mike hätte schlicht und ergreifend Bindungsängste und sobald er sich mit (einem ganzen Haufen) anderen Mädchen ausprobiert hat, wird er begreifen, dass sie zusammengehören. Diese Reise zur Selbstfindung beinhaltet übrigens auch, mit Shannons lebenslanger Freundin, Kelly, in die Kiste zu hüpfen, die an die BU geht und Mike DURCH Shannon kennengelernt hat. Aber Shannon ist ihnen nicht böse, weil sie Kelly in der Zehnten absichtlich den Freund ausgespannt hat – Karma is real. Zumindest, wenn man ihrem Hochbegabten-Bruder glaubt. Da pisst es mich glatt ein bisschen an, 7 $ 99 für ein Hulu-Abo ausgegeben zu haben, wo ich dieses seltsame Lebewesen doch jederzeit in freier Wildbahn und seinem natürlichen Lebensraum beobachten kann.

PEACE & MONKEYS
Gen Goodall

PS: Ich zahle nicht wirklich für Hulu. Ich benutze deinen Account, also bitte nicht das Passwort ändern.

PPS: Wann upgraden wir und werden die Werbung los?

VON: Ava.Helmer@gmail.com

AN: GenX1999@gmail.com

BETREFF: Re: Shannon (Eine Charakterstudie)

Was ich aus der ganzen Geschichte mitnehme, ist, dass deine Mom echt scheiße ist. Ich hoffe, ich darf so was sagen.

VON: GenX1999@gmail.com

AN: Ava.Helmer@gmail.com

BETREFF: Re: Shannon (Eine Charakterstudie)

Hahahaha, darfst du! Aber nur, weil du diesen einen grauenhaften Ausflug ins Disneyland überlebt hast.

RIP Eiscreme-Mickey

NACHRICHT

14:03 PST

A: Willst du gar nicht fragen, was passiert ist??

G: Ich hab gefragt!

A: Nein. Du hast eine Grabrede auf eine Eiswaffel gehalten.

G: Bei uns beiden gilt die Politik der offenen Tür. Ich muss nicht fragen. Du kannst es mir einfach erzählen.

A: Nein, weil ich sonst denke, dass es dir egal ist, und ich erzähle Leuten nicht gerne von Sachen, die ihnen egal sind.

A: Das ist eine der Regeln, die ich in meinem Sozialkompetenz-Kurs gelernt habe.

G: Es ist mir NICHT egal!

A: Aber trotzdem so egal, dass du nicht nachfragst.

G: Ava, erzählst du mir bitte, bitte jedes einzelne Detail über deinen Abend? Angefangen beim Sonnenuntergang?

A: Nein. Ich bin beschäftigt.

G: Du kostest mich mehr Nerven als all die Mädels, mit denen ich was habe, zusammen!

A: Oooooooooh. Ich hab dich auch lieb.

VON: Ava.Helmer@gmail.com

AN: GenX1999@gmail.com

BETREFF: Minutiöse Details

Na dann! Ich bin also ein paar Stunden nach Sonnenuntergang bei Jake eingetrudelt, obwohl ich davon ausgehe, dass du wegen des Sonnenuntergangs nur sarkastisch warst. (Ich hatte ein abscheuliches Essen. Erinner mich bitte daran, dass ich Rote Bete hasse.)

Als ich in Jakes Zimmer bin, war sein Mitbewohner, Tyler, gerade dabei, einen JOINT zu rauchen. Er hat ihn mir angeboten, aber ich lehnte ab, weil ich nüchtern bleiben wollte. (Außerdem hat etwas in mir Angst, dass ich Gras so sehr mögen könnte, dass ich zum Kiffer mutiere und mein Leben wegwerfe.)

Wir hockten also zusammen und haben uns eine Weile unterhalten. Tyler ist angeblich der totale Vine-Star. Kommt mir komisch vor, weil er privat MEGA langweilig ist. Er hat mir ein Vine-Video von sich gezeigt, in dem er mit dem Skateboard eine Rampe HOCH fährt. Es hatte eine Million Klicks. Ich kann nur hoffen, dass das an seiner Mutter liegt, die ihn unterstützen will und es deshalb immer wieder anschaut.

Nach einer Weile hat Jake Tyler mit den Augen zu verstehen gegeben, dass er sich verziehen soll. Ich dachte »übers Drehbuch sprechen« heißt »rummachen«, aber er hatte tatsächlich eine Menge Anmerkungen. Er findet, seine Figur kommt »schwul« rüber, weil er keinen Sex mit Sophia will. Ich habe versucht, ihm zu erklären, dass zwischen den Figuren einfach die Chemie nicht stimmt und wie das Konzept der übersteigerten Realität dargestellt werden soll. Aber er hat mir ziemlich heftig widersprochen. Er meinte, es würde mir schwerfallen, männliche Figuren darzustellen, weil ich nicht verstehe, wie sehr die männliche Psyche von Sex angetrieben wird.

In dem Moment hat der Abend eine entscheidende Wendung genommen, weil:
1) Ich war super beleidigt, dass er findet, ich könnte keine glaubhaften männlichen Charaktere entwerfen.
2) Ich habe Paranoia geschoben, dass er ständig nur an Sex denkt und der einzige Grund, weshalb er überhaupt mit mir redet, Sex ist, und ich noch nicht bereit bin, Sex zu haben, und er deswegen nicht mehr mit mir reden wird …

Mir blieb nichts anderes übrig, außer ihn zu fragen, ob er aus eigener Erfahrung spricht, und er antwortete:

Jake: Natürlich.
Ava: Denkst du jetzt auch gerade an Sex?
Jake: Klar. Und du?
Ava: Nur, weil du das Thema angesprochen hast! Hast du … schon mal welchen gehabt?
Jake (lacht): Klar.

LANGE PAUSE

Ava: Ich nicht.
Jake: Dachte ich mir schon.

Und zack, schon geht die Spirale in meinem Kopf los:
Was an mir schreit so eindeutig Jungfrau?
Sind es meine Haare?
Meine Kleidung?
Meine Unfähigkeit, über Sex zu reden, ohne wie ein Alien zu klingen, das menschliches Verhalten nachahmt? ODER! Noch schlimmer – was, wenn es meine Technik war, als ich ihm einen runtergeholt habe? In diesem Moment wäre ich vor Scham am liebsten im Boden versunken. Und er sagt:

Jake: Du scheinst dafür viel zu beschäftigt zu sein.

WAS?! Ich zu beschäftigt?? Ein Drittel meines Lebens langweile ich mich zu Tode. Und das schließt das Drittel mit ein, in dem ich schlafe. Wie, um alles in der Welt, kommt er darauf, dass ich ZU BESCHÄFTIGT bin, um

Geschlechtsverkehr zu haben? Wie lange dauert so was denn???

Ava: Wie kommst du darauf?
Jake: Weiß nicht. Du scheinst ein ernster Mensch zu sein, der viele ernste Sachen macht. Sogar jetzt: du hier in diesem Haus. Wirkt irgendwie falsch.

WIE bringt er es fertig, in meine Seele zu blicken und meine schlimmsten Ängste zu offenbaren??? Warum bin ich unfähig, mich wie jede andere hinter flüssigem Eyeliner zu verstecken???

Ava: Ich finde nicht, dass ich zu ernst bin. Ist nicht deutlich geworden, dass das hier eine Komödie werden soll?
Jake (lacht wieder): Ich meine ja nicht, dass du keinen Humor hast. Du hast nur eine ernste Persönlichkeit. Wie ein Erwachsener, der auf dem College gefangen ist.
Ava: Ist das schlimm?
Jake: Nein! Ich mag das. Ich bin für mein Alter auch ganz schön reif.

Dann küssen wir uns, weil ich nicht weiß, wie ich sonst darauf antworten soll. Mal im Ernst, ich finde ihn nicht auffallend reif ... Egal. Unsere Zungen fangen an, sich umeinanderzuwinden, und er will mir das Shirt ausziehen, aber ich lasse ihn nicht.

Ava: Was bedeutet dir Sex?
Jake: In drei Worten? (Sehr schöne Vorlage, die ihr Ziel nur um Haaresbreite verfehlt.)
Jake: Weiß nicht. Kommt drauf an, mit wem.

Ava: Was würde es bedeuten, wenn es mit mir wäre?
Jake: Wahrscheinlich müsste ich das erst ausprobieren, um deine Frage beantworten zu können. (Zweite Steilvorlage. Weniger süß. Dafür direkter.)
Ava: Ich will das nicht, solange ich nicht weiß, was es bedeutet.
(Eine Menge vage/unbeholfene Handbewegungen)
Jake: DTR?

Die Abkürzung stammt nicht von mir. Er hat das tatsächlich so gesagt, ganz ohne Ironie, was die Situation für mich ganz ehrlich entscheidend entschärft hat. Ich habe nur genickt und dann hatten wir eine verwirrende Unterhaltung, die ich zu gerne Wort für Wort wiedergeben würde, nur leider hab ich schon in dem Moment ständig den Faden verloren. Ich glaube, das große Fazit ist, dass er offen für eine feste Beziehung ist, aber findet, dass wir noch nicht so weit sind? Und wenn ich keinen Sex außerhalb einer Beziehung will, können wir einfach Zeit miteinander verbringen und eben keinen Sex haben.
Wie klingt das für einen Außenstehenden? Mir erscheint es vernünftig, wenn nicht sogar enttäuschend. Er macht mir keinen Druck und er hat außerdem recht. So gut kennen wir uns noch nicht. Wozu die Eile?

Ich *glaube*, ich habe ihm zugestimmt, und dann hat er mich geleckt! Es war ... kratzig?? Allmählich hege ich die Befürchtung, dass mein Körper irgendwie nicht funktionstüchtig ist ...

Erbitte Hilfe und Weisheit!
A

VON: GenX1999@gmail.com

AN: Ava.Helmer@gmail.com

BETREFF: Re: Minutiöse Details

So langsam glaube ich, dieser Typ ist entweder super hochentwickelt oder krass manipulativ. Der Kommentar darüber, dass du keine männlichen Charaktere schaffen kannst, lässt mich eher auf manipulativ tippen.

Bitte sag mir, dass du nicht das Skript änderst, nur um es seinem schwachen männlichen Ego recht zu machen. DU bist die Autorin. Es ist deine Vision. Und der Sexualtrieb ist bei jedem anders. (Vielleicht IST seine Figur ja schwul! Oder einfach nicht an Sex interessiert! Die Entscheidung liegt ganz bei dir.)

Eine Frage: Warum willst du diesen Kerl überhaupt zum festen Freund? Nur um Sex zu haben? Oder magst du ihn echt? ChinatownJake98?

VON: Ava.Helmer@gmail.com

AN: GenX1999@gmail.com

BETREFF: Re: Minutiöse Details

Das sind ein paar wirklich gute Fragen. Und meine Antwort ist, dass ich keinen blassen Schimmer habe. Woher weiß man denn überhaupt, warum man mit jemandem ausgeht und was anfängt? Ich bin 18. Sogar das Konzept verwandtschaftlicher Zuneigung ist mir teilweise noch ein Rätsel. Die meisten meiner Gefühle und Handlungen sind komplett hormongesteuert (oder chemisch ausgelöst).

Ich weiß, dass ich einen Freund will. Das habe ich mir schon immer gewünscht. Wahrscheinlich sogar ein bisschen zu sehr, weshalb mich bisher keiner haben wollte. (Wäre Verzweiflung ein Duft, wäre ich in einer Wolke davon quer durch die komplette Mittelstufe geschwebt.) Das Einzige, was mich in der Highschool ansatzweise cool gemacht hat, war, mit dir befreundet zu sein. Was alle deiner coolen Freunde noch immer nicht kapieren.

Und jetzt, auf einmal, ist da dieser Typ, der offen für eine Beziehung mit mir ist, und das will ich nicht versauen. Werde ich Jake heiraten? Nein. Wahrscheinlich nicht. Aber anders als bei dir fallen mir nicht bei jedem Schritt Liebhaber vor die Füße. (Hoppla! Schon wieder einer! Upsi! Dreifache Stolperfalle.) Ich habe das Gefühl, als dürfte ich nicht riskieren, ihn einfach so wegzuschmeißen, nur weil er nicht perfekt in meinen Zeitplan passt.

Ich würde gerne mit meiner Therapeutin darüber sprechen, aber bestimmt dreht sie es wieder so hin, dass alles allein meine Schuld ist. Klingt das defensiv? Defensiv bin ich nämlich definitiv nicht ;)

NACHRICHT

17:13 EST
G: Hey, warte!
A: Was??
G: Warum bitte haben wir nicht über das andere geredet?
A: Was meinst du?

G: 😜😜😜

A: Gen! Eklig!

G: Meinst du etwa … 🍑

A: Ich bin im Unterricht. Ich kann jetzt nicht darüber reden.

G: Immer hast du »Unterricht«.

G: Open Your Mind

G: Touch yourself

A: Flugmodus

VON: GenX1999@gmail.com

AN: Ava.Helmer@gmail.com

BETREFF: Menage à Häppchen

Gegen 19 Uhr 55 bin ich in mein Wohnheim, um meine Studie an Shannon the Strange in freier Wildbahn fortzuführen, als Charlotte mich angerufen hat. Ja, sie rief an, weil sie erwachsen ist und ich ein Kind, das aus Versehen auf Ablehnen drückte. Ich habe ihr zurückgeschrieben, denn, trotz meiner großen Klappe bin ich schwach und ängstlich. Sie hat geantwortet und mich zum »Filmgucken« zu sich nach Hause eingeladen.

Nur für den Fall, dass du einem schweren Gedächtnisverlust zum Opfer gefallen bist: Das ist das universelle Codewort für »Sex« (vgl. »Film schauen und chillen«). Also hab ich die nächste Bahn genommen, ein paar Minzdrops geschluckt und bin zu ihr, in Erwartung, sie würde mir spärlich bekleidet in einem gewagten Kimono die Tür öffnen.

Stattdessen war sie komplett angezogen und stand neben ihrem Nerd-Kumpel, Tom. Tom ist LA für Dramaturgie, weil er sich mal als Theaterschauspieler versucht hat, aber gescheitert ist. Außerdem ist Tom supersüß. Ich mochte Tom auf der Stelle.

Charlotte bittet mich rein und niest dabei. Sie ist krank und will nicht allein sein, damit – falls sie stirbt – jemand ihre Eltern verständigen und anschreien kann, warum sie ihrer Tochter nicht besser den Rücken gestärkt haben! Ich bin ein bisschen verwirrt und verstehe nicht recht, warum ich überhaupt eingeladen wurde, bis ich kapiere, dass Charlotte jeden angerufen haben muss, der am Anfang ihrer Kontaktliste auftaucht. Ich gebe mir Mühe, diesen Umstand nicht persönlich zu nehmen, und genehmige mir stattdessen ein köstliches Stück Pecan Pie, den Tom GEBACKEN hat. Hab ich erwähnt, dass ich Tom mag?

Etwa eine Stunde lang quatschen wir und können uns für keinen Film entscheiden, bis Charlotte verkündet, dass sie ein Nickerchen halten muss. Es ist etwa halb zehn ... Für meine Begriffe heißt das ja schlicht und ergreifend: schlafen gehen, aber was weiß ich schon. Sie meint, Tom und ich sollen doch bitte bleiben, weil sie noch Snacks hat und nicht in einer leeren Wohnung aufwachen will. (Offenbar glaubt sie tatsächlich, dass sie nur ein Nickerchen hält.)

Wir zucken nur die Schultern und suchen einen Film aus, weil uns Charlottes Vorschlag nur recht ist. Charlotte kriegt es hin, dass einem absolut nichts komisch vorkommt. Sobald sie aus dem Zimmer ist, fragt Tom, ob ich eine Decke will. Du kennst mich. Mein Körper verströmt permanent Hitze, aber es schien unhöflich, abzulehnen. Außerdem wollte ich wissen, wie es ist, wenn ein erwachsener Mann, mit dem ich nicht verwandt bin, mich zudeckt. Die Antwort: sexy.

Plötzlich kuschle ich also mit einem männlichen Fremden im Wohnzimmer meiner weiblichen Geliebten. Ich frage Tom, wie lange er Charlotte schon kennt, und er sagt: »Eine Ewigkeit.« Ich frage, wie gut er sie kennt, und er antwortet: »Nicht so gut wie du.« Vermutlich bin ich rot geworden, denn er versichert mir, dass er allein durch mein Verhalten nicht drauf gekommen wäre. Angeblich bin ich nur so eindeutig Charlottes Typ. Und das weiß er, weil er und sie auf denselben Typ Frau stehen.

JUPP! DAS hat er gesagt! Wenn wir kurz über Anmachsprüche reden wollen – der hat gezogen!

Wir haben eine Ewigkeit rumgemacht. Sämtliche Klamotten blieben dran, weil wir immerhin versucht haben, den Anstand zu wahren. (Wir konnten Charlotte nebenan schnarchen hören ...)

Irgendwann gegen 2 am Morgen hat Tom sich von mir und der Decke losgemacht und beschlossen, mich nach Hause zu eskortieren. Ich dachte, er wollte sich selbst in mein Bett einladen, aber er hat mich tatsächlich nur zum Wohnheim begleitet. Als ich ihm erklären wollte, wie man sich am besten in mein Zimmer schleicht, ohne die Bestie zu wecken, hat er gelacht und mir einen Abschiedskuss gegeben. Dann meinte er, er würde Charlotte nach meiner Nummer fragen, was ich schräg, aber praktisch fand.

Jedenfalls … so sah mein Abend aus. Tom hat was von einer männlichen Ellen Page, nur damit du ein ungefähres Bild hast.

Außerdem bin ich zur Zeit von diesem Song hier besessen: https://www.youtube.com/watch?v=Nt2OVAgkHBc (JUST 2 GUYZ)

Ich bin Guy Nummer 1.

VON: Ava.Helmer@gmail.com

AN: GenX1999@gmail.com

BETREFF: Re: Menage à Häppchen

Ok. Ich bin verwirrt. Jetzt stehst du wieder auf Kerle?? Oder ist das nur eine Anomalie? Vielleicht stehst du einfach auf verbotene Autoritätspersonen. Nach deinem ekligen Flirt mit Security-Typ Peters würde das Sinn ergeben.

Magst du Charlotte noch? Sie kommt mir ein bisschen verrückt vor. Wer schmeißt eine Party, damit er nicht allein sein muss, wenn er krank ist??

Ich bin wirklich verwirrt. Aber wahrscheinlich bin ich das immer. Bitte brüll mich nicht an.

A

VON: GenX1999@gmail.com

AN: Ava.Helmer@gmail.com

BETREFF: Re: Menage à Häppchen

Hahaha. Ich hab nie aufgehört, auf Kerle zu stehen. Im Augenblick liegt das Verhältnis nur eher bei 90:10. Außerdem hat er eine sehr feminine Ausstrahlung.

VON: Ava.Helmer@gmail.com

AN: GenX1999@gmail.com

BETREFF: Re: Menage à Häppchen

Okay. Cool.
ICH WILL GUY NUMMER 1 SEIN!

NACHRICHT

19:57 EST
G: Ich kann Kents Bauchnabel sehen.
A: Wer ist Kent?
G: Oh, sorry: Kent, mein Redakteur.
A: Warum siehst du seinen Bauchnabel? Trägt er kein Hemd?
G: Das schon, nur ist es zu klein.
A: Absichtlich?
G: Unklar.
A: Schick mir Updates.
G: Ich glaube, ich habe eine kleine Fluse erspäht.
A: Hiermit kündige ich sämtliche Updates!

VON: Ava.Helmer@gmail.com

AN: GenX1999@gmail.com

BETREFF: Das ICH und das ES

Ich hege den Verdacht, dass Dr. Lily klinisch geisteskrank ist. Wie soll ich meiner Therapeutin klarmachen, dass sie einen Therapeuten braucht? Wahrscheinlich hat sie schon einen, der genauso wenig taugt.

Nach meiner Sitzung habe ich »Hang zum Sadismus« gegoogelt. Dazu gehören Freude am Leid anderer und der Genuss, anderen Schmerz oder Scham zuzufügen. Passt alles!

Ich weiß nur nicht, ob Dr. Lily mich absichtlich in den Wahnsinn treiben will oder ob sie schlicht keine Ahnung hat von dem, was sie tut, und deshalb nichts anderes zustande bringt als herablassende Blicke und missbilligendes Gemurmel.

Ich bin bei ihr reinmarschiert und wollte über die Beziehung mit Jake reden, aber sie hat mich sofort über meine Familie ausgefragt. Meine Familie ist nicht das Problem. Ohne meine Familie wäre ich längst nicht mehr am Leben.

Statt in den fünfzig Minuten eine Strategie für weitere Fortschritte zu entwickeln, wollte Dr. Lily wissen, ob mein Vater unnötigen Leistungsdruck auf mich ausgeübt hat.

IM ERNST? Bist du so eine blutige Anfängerin?

Ich hab immer wieder versucht, das Gespräch zurück zum eigentlichen Problem zu bringen (was soll ich mit diesem Kerl machen, der mit mir ins Bett, aber sich nicht binden will), doch sie hat sich daran festgebissen, dass mein Dad unseren Hund weggegeben hat. Ich habe das erwähnt, als das EINE EINZIGE MAL, als mein Vater mich enttäuscht hat, und sie hat sich darauf gestürzt und nicht mehr lockergelassen. Echt jetzt, wenn hier einer einen Daddy-Komplex hat, dann ja wohl sie.

Als nur noch zehn Minuten übrig waren, habe ich (laut) darauf hingewiesen, dass ich über Jake sprechen muss, weil ich diese Ungewissheit ohne Bewältigungsstrategie keine weitere Woche durchhalte. Von Grauzonen wird mir übel. Wer mir schon mal fünf Minuten lang zugehört hat, weiß das.

Statt auf meine Bedürfnisse einzugehen, hat sie darauf bestanden, dass ich nur das Thema wechseln will, weil ich nicht über meine Familie reden möchte. Was gibt es da zu verheimlichen? Die Tatsache, dass meine Eltern 18 Jahre lang meine besten Freunde waren (Anwesende ausgenommen) und sämtliche meiner Probleme äußeren Umständen und einem chemischen Ungleichgewicht in meinem Hirn geschuldet sind?

Ich bin viermal länger in Therapie als du Therapeutin bist, Lily! Wenn deine Patientin um Hilfe fleht, dann hilf ihr gefälligst!

Was also hat sie getan?

Mir noch eine Frage über den dämlichen Hund gestellt. (Möge er in Frieden bei dieser schrecklichen Familie in Riverside leben.) Also bin ich gegangen. Jupp. 8 Minuten vor Schluss bin ich rausgestürmt und habe zaghaft gebrüllt, dass ich nie wiederkomme. Ich kann unmöglich zu ihr zurück. Sie macht alles nur schlimmer. Ich muss Mom anrufen und irgendwas anderes organisieren. Was ich brauche, ist ein richtiger Arzt und nicht jemand, der kaum alt genug zum Trinken ist.

Ich hasse diese Frau, Gen. Ich hasse sie im wahrsten Sinn des Wortes und spüre richtig, wie die Wut durch mich durchrauscht. Hoffentlich wird sie gefeuert und jemand näht ihr den Mund zu. Ich bin noch nicht mal zurück im Wohnheim, während ich das hier schreibe, und man sieht mir super deutlich an, dass ich geheult habe. Gott sei Dank für die Anonymität an dieser Uni. Eine kleine Schule hätte ich nicht überlebt.

O Fuck, hier kommt eine meiner »Schwestern«.
Ich hasse mein Leben.

VON: GenX1999@gmail.com

AN: Ava.Helmer@gmail.com
BETREFF: Re: Das ICH und das ES

Geht's dir gut? Hab gerade ein paarmal versucht, dich anzurufen, aber du bist nicht ran. Vielleicht telefonierst du gerade mit deiner Mom.

Das tut mir so leid, Süße. Ich wünschte, ich wäre bei dir, um dieser Psychotussi den Arsch zu versohlen und ihr sämtliche (fragwürdige) Zeugnisse abzunehmen. Kannst du fragen, ob du am Campus eine andere Therapeutin bekommst? Oder wäre es vielleicht besser, jemanden zu sehen, der nicht zur Uni gehört? So oder so, ich finde, du solltest dein Geld zurückbekommen UND man sollte dir Schmerzensgeld wegen emotionaler Grausamkeit zahlen.

Hast du schon mal überlegt, wieder Tabletten gegen die Angst zu nehmen? Ich weiß, du hasst die Dinger, aber wie wär's mit einer niedrigen Dosis irgendeiner anderen Sorte? Oder vielleicht – warte, warte … Gras? Ich mein's ernst. Besorg dir ein bisschen Gras. Das ist nicht mal mehr illegal!

Und was Jake angeht – wenn die Grauzone dich fertigmacht, musst du nicht drinbleiben. Sag ihm, er soll entweder Nägel mit Köpfen machen oder sich verpissen. Es ist dein erstes Semester, Freshmen-Jahr! Es gibt noch viele mittelmäßige weiße Männer da draußen, die dich mit Freuden quälen würden.

ICH HAB DICH LIEB! HOL DIR EIN EIS!
G

18:43 PST

A: Hey. Sorry, dass ich deine Anrufe verpasst habe. Hab mit meiner Mom telefoniert.

G: Schon okay! Was hat sie gesagt?

A: Dass ich mir jemand Neues suchen darf. Für ein Auto ist es dieses Semester schon zu spät. Sämtliche Parkplätze sind vergeben, aber meine Mom hat vorgeschlagen, mich zu fahren.

G: Das ist lieb. Dann gehst du zurück zu deinem alten Doc?

A: Nein. Tina, das Mädchen, das mir vorhin über den Weg gelaufen ist, hat jemanden in der Nähe vorgeschlagen.

G: Keuch! Ein Verbindungsmädchen ohne perfektes Leben?!

G: Verständigt die Presse!

A: Hör auf. Sie war nett.

A: Außerdem gehört meine Verbindung sowieso nicht zu den coolen, bei denen man ein perfektes Leben haben muss.

A: Die coolen haben mich ja gekickt, schon vergessen?

G: Ah, ja. Die PIEssnelken. Wie konnte ich das vergessen. Die stehen alle auf meiner Abschussliste.

G: Gleich hinter Dr. Lily.

A: Danke, das weiß ich zu schätzen.

A: Ich komm mir irgendwie dämlich vor, weil meine Mom mich einmal die Woche vom College abholen wird.

G: Warum dämlich? Das ist #divalifestyle. Genieße es!
A: Oi!

VON: GenX1999@gmail.com
AN: Ava.Helmer@gmail.com
BETREFF: Woodward & Bernstein

Im weiteren Verlauf der Saga um den Berkeley Beacon wurden Alex und ich gerade zu einem Team erklärt. Wir sollen gemeinsam einen Enthüllungsbericht über Emersons strenger werdende Sicherheitsvorkehrungen verfassen. Angeblich trifft sich der Präsident mit verschiedenen Securityfirmen, um einen Plan zu entwerfen, wie man Schüsse und all so was vermeiden kann.

Ziemlich bald werden wir alle nackt durch einen Metalldetektor laufen müssen, um zum Unterricht zu kommen. Ich habe vor, mich friedfertig fernzuhalten. Und dann vielleicht das College zu schmeißen.

Keine Ahnung, warum sie ausgerechnet uns beide dafür zusammengewürfelt haben. Mir fällt nichts ein, außer einem unstillbaren Durst nach Drama im Büro? Kent, mein Redakteur, beharrt darauf, dass wir zusammenarbeiten müssen, um objektiv zu bleiben, da ich anti-Überwachungsstaat bin und Alex ein Idiot.

Möglich, dass das ein bisschen zu hart ist. Immerhin stammt er aus Boston, und wahrscheinlich hat die Bombe damals wirklich seine ganze Familie zerrüttet. Er findet es völlig okay, sämtliche Rechte und Privatsphäre aufzugeben, wenn dadurch auch nur EIN Leben gerettet wird. Meine Meinung ist das krasse Gegenteil. Wozu ist das Leben denn gut, wenn man weder Rechte noch Privatsphäre hat?? Wie kann er das nicht kapieren, vor allem, wo er doch trans ist? Hatte er nie Ärger mit irgendwelchen Securitys?

Das Schlimmste an allem war, dass er so getan hat, als würde er sich darauf freuen, mit mir zusammenzuarbeiten. Als könnte nicht jeder Blinde sehen, dass er mich bis aufs Blut hasst. Also war ich das Arschloch, weil ich mich sofort mit Kent angelegt und versucht habe, den Auftrag allein zu kriegen. Das ganze Team hat mich angeglotzt, als würde ich aus einer Mücke einen Elefanten machen, dabei glaube ich wirklich, dass zwei Reporter der Geschichte nur den Schwung nehmen und Studierende ein Recht darauf haben, von all dem zu wissen, bevor sie von Drogenhunden geweckt werden, die ihre Schnauze in ihre Unterwäscheschublade stecken.

Kent, mein Redakteur, hat meinen Versuch, solo zu ermitteln, abgeschmettert und uns dazu ermutigt, uns gegenseitig als Kollegen anzusehen, nicht als Rivalen. WÜRG. Nach der Besprechung wollte Alex noch unsere Strategie bequatschen, aber ich hab ihm erzählt, ich hätte ein Seminar. Wir treffen uns also nachher. Ich brauche Zeit, um mir zu überlegen, wie ich die Sache handhaben soll. Vielleicht bekämpfe ich ihn mit seinen eigenen Waffen: herablassende Distanziertheit.

Ich hoffe nur, mein Name wird als erster genannt.

Scherz. Die Namen stehen immer alphabetisch. Ich bin am Arsch.

VON: Ava.Helmer@gmail.com

AN: GenX1999@gmail.com

BETREFF: Re: Woodward & Bernstein

Hilfe! Nicht die schönste Situation. Mein einziger Rat ist: »Ersticke ihn mit Freundlichkeit.« Vielleicht ist das ein Test und Kent will sehen, wie du mit unvernünftigen Leuten zusammenarbeitest? Stell Alex als den Schwierigen hin. Erledige einfach deinen Job, und zwar so gut wie möglich, und mach ihm Komplimente für seine Schuhe oder so. Wenn ich jemanden nicht leiden kann, mache ich ihm immer Komplimente. Das bringt ihn aus dem Konzept und gibt mir das Gefühl, ein besserer Mensch zu sein – trotz der Abscheu und den Vorurteilen in meinem Herzen.

Du kannst das schaffen. Du wirst das schaffen!

Wie ist sein Instagram, damit ich ihm hass-folgen kann?

VON: GenX1999@gmail.com

AN: Ava.Helmer@gmail.com

BETREFF: Re: Woodward & Bernstein

@CassidyKid. Ist aber privat, weil er einfach unmöglich ist.

NACHRICHT

21:21 PST

A: Ich hab was Schlimmes gemacht.

G: Wie schlimm? Weißes-Mädchen-Rastalocken-schlimm? Oder Scientology-schlimm?

A: Zu schlimm, um darüber Witze zu reißen!

A: Ich hab alles kaputt gemacht.

G: Steckst du im Knast?

A: Nein!

G: Dann kann's so schlimm nicht sein.

A: Kannst du reden?

G: Eigentlich nicht. Ich bin auf dieser bescheuerten Party und verstehe kein Wort.

A: OK

G: Ruf dich morgen früh an.

G: ♥♥♥♥♥♥

VON: Ava.Helmer@gmail.com

AN: GenX1999@gmail.com
BETREFF: Schlussstrich

Ich weiß, du hast die Zeit deines Lebens, aber ich muss dir eine ernste Frage stellen: War ich schon immer der bescheuertste Mensch, den du kennst? Oder hab ich meine Dummheit mit irreführenden Informationen wie hohen Punktzahlen in Zulassungsprüfungen und teuren Klamotten verschleiert? Ich komme mir wie der weltgrößte Volldepp vor und da das so ist, bin ich auch die Letzte, die das rausfindet (dass ich der weltgrößte Volldepp bin).

Gestern Abend habe ich wegen der ganzen Jake-Geschichte die Krise gekriegt. Wir drehen den Film nächstes Wochenende, und ich fand, ich bräuchte ein klareres Bild von unserer Beziehung, bevor wir zusammen vor einer Gruppe von Leuten arbeiten, die meine Eltern beinhaltet. Wir wollten morgen Abend sowieso was gemeinsam unternehmen, aber so lange konnte ich nicht warten. Ich brauchte Klarheit. Also habe ich ihm geschrieben. Siebenmal. Keine Glückszahl, wie sich herausstellt, zumindest nicht, wenn man ein Mädchen mit null fucking chill ist. Irgendwann hat er endlich geantwortet, dass er eben erst aus einem späten Seminar kommt. Ich hab ihm gesagt, er soll vorbeikommen, weil Jessica ausgegangen ist – was EVENTUELL einen falschen Eindruck erweckt hat. Als er fünf Minuten später vor mir stand, war ich am Heulen.

Jupp. Ich habe geheult. Nachdem Jake ja ein normaler, gelassener Mensch ist, ging er davon aus, dass irgendwas wirklich Schlimmes passiert war. Ein Todesfall in der Familie zum Beispiel. Oder ein Plagiatsvorwurf (angeblich lässt die USC einem echt nichts durchgehen, wenn es darum geht, B-Movies zu kopieren, die keiner kennt). Ich musste also erst einmal erklären, dass alles in Ordnung ist. Abgesehen von der Tatsache, dass er nicht mein fester Freund sein will.

Falls du dich für mich zu sehr fremdschämst, darfst du jetzt aufhören zu lesen, weil es nur noch schlimmer wird.

Nach EINER VOLLEN MINUTE Schweigen sagt er: »Ich dachte, das hätten wir geklärt.«

Stichwort für den Wasserfall! Damit auch wirklich noch der Letzte auf meinem Gang mitbekommt, dass ich Rotz zu Wasser heule. Der stetig heftiger werdende Tränenstrom hat Jake immer mehr verunsichert, während er sich alle Mühe gegeben hat, zu erklären, dass er Angst vor einer festen Bindung hat. Er hat wortwörtlich gesagt: »Es liegt nicht an dir, sondern an mir.«

Ich habe immer wieder gemurmelt, dass ich ihn echt mag und dass ich glaube, wir könnten zusammen glücklich sein, während er nach einem Fluchtweg gesucht hat. Nachdem ich mich so weit beruhigt hatte, um wieder Luft zu bekommen, habe ich ihm erklärt, dass ich Probleme mit Angstzuständen habe. Da ist er mitfühlender und weniger verunsichert geworden. Trotzdem blieb er dabei, dass er keine feste Beziehung möchte. (Warum nur?!? Wer will schon eine verzweifelte Klette mit A-Cup-Brüsten an der Backe haben?)

Zehn Minuten später ist er gegangen, nachdem er entschieden hatte, dass wir nicht mehr miteinander rummachen sollten, weil das nur den Dreh verkomplizieren würde. Ich war schockiert, dass er noch immer mitspielen wollte. Das ist doch schräg, oder??

WAS STIMMT NICHT MIT MIR?? Und warum kann ich nicht aufhören zu heulen?

VON: GenX1999@gmail.com

AN: Ava.Helmer@gmail.com

BETREFF: Re: Schlussstrich

Ava!!!! Nein!!! Bitte nicht weinen! Es tut mir leid, dass ich gestern nicht mit dir telefonieren konnte! Du musst mir Code-Tränen schicken, wenn echte Tränen fließen! Ehrlich, was passiert ist, finde ich gar nicht SO schlimm. Ist es extrem peinlich? Ja. Aber wird es sich langfristig auf dein Leben auswirken? Definitiv nicht.

Wenn überhaupt, steht nach dieser Sache Jake blöd da. Was für ein Mann kann nicht mit Tränen umgehen? Ein kleiner Junge! (Sorry. Eine bessere Metapher oder Redewendung ist mir nicht eingefallen.) Echt jetzt, das spricht doch Bände über seinen Charakter. Und es ist besser, das gleich zu wissen. Versteh mich nicht falsch, aber du wirst nie eine »pflegeleichte Freundin« sein. Und das ist auch total ok! Du bist ein emotionaler Mensch und brauchst jemanden, der damit umgehen kann. Jake klingt da nicht nach dem Richtigen ...

Was die nächsten Schritte, so ganz praktisch, angeht, schuldest du diesem Kerl überhaupt nichts. Außer deiner oralen Jungfräulichkeit. Wenn du nicht willst, dass er in deinem Film mitspielt, caste jemand anders! Du bist die Autorin! Er ist ein Scheißkerl!

VON: Ava.Helmer@gmail.com

AN: GenX1999@gmail.com
BETREFF: Re: Schlussstrich

Ich liebe es, wie du es jedes Mal wieder schaffst, Partei für mich zu ergreifen, auch wenn ich mich total danebenbenommen habe. Ich hab zu viel Schiss, um seine Rolle neu zu besetzen. Lieber versuche ich, »cool« zu bleiben und so zu tun, als wäre er nicht der Einzige, der mich nackt gesehen hat.

VON: GenX1999@gmail.com

AN: Ava.Helmer@gmail.com
BETREFF: Versailler Vertrag

Operation »Lass Alex blöd dastehen« ist in vollem Gange. Ich hab mich nun schon zweimal mit ihm getroffen, und beide Male war ich ein Ausbund an Höflichkeit. Anscheinend besitze ich doch Manieren. Vermutlich ist meine Grobheit freie Wahl und nicht das Ergebnis einer schlechten Kinderstube. Ich habe mir sogar einen Kommentar verkniffen, als er meinte, es wäre eine GUTE IDEE, dass die NSA unsere Mails mitlesen kann.

Er hat darauf bestanden, dass wir uns bei ihm zu Hause treffen – ein Apartment außerhalb des Campus in Beacon Hill (wo nur Snobs wohnen). Seine Bude war so eingerichtet, als würde dort ein Mensch mit gutem Charakter leben, daher muss ich das wohl seinem Mitbewohner anrechnen, der Bulimie hat und wahrscheinlich wesentlich interessanter ist. Die erste Stunde oder so haben wir über jeden in der Redaktion gequatscht, was lustig war, dann haben wir einen Streit über den Auftrag angefangen – auf eine höchst passiv aggressive, erwachsene Art. Unser zweites Treffen war sogar noch hitziger, aber ich bin ganz cool geblieben und habe ihn mindestens einmal blöd dastehen lassen. Statt ihn anzugehen, habe ich Dr. Lily gespielt und viertausendmal »warum?« gefragt, bis seine Logik brüchig geworden ist.

Die Recherche teilen wir auf, trotzdem will er, dass wir die Anrufe im selben Zimmer durchführen. Er ist super misstrauisch und will alles mithören (und meine Fragen klauen).

Ich habe herausgefunden, dass Alex ebenfalls Charlotte als LA hat. Allerdings hält er sie für »eine unzuverlässige Person, die sich als seriöse Journalistin ausgibt«. Ich habe mir verkniffen, ihn darauf hinzuweisen, dass diese »Person« einen geilen Arsch hat!

Du wärst stolz auf mich. Ich behalte alle meine Gefühle für mich, genau wie stinkreiche weiße Aristokraten.

Wer die Freiheit für Sicherheit aufgibt, verdient weder das eine noch das andere.
Genevieve Franklin

PS: Was ist eigentlich aus unseren Zitaten geworden???
Ich vermisse, wie wir waren.

VON: Ava.Helmer@gmail.com

AN: GenX1999@gmail.com
BETREFF: Re: Versailler Vertrag

Ich bin sehr stolz auf dich. Du tust, als wärst du ein normaler Mensch, der nicht von Wut zerfressen ist.

Hey, verrückte Idee: Ist dir schon mal der Gedanke gekommen, dass Alex mit dir im selben Zimmer arbeiten will, weil er dich mag? Also auf dich steht? Oder ist er hetero? (Ist das die korrekte Bezeichnung für einen Trans-Mann, der sich zu Hetero- oder Trans-Frauen hingezogen fühlt? Bitte schrei mich nicht an.)

Selbstbewusstsein besteht zu 10 % aus harter Arbeit und 90 % aus Einbildung.
Ava Fey

VON: GenX1999@gmail.com

AN: Ava.Helmer@gmail.com

BETREFF: Re: Versailler Vertrag

Hahahahaha! Die richtige Bezeichnung, aber die falsche Interpretation. Hier ist nichts Romantisches im Gange. Ich fühle mich kaum zu ihm hingezogen, dabei finde ich alle heiß. Ich finde seine Persönlichkeit abschreckend (auch wenn sein Arsch einladend ist). Wir befinden uns im Krieg. Und nur einer wird am Ende überleben!

Es kostet viel Geld, so billig auszusehen.
GG Parton

NACHRICHT

16:13 PST

A: Emma schmeißt hin!

G: Welche war noch mal Emma?

A: Meine coole englische Freundin mit Hauptfach Theater.

G: Oh! Die Emma.

G: Sie schmeißt das College?

A: Nein! Die Verbindung!

G: Y?

A: Sie hält alles für »fucking rubbish«. Weil sie Britin ist.

A: Ich bin so sauer. Sie war meine einzige echte Freundin hier.

G: Schmeißt du auch hin?

A: Nein.

A: Weiß nicht. Sollte ich?

G: Sprich doch erst mal mit ein paar anderen Leuten darüber.

A: Warum passiert mir NUR SCHLECHTES?!!

G: Das ist nicht der Brexit, Ava. Beruhig dich.

G: SORRY! Ich weiß, die Floskel triggert dich.

G: *Beruhig dich*, meine ich. Not *Brexit*.

A: 😠

NACHRICHT

20:42 EST

G: Tom will mich zu einem richtigen Date ausführen??? Männer sind so bescheuert.

A: Ich dachte, du magst Tom.

G: Tu ich auch. Wozu also Geld ausgeben?

A: Besteh auf irgendwas Schickes!

G: Was denn SONST?!

VON: Ava.Helmer@gmail.com

AN: GenX1999@gmail.com

BETREFF: Herz der Finsternis: Die Apokalypse einer Filmemacherin

Es ist so weit. Tag X. Los geht's um 8 Uhr morgens. Wir beginnen in meinem Wohnheim und gehen dann raus. Den Sonntag drehen wir bei mir zu Hause. Meine Eltern wollen helfen, allerdings hat mein Dad einen Credit als Executive Producer verlangt, weil er für meine Ausbildung zahlt.

Abgesehen von Orga-Mails hatte ich mit Jake keinen Kontakt. Keine Ahnung, wie ich mich morgen verhalten soll. Am besten wie eine Regisseurin, die andere Sorgen hat als ihre romantische Zukunft? Ich bin nur froh, dass die Story darauf beruht, dass zwischen den Hauptfiguren die Chemie NICHT stimmt. Müsste ich zwei Tage mitansehen, wie Jake und Sophia auf Wolke sieben schweben, würde ich mich erschießen. Werde jetzt versuchen, zu schlafen. Ja. Ich weiß, es ist erst neun.

VON: GenX1999@gmail.com

AN: Ava.Helmer@gmail.com

BETREFF: Re: Herz der Finsternis: Die Apokalypse einer Filmemacherin

https://www.youtube.com/watch?v=e-DPBOTlSWk
(KATHRYN BIGELOW WINS BEST DIRECTING: 2010 OSCARS)

Go get em, Kid!

NACHRICHT

14:04 EST
G: Wie läuft's???

17:37 EST
G: Ich hoffe, du arbeitest wie eine Irre und bist nicht sauer auf mich wegen irgendwas, was ich vor drei Jahren verbrochen habe.

20:29 EST

G: Ich schick dir ein paar positive Vibes rüber!!

21:37 PST

A: Danke!!! Tag eins geschafft!

G: 🙏

G: Wie ist es gelaufen??

A: Zu kaputt zum Tippen.

G: Wow.

11:42 EST

G: Deine Mom hat mir gerade ein heißes Pic von dir beim Regieführen geschickt.

G: 👌

18:51 PST

A: Hab ich doof ausgesehen??

G: Quatsch! Hinreißend!

G: Ich meine ... badass und professionell.

A: Dieses Wochenende war total verrückt.

A: Und ist noch nicht vorbei.

G: Ich will einen vollständigen Bericht.

A: Falls ich überlebe ...

A: Was treibst du?

G: Schickes Date mit weißem Hetero.

A: OOOOOOOOOOOOOOO

G: 💃

VON: GenX1999@gmail.com

AN: Ava.Helmer@gmail.com

BETREFF: Susi & Strolch (ich bin Strolch)

Tom ist echt ne Nummer. Er ist 26, benimmt sich aber wie 45. Er hat mir eine Löwenzahnblume mitgebracht? Außerdem fährt er Vespa. Vespa fahren kann ich also schon mal von meiner nicht existenten Bucket-List streichen. Er wollte, dass ich einen Helm trage, aber das ist nicht mein Style.

Nach einigen Nahtod-Erfahrungen kamen wir bei einem teuren Italiener an, wo sämtliche Kellner so getan haben, als wären sie echte Italiener. Tom hat mit ihnen in einem französischen Akzent gesprochen, um das Flair »international« zu halten. Wir haben Pasta und Wein bestellt, und als sie meinen Ausweis sehen wollten, hat Tom gelacht und gesagt: »Ist bestimmt ein gutes Gefühl!« Da mussten wir alle lachen, und der Kellner hat Regel Nummer eins für das Ausschenken von Alkohol glatt vergessen.

Das Abendessen war witzig. Meine Portion hab ich aufgegessen, und die Hälfte von Toms noch dazu. Gratis Futter und ein Date ohne großen Appetit sind einfach geil!

Nachdem wir das Restaurant verlassen hatten, sind wir einfach so in der Gegend herumspaziert. Tom hatte von irgendeiner Kunstinstallation gehört, aber ich wollte nicht, dass er auf die Idee kommt, es wäre ein richtiges Date. Also hab ich ihn gefragt, ob wir nicht lieber Sex haben wollen. Genau genommen bin ich ein Manic-Pixie-Albtraum. Tom jedenfalls musste erst mal schlucken, bevor er NOCH EINMAL versucht hat, mir einen Helm aufzudrängen. Jungs lernen einfach nicht dazu.

Wir sind zu ihm nach Hause gefahren, wo ich mich gleich ausgezogen habe, weil ich den Verdacht hatte, seine Hände könnten zu sehr zittern. Und ich kann's nicht leiden, so zu tun, als würde ich so was nicht merken. Nachdem ich also völlig nackig war, kam sein großer Auftritt: Er hat seine Strickjacke ausgezogen. Und dann gefragt, ob ich einen Kaffee möchte. ICH WAR NACKT! Kaffee – klar doch. Wir hatten also Nackt-Kaffee und dann haben wir uns geküsst. Anschließend haben wir Mini-Scones gefuttert, die eine liebeskranke Studentin für Tom gebacken hatte.

Nachdem ich unfassbar lange mit nacktem Arsch auf einem Rattanstuhl gesessen hatte, sind wir endlich zur Sache gekommen. Es war ganz okay. Die Scones waren besser. Übernachtet habe ich nicht bei ihm, weil ich es lustiger fand zu verschwinden.

Heute Morgen hat mir Charlotte geschrieben. Sie tut so, als wüsste sie nicht, was abgeht, dabei wissen wir alle, was abgeht, und zwar ICH.

Sei so gut, dass sie dich unmöglich ignorieren können.
G Martin

VON: Ava.Helmer@gmail.com

AN: GenX1999@gmail.com
BETREFF: Re: Susi & Strolch (ich bin Strolch)

Willst du irgendeine komische Sex-Quote erfüllen? Warum hast du Sex mit Leuten, auf die du nicht mal stehst? Nicht, dass du nicht auf Tom stehen solltest, er klingt sogar ziemlich hinreißend. Er tut mir leid. Und ich tue mir leid. Ich sollte mit Tom zusammen sein. Gib ihm meine Nummer und hör auf, emotionslosen Geschlechtsverkehr mit ihm zu haben.

NACHRICHT

15:44 EST
G: Falls du eine Nachricht von einer 603-Nummer bekommst – das ist Tom.
A: WAS? Warum?
G: Du wolltest doch, dass ich ihm deine Nummer gebe.
A: Das war ein Witz. Und ein Anflug von Wahnsinn.
G: Schon klar! Ich warte übrigens noch immer auf meinen ausführlichen Bericht.
A: Brauche ein Nickerchen, dann schick ich dir alles.
G: Cool.
G: Tom steht total auf dein Instagram.
A: Du Monster!

VON: Ava.Helmer@gmail.com

AN: GenX1999@gmail.com
BETREFF: Paradise Lost

In den letzten 24 Stunden ist so unfassbar viel passiert, dass ich gar nicht weiß, wo ich anfangen oder aufhören soll. Das Wichtigste ist wahrscheinlich, dass wir fertig sind! Wir haben sämtliche Einstellungen und Szenen und sogar die Dialoge im Kasten. An einer Stelle hat Sophia ständig gepatzt – ich bin total cool geblieben und meinte, sie soll es einfach »ihrem Charakter gemäß« ändern. (Keine Sorge, das Urheberrecht bleibt zu 100 % bei mir.) Curtis und ich haben klasse zusammengearbeitet. Er hatte seine Freundin, Darcy, als Assistentin mitgebracht, was echt super war. Auch wenn Darcy gestern fast nur mit meinen Eltern gequatscht hat. Ruth und Ken hatten übrigens ihren Spaß. Meine Mom hat kurzerhand die Requisite übernommen und eine Reihe nicht essbarer Dips gemacht. Mein Dad hat Curtis ständig gefragt, wo das Licht hin soll, und einen ganzen Wust an Verlängerungskabeln zur Verfügung gestellt. Es war mega süß! Der Dreh endete mit einer Pizzaparty, gesponsert von den Helmers. Was für ein Abend!

So als Profi habe ich mich ganz gut geschlagen, glaube ich. Ein paar kleinere Panikattacken hatte ich (zum Beispiel als Emma ihr einziges Outfit mit Mineralwasser übergossen hat), aber ich habe mir Mühe gegeben, meine Ängste für mich zu behalten. Curtis war dabei eine echte Hilfe, weil er der Typ Mensch ist, den man tatsächlich als »ausgeglichen« beschreiben könnte. Ich hoffe, ich kann meine restliche Karriere lang ausschließlich mit ihm arbeiten. (Noch weiß er nichts von seinem Glück. Ich arbeite daran, nicht immer gleich mit der Tür ins Haus zu fallen.)

Privat war ich dagegen völlig AM ENDE. Vor dem Dreh war ich noch fest entschlossen, mich zurückzuhalten. Höflich sein, aber nicht freundlich. Nett, aber distanziert. Alles unter Kontrolle. Hauptsache, nicht durchdrehen. Ich bin davon ausgegangen, dass Jake genauso handeln würde. Aber NEIN. Jake hatte nichts anderes im Kopf, als zu flirten. Ohne Unterbrechung – und zwar nicht nur mit mir. Er hat das ganze Wochenende über entweder an mir oder Sophia herumgebaggert. Eine der weiblichen Anwesenden hatte immer seine Hand auf dem Rücken. Es war zum Ausrasten! Zuerst dachte ich, dass er mich auf diese Tour vielleicht bestrafen will? Aber mit der Zeit habe ich kapiert, dass gar kein Plan dahintersteckte. Er steht einfach gerne im Mittelpunkt. Und Sophia hat ihm reichlich Aufmerksamkeit geschenkt. Sogar meine Mom hat über seine dämlichen Witze gelacht! Ich hätte kotzen können!

Wie konnte ich je auf diesen Kerl stehen? Wie kann ich NOCH IMMER auf ihn stehen? Wäre Curtis nur solo und auch äußerlich attraktiv!

Vielleicht werde ich eine Filme drehende Eigenbrötlerin, die niemals heiratet, aber den Finger genau am Puls menschlicher Gefühle hat, obwohl sie selbst nie weiter gekommen ist als zum Oralverkehr.

Leben ist Leiden.
Budd-va

PS: Nicht mal Tom hat mir geschrieben. Mein Leben ist jämmerlich.

VON: GenX1999@gmail.com

AN: Ava.Helmer@gmail.com
BETREFF: Re: Paradise Lost

Ohne das arschige Verhalten von ChinaTownJake98 runterzuspielen – wirklich hängengeblieben ist bei mir die Runde Pizza, die deine Eltern zum Ende der Dreharbeiten geschmissen haben. Ich sehe sie schon in einigen Jahren bei der Oscarverleihung Goodiebags mit deinem Gesicht drauf verteilen. Wann hängen sie ihren Beruf an den Nagel und steigen Vollzeit bei dir ein?

Ich bin so stolz auf dich, Süße! Ich kann's nicht erwarten, den Director's Cut zu sehen! Was machst du jetzt damit? Du solltest dein Werk bei YouTube einstellen! YouTube kann dein Leben verändern! Go viral!

Versuch, dir Jake aus dem Kopf zu schlagen. Ab sofort musst du ihn offiziell weder sehen noch dir Gedanken über ihn machen. (Mit der Ausnahme, dass du den Film mit ihm noch schneiden musst, aber da er so einen Minikopf hat, sieht er auf dem Bildschirm bestimmt mega lächerlich aus.)

Du hast einen Film gedreht!!!
Genevieve Goodman zu Ava Helmer, 2017

PS: Ich hab Tom deine Nummer nicht wirklich gegeben. Ich bin ja kein Psycho.

PPS: Obwohl ich das gerne mache, wenn du willst.

NACHRICHT

12:08 EST
G: Mir kam da ein Gedanke.
A: Herzlichen Glückwunsch!
G: Sehr witzig.
G: Haben deine Eltern wirklich nichts von dir und Jake gewusst? Zu keiner Zeit?
A: Ha! Ja klar, was sonst?!
A: Natürlich wussten sie über alles Bescheid! Deshalb war ich ja so sauer auf meine Mom, weil sie keinen Funken Loyalität im Leib hat.
G: Über alles???
A: Igitt. Nein.
A: Zensierte Version.
G: Meinst du, du wirst jemals irgendwas vor ihnen geheim halten?
A: Ich hab das Fummeln für mich behalten.
G: Ich bin ja so stolz auf dich.

VON: GenX1999@gmail.com

AN: Ava.Helmer@gmail.com
BETREFF: Dieser Mensch

Damit meine ich meinen Redakteur, Kent. Ich war in seinem Büro, um ihm meine Ideen für den Security-Artikel vorzustellen, aber er wollte nur wissen, wo Alex ist. Meine Antwort war ein Schulterzucken. Ich bin ja nicht sein Babysitter. Daraufhin hat Kent so ein enttäuschtes väterliches Seufzen ausgestoßen. (Das kenne ich aus Filmen! Mein eigener Dad ist bekanntermaßen viel zu besoffen, um so etwas wie Enttäuschung zu artikulieren.) Als Nächstes hat Kent mir einen Vortrag über Teamwork und unbewusste Sabotage gehalten??? Anscheinend glaubt er, dass ich mir beim Beacon absichtlich Feinde mache, damit ich jemandem die Schuld in die Schuhe schieben kann, falls ich es nicht ins feste Team schaffe. (Keine Panik, natürlich komme ich ins Team.) Er meinte, ich soll meine Arbeit für sich sprechen lassen und nicht im Kollegen-Kleinkrieg versinken. Meine prompte Gegenfrage: »Was hat Alex dir erzählt?«
Kent hat mir INS GESICHT GELACHT. Er fand, meine Frage würde meine Paranoia nur bestätigen, weil Alex rein GAR nichts über mich gesagt hatte. Was für ein fucking cleverer Schachzug! Ich hab sofort die Gangart gewechselt und der Zeitung, den Studenten und meinem Land meine unsterbliche Loyalität erklärt. Kent meinte nur, ich soll das Klugscheißen bleiben lassen.

Seine Message endete damit, dass ich MIT Alex wiederkommen soll, wenn ich über den Artikel reden will.

Hab ich erwähnt, dass ich die ganze Zeit über seine Brusthaare sehen konnte? Er muss sich echt besser sitzende Klamotten zulegen.

VON: Ava.Helmer@gmail.com

AN: GenX1999@gmail.com

BETREFF: Re: Dieser Mensch

Keine Ahnung, wie ich darauf antworten soll, ohne dass du ausrastest. Also stell dir einfach vor, ich sitze neben dir, nicke verständnisvoll und berühre sanft deinen Arm.

NACHRICHT

23:36 EST

G: Was soll das heißen?

A: Nichts …

G: Wann bin ich jemals ausgerastet?

A: Ähm …

A: Immer, wenn dir ein Mann oder eine Autoritätsperson sagt, was du machen sollst.

G: Dann findest du es also okay, dass Kent mich angeschrien hat?

A: Hat er dich angeschrien? Oder hat er geredet?

G: Als wäre eine herablassende leise Bitch-Stimme besser als Brüllen!

A: Ich meine ja nur, dass du manchmal überreagierst. Ob das diesmal der Fall war, kann ich nicht beurteilen, denn ich war ja nicht dabei.

G: Stimmt. Warst du nicht.

A: Wie lange bist du deswegen jetzt sauer?

G: Mal sehen.

A: Ich kann warten. 🖤⏳

VON: Ava.Helmer@gmail.com

AN: GenX1999@gmail.com

BETREFF: Kennst du mich noch?

Hey, ich bin's, Ava. Helmer. Aus der Ewigkeit, in der wir beste Freundinnen waren. Ich wollte mich nur mal melden und Hi sagen! Ich finde dich echt super, und hier ist eine Liste, warum ich auch super bin!

1) Super Verfügbarkeit! Sämtliche deiner Freundschafts-Bedürfnisse werden bestens umsorgt. Rar gefüllter Terminkalender und jede Menge freie Zeit bedeuten, dass du bei mir immer an erster Stelle kommst.
2) Brutale Ehrlichkeit. Fast schon (definitiv) zwanghaft ehrlich. So ehrlich, dass du mich nicht mal nach meiner Meinung fragen musst, weil ich sie ganz ohne Nachzudenken ausplappere.
3) Coole Eltern, die dir total gerne T-Shirts mit witzigen Sprichwörtern kaufen. Einschließlich Gratis-Pizza-Partys.
4) Grauenhafter Style. Keinerlei Gefahr, dass ich mir je deine Klamotten leihen will, weil ich darin bescheuert aussehe. Außerdem mag ich nicht.
5) Super anhänglich, wodurch du dir wichtig vorkommst. Noch nicht bereit für Kinder, aber trotzdem auf der Suche nach einem menschlichen Wesen, das du emotional umsorgen musst? Ava ist die perfekte Freundin für dich!

Hoffe, du hast deinen BFF-Refresher genossen! Ich bin immer für dich da, drei Stunden zeitversetzt, und warte ungeduldig auf deine Antwort.

Was ist ein Freund? Eine Seele, die in zwei Körpern wohnt.
Ava-toteles

VON: GenX1999@gmail.com
AN: Ava.Helmer@gmail.com
BETREFF: Re: Kennst du mich noch?

Es sind grade mal 3 h vergangen! Freak!

Love & Blood
G

NACHRICHT

16:31 EST
G: Alex hat mir auf die Mailbox gequatscht. Er will »reden«.
G: Glaubst du, Kent, mein Redakteur, hat mich verpetzt?
A: Was kriege ich, wenn ich richtig rate?
G: Was? Gar nichts.
A: Dann lohnt sich das Risiko, falsch zu liegen, nicht.
A: I'm in it to win it.
G: Das hilft mir nicht weiter.

A: Ruf einfach zurück.
G: Ich schreib ihm.

VON: GenX1999@gmail.com

AN: Ava.Helmer@gmail.com
BETREFF: Mein Vater, der Versager

Keine Ahnung, was hier gerade in der Luft liegt (außer zu viele Abgase), aber ich hab schon wieder einen unerwarteten Anruf bekommen. Diesmal von meinem Vater. Er musste ganz dringend und unbedingt mit mir reden, weil er rekordverdächtige Neuigkeiten hat: Er hat aufgehört zu trinken!

Höchst interessant! Langzeitfans und Follower der Familie erinnern sich vielleicht daran, dass er 1999, 2004, Sommer 2007, Winter 2007 (auf gerichtliche Verfügung hin), 2010, 2014 und letzten Monat was Ähnliches beschlossen hatte. Obwohl die vorletzte Ankündigung in feucht-fröhlicher Stimmung gemacht wurde und vermutlich ein kranker Witz war …

Du kannst dir mein Misstrauen vorstellen, als ich diese neuerlichen Neuigkeiten erhielt, was ihn angepisst hat. Wie kann ich nur so an ihm zweifeln? Wie soll er die Kraft finden, seine Krankheit zu überwinden, wenn nicht mal die ihn unterstützen, die ihm am meisten am Herzen liegen?

Freunde und Follower, womöglich haltet ihr inne, angesichts so »blumiger« Sprache. Mir ging es jedenfalls so.

Von meinem Vater bin ich dezent rassistische und stark gelallte Bemerkungen gewohnt, aber sicher keine Gefühlsbekenntnisse. Als ich das anmerkte, seufzte er tief – ein weises, geduldiges Seufzen, was einfach so gar nicht zu ihm passt. Angeblich ist er jetzt mit Bill W. befreundet und stellt sein Leben in den Dienst einer höheren Macht. (FYI: Bill W. ist ein Codewort für die AA. Nur falls du nicht in einem kaputten Elternhaus groß geworden bist.)

Ich habe gefragt, wie lange er das schon durchzieht, und er meinte: »Morgen hab ich Jubiläum. Mein Einwöchiges.«

WILLST DU MICH VERARSCHEN?
In einem Jahr können wir noch mal drüber reden.
Oder in drei.

Er will 90 Treffen in 90 Tagen mitmachen und er hat diesen Vollzeit-Betreuer, Breeze (Geburtsname: Ralph). Breeze findet allerdings, die Treffen sind nicht genug, und ermutigt meinen Vater, zwei Stunden täglich zu meditieren, was sich in seinen Ablauf von absolutem Nichtstun ganz gut integrieren lassen sollte.

Meine Mutter hat Breeze noch nicht kennengelernt, aber ihrer Meinung nach hört er sich nach einem wundervollen Einfluss an. Sie ist ja SO froh, dass mein Vater endlich auf sie hört, was die AA angeht. Alles, wozu man länger als 20 Jahre braucht, ist meiner Ansicht nach kein wirklicher Erfolg, aber natürlich interessiert sich hier kein Schwein für meine Meinung.

Ich war bei dem Telefonat ziemlich desinteressiert (wahrscheinlich haben sie unbändige Freude erwartet), wodurch ich es irgendwie geschafft habe, mir einen Vortrag über das Leben einzuhandeln – von einem Typ, der keinen Tag seines Erwachsenen-Lebens nüchtern erlebt hat. Wusstest du, dass ich mein Herz für das Licht und die Güte anderer öffnen muss? Wusstest du außerdem, dass mein Vater sein Auto einmal gegen die riesige Menora vor unserer Synagoge gefahren hat?

Ich freu mich echt, dass mein Vater rechtzeitig nüchtern wird, um Hopes Kindheit nicht total zu versauen. Er sagte, eine Tochter zu haben, hat ihn endlich begreifen lassen, dass er ein besserer Mensch werden muss.
Ähm, hallo?! DU HAST SEIT 18 JAHREN EINE TOCHTER.

Später soll ich noch mit Hope FaceTimen, damit sie sich nicht wie ein Einzelkind vorkommt und ernste Schäden davonträgt. WTF??? Meine Mutter scheint sich in letzter Zeit in diese Thematik eingelesen zu haben. Meine Existenz in Hopes Leben ist rein dienstleistungsorientiert.

Nach einer gefühlten Ewigkeit habe ich aufgelegt, faktisch hat es allerdings nur 7 Minuten gedauert – ein Prinzip, das mein komplettes Leben mit ihnen auf den Punkt bringt.

Ich freue mich schon auf die große Entschuldigungsrunde der 9. Stufe und darauf, sie NICHT anzunehmen.

BTW: Alex wollte mich nur auf eine Party einladen. So ein Psycho!

VON: Ava.Helmer@gmail.com

AN: GenX1999@gmail.com

BETREFF: Re: Mein Vater, der Versager

Wow. Mark Goldman, Leute! Selbst wenn man sich ans andere Ende des Landes geflüchtet hat, schafft er es noch, dass sich alles um ihn dreht! Wäre es nicht so böse, könnte man sich ein Beispiel nehmen.

Keine Ahnung, wie du auf zivilisierte Art mit ihnen klarkommst. Ich wäre mit 10 schon weggelaufen – ich *bin* mit 10 weggelaufen, dabei sind meine Eltern genial.

Dieser ganze Scheiß tut mir echt leid. Wahrscheinlich bleibt nur zu hoffen, dass er schnell das Handtuch wirft und nie mehr anruft? Ist das zu düster gedacht? Möge die Macht mit ihm sein.

Wenigstens ist Hope süß. Nicht so süß wie du, aber ZIEMLICH süß. Vielleicht kannst du sie nach deinem Abschluss adoptieren und als Ergebnis einer Teenie-Schwangerschaft ausgeben.

Gehst du auf die Party? Könnte ein Friedensangebot sein. Oder eine ausgeklügelte Falle, um dich zu erniedrigen. Das Letzte hab ich nur gesagt, um dir zuvorzukommen.

22:36 EST

G: Bin bei Alex auf der Party.

G: Charlotte ist da.

A: WAS?!

A: Ich dachte, Alex kann sie nicht leiden?

G: ???

G: Vielleicht ist sie mit seinem Mitbewohner befreundet?

A: Wie groß ist die Party??

G: Klein. 10 Leute.

G: Alex ist voll komisch.

A: Wie?

G: Nett. Wahrscheinlich betrunken.

A: Benimm dich!

G: Wieso?

G: Was treibst du?

A: Ich geh zu Jake.

G: WAS?

G: WARUM?

A: Unklar.

G: Geh nicht!

A: Zu spät. Er hat mich schon gesehen!

A: Ich geh rein.

G: NEIIIIIIIIIIIIIIIIIIIIIIIIIIIIIIIIIIIIN

12:13 EST

G: Was ist passiert??

G: Hat er dich ermordet??

G: JAKE, FALLS DU DAS LIEST: Ich krieg dich!!!

G: Ich habe BESONDERE Fähigkeiten.

11:57 PST

A: Am Leben und glücklich!

A: Alles supi.

G: JETZT bin ich mehr als misstrauisch!

A: 🖤

VON: Ava.Helmer@gmail.com

AN: GenX1999@gmail.com

BETREFF: M. Night Shyamalan-Kehrtwende

Nach einer epischen Wende der Dinge ist Jake jetzt mein fester Freund. Wie kommt das als Schlagzeile rüber?

Jupp. Ich habe einen Freund. Einen echten Freund und keine ausgeklügelte Erfindung.

Wie ist das passiert? Keine Ahnung. Würdest du mir sagen, dass du Jake Geld geschickt hast, damit er sich an mich bindet – ich würd's dir glauben.

Beim Dreh war alles sehr verwirrend, wie ich schon erwähnt hatte. Seitdem hat er ungefähr eine Nachricht geschickt, um sich »über das Drehmaterial zu erkundigen«, und ich habe nur ganz knapp geantwortet. Gestern Abend hat er mich dann ANGERUFEN und mich gebeten, vorbeizukommen, weil er »reden« wollte.

Ich bin von einem echt schlecht verpackten Booty Call ausgegangen, trotzdem hab ich ja gesagt, weil ich so einsam war. Als ich ankam, hat er sich mit mir hingesetzt, sehr ernst, und meine Hände genommen. Er hat mir dafür gedankt, dass ich ihm den nötigen Freiraum gegeben habe und so geduldig war. Er hat dadurch begriffen, dass wir etwas Besonderes sind und er der Sache (uns) eine echte Chance geben will.

WAS?! WILLST DU MICH VERASCHEN??? Ich hab mich in seinem Zimmer nach Kameras umgeschaut und überlegt, ob das ein Prank-Video werden soll, weil sein Mitbewohner auf YouTube ja eine so große Nummer ist. Nachdem ich keine fand, musste ich davon ausgehen, dass Jake es aufrichtig meinte.

Als mir das letzte Mal ein Junge gesagt hat, dass er mich mag, war ich 15 und er 12. (Brad Karp. Mein schräger Nachbar, der vor kurzem mega süß geworden ist.) Ich sagte damals »igitt« und bin weggerannt.

Um ganz ehrlich zu sein, irgendwie hätte ich am liebsten das Gleiche gemacht. Seit wir uns über den Weg gelaufen sind, war ich total vernarrt in Jake, aber sobald er sich geöffnet hat und ehrlich war, hat sich irgendwas in mir angespannt. Und zwar auf keine gute Art. Warum sollte jemand an einer Beziehung mit mir interessiert sein? Er kann nur ein mega Loser sein.

ICH WEISS. Ich bin die Beste. Jeder ist perfekt. Wo die Liebe hinfällt.

Kehrseite der Medaille: Ich bin eine mental instabile Körbchengröße A, die keine normalen Höschen tragen kann, weil ihr sonst der Bauch weh tut. Was sollte ein wirklich cooler Typ mit mir anfangen?

Gott sei Dank hat Jake nicht mal eine Antwort abgewartet, sondern mich einfach geküsst. Vielleicht dachte er, ich sei vor Glück erstarrt? Gut für mich, dass Schock so schwer zu deuten ist.

Von da an ist alles sehr schnell eskaliert. Ich glaube, innerhalb von drei Minuten hat er nach einem Kondom gegriffen. Aber ich habe ihn ausgebremst.

SPOILER: Ich bin schwanger.

Scherz. Ich hab ihm klargemacht, dass unser erstes Mal was Besonderes sein soll, und ich außerdem nicht ausreichend vorbereitet bin. Jupp. Das war sowohl eine Ausrede als auch echte Angst. Niemand darf meine Beine berühren, wenn ich sie zuletzt vor mehr als zwei Stunden rasiert habe. Zwangsneurose oder jüdische Gene? Du bist genauso schlau wie ich.

Er meinte, er würde das verstehen. Sein Zimmer ist nicht gerade das romantischste Plätzchen. (Ich frage mich, wo überhaupt das sein soll.) Dann hat er mich um einen Blowjob gebeten …

Ich erspare dir die widerlichen heteronormativen Details, aber ich glaube, ich habe mich ganz gut angestellt. Ich hatte weder einen Krampf im Kiefer noch musste ich kotzen – für meine Verhältnisse ein Sieg auf ganzer Linie. Er wollte, dass ich über Nacht bleibe, aber nachdem sich bei mir die nächste (milde) Panikattacke angekündigt hat, habe ich abgelehnt. Zum Abschied hat er mich geküsst – dann ist er eingeschlafen, bevor ich fort war.

(Es war erst 21:30. Vielleicht haben wir mehr gemeinsam, als ich dachte.)

Also. Ich habe einen Freund? Sag, wenn es irgendwie anders rüberkommt.

VON: GenX1999@gmail.com

AN: Ava.Helmer@gmail.com

BETREFF: Re: M. Night Shyamalan-Kehrtwende

HEILIGE SCHEISSE! Du hattest einen Schwanz im Mund! Das ist so widerlich. Ich rede nie wieder ein Wort mit dir.

VON: Ava.Helmer@gmail.com

AN: GenX1999@gmail.com

BETREFF: Re: M. Night Shyamalan-Kehrtwende

Hahahahahahahahh.

NACHRICHT

20:31 EST

G: Behandeln die Leute dich jetzt anders, wo du dich in einer langweiligen monogamen Beziehung befindest?

A: Ja. Ich muss für nichts mehr zahlen, weil mich alle so bemitleiden.

G: 4 real – bist du glücklich?

A: Glaube schon!

A: Nervös wegen 👉👌

G: Du musst nichts machen, was du nicht machen willst.

A: Doch! Er ist mein Freund.

G: Wen kümmert's?

A: Ihn wahrscheinlich.

G: Na und? Dann bekommt er eben einmal in seinem weißen privilegierten Leben nicht, was er will.

A: Er ist ein Viertel Spanier.

G: 🎻

VON: GenX1999@gmail.com

AN: Ava.Helmer@gmail.com

BETREFF: Britney Spears 2007

Hab mich eben mit Alex getroffen, um den Artikel zu vollenden, und es war, als würde ich in einen Blizzard laufen. Mann, war der Kerl EISIG.

Weiß auch nicht, was sich seit gestern Abend verändert hat, aber er hat mir total die kalte Schulter gezeigt. Ich habe sogar versucht, nett zu sein und deutlich geredet. In ganzen Sätzen. Wie ein Erwachsener. Aber Alex hat sich nicht die Mühe gemacht, den Gefallen zu erwidern.

Ich habe die vollen 40 Minuten unseres Treffens damit verbracht, die Party in meinem Kopf Revue passieren zu lassen, aber das Einzige, was mir eingefallen ist, ist: Vielleicht steht er auf Charlotte. (Ich bin mit Charlotte heim.)

Aber das macht keinen Sinn, weil er Charlotte nicht ausstehen kann. Oder vielleicht hat er das auch nur gesagt, weil er nicht will, dass ich weiß, dass er sie heiß findet? Mal ganz davon abgesehen, kann ich mir irgendwie nicht vorstellen, dass Charlotte auf Trans-Männer steht. Sie hat ein paar sehr fragwürdige Sachen über Festivals nur für Frauen und Inklusion gesagt. Weiß nicht. Es wäre komisch, wenn Alex in jemand verknallt wäre, der eine latente Trans-Phobie hat. Aber vielleicht interpretiere ich die ganze Situation falsch.

Wie auch immer. Ich bin froh, dass dieses »Gruppenprojekt« gelaufen ist. Autoren führen ein einsames Dasein, und das ist gut so.

Wie geht es deinem *Freund*?

VON: Ava.Helmer@gmail.com

AN: GenX1999@gmail.com

BETREFF: Re: Britney Spears 2007

Wenn du mich fragst, kann man definitiv glauben, dass du die ganze Situation völlig falsch interpretierst. Für einen Außenstehenden wirkt es folgendermaßen:

Gen fängt bei einer Zeitung an. Gen lernt süßen Typen kennen, der sie neckt. Nachdem er das eine Weile getan hat, geht der süße Typ zu offensichtlicheren Formen des Flirtens über. Der süße Typ lädt Gen auf eine Party bei sich zu Hause ein. Gen verlässt die Party mit einer anderen Frau, die der süße Typ auch vorher schon gehasst hat.

Der süße Typ ist traurig und sauer. Gen bekommt von all dem nichts mit. Und Charlotte ist sogar noch mieser, als ich dachte.

Was hältst du davon?

VON: GenX1999@gmail.com

AN: Ava.Helmer@gmail.com

BETREFF: Re: Britney Spears 2007

Interessante Theorie wurde augenblicklich von echten Experten abgeschmettert.

NACHRICHT

11:52 EST

G: Mein Dad hat mir ein Gandhi-Meme geschickt.

A: Was für eins?

G: Sei selbst die Veränderung, die du in der Welt sehen willst.

G: Hat er das etwa zum ersten Mal gehört???

G: Ach, stimmt ja! Bisher war er immer zu besoffen.

A: Jetzt ist er erleuchtet.

G: Ich hab nur geLOLt.

G: Muss ich antworten?

A: Schick ihm den Artikel über Gandhis systematische Misshandlung von Frauen.

G: Erledigt.

VON: Ava.Helmer@gmail.com

AN: GenX1999@gmail.com

BETREFF: Dr. Sheri Baker

Eben hat mich meine Mom abgeholt. Wenigstens hat sie ihren Minivan gegen einen schicken SUV getauscht.

Ich war keine fünf Sekunden im Auto, da hatte ich ihr schon von Jake erzählt. Sie meinte: »Wow. Ehrlich?« WTF – was sollte das denn bitte heißen?! Auf mein Nachbohren hin meinte sie, während des Drehs hätten wir wie normale Freunde gewirkt. Allerdings hatte sie den Eindruck, er würde auf Sophia stehen. WIE KOMMT EINE MUTTER DAZU, IHRER UNTER ANGSTZUSTÄNDEN LEIDENDEN TOCHTER SO WAS ZU SAGEN?!! Jetzt muss ich die beiden bei sämtlichen Interaktionen mit Argusaugen beobachten und mich in eine eifersüchtige Furie verwandeln, die Tiere quält.

Die restliche Fahrt war nicht gerade ein Vergnügen. Es kotzt mich an, dass ich ausgerechnet in Gegenwart der Menschen, die mich am freundlichsten behandeln, meine schlimmste Seite rauskehre. Bei meinen Eltern schaffe ich es einfach nicht, meine Mauern hochzufahren, so dass das ganze hässliche Zeug aus mir herauskommt. Sogar während ich wütend bin, habe ich deswegen ein schlechtes Gewissen, auch wenn die Wut stärker ist.

Sobald es passiert ist, entschuldige ich mich immer, aber das reicht nicht. Ich bin 18. Ich darf gegenüber meinen lieben, mich unterstützenden Eltern nicht jedes Mal ausrasten, wenn sie etwas sagen, was mir nicht passt.

Sie haben meinetwegen schon genug mitgemacht. Mom ist eine geschlagene Stunde bis zum Campus gefahren, um mich dann weitere zwanzig Minuten lang durch die Gegend zu kutschieren und dann im Wartezimmer auf mich zu warten, während ich mich nebenan über sie beschwert habe. Ich bin schrecklich!

Wenigstens war das Wartezimmer hübsch. Ganz »organisierte Ruhe«. Ich mag es, wenn die Möbel teuer wirken, weil es bedeutet, dass es eine Menge Patienten geben muss. Oder einen reichen Ehepartner …

Nachdem ich zehn Minuten gewartet hatte, weil wir zehn Minuten zu früh da waren, hat mich Dr. Sheri Baker in ihr Büro gebeten. Sie ist Mitte vierzig, zieht sich aber extrem gut an, was gut für mich ist, da ich nicht dagegen immun bin, jemanden nur für Modetipps zu bezahlen. Gott weiß, dass ich sie brauchen kann!

Sobald ich mich gesetzt hatte, habe ich mein Programm abgespult: Wie ich krank geworden bin, wann ich krank geworden bin, inwiefern ich krank bin. Ava Helmer 101. Aber Dr. Baker ist gar nicht darauf eingegangen. Sie meinte, dazu könnten wir später kommen. Stattdessen wollte sie wissen, wie es mir geht. In diesem Moment. Das hat mich echt aus dem Konzept gebracht. Emotional war ich nur darauf vorbereitet, die Vergangenheit aufzuwärmen. Ich hab doch keine Ahnung, wie es mir im Augenblick geht! Statt produktiv zu sein und meine psychische Historie darzulegen, habe ich also vierzig Minuten lang dumm dahergeredet und erklärt, wie unsicher ich mich als Autorin fühle? Ich habe auf meine Angst hingewiesen, dass später niemand meine Texte lesen will, weil ich nichts Interessantes zu sagen habe, und auf einmal haben wir einen Creative Writing Workshop analysiert, den ich im Sommer nach der Neunten gemacht habe …?

Diese Frau stellt so viele Fragen. Die komplette Sitzung ist dafür draufgegangen! Jetzt weiß sie also rein gar nichts über mein Leben, außer, dass ich als Autorin scheiße bin, und sie hat null Ahnung, wie aus mir dieser mega instabile Mensch geworden ist.

Es kommt mir so vor, als hätte meine Mom gerade 200 Dollar das Klo runtergespült.

Und um alles noch schlimmer zu machen, war ich auf dem Heimweg zu meiner Mom übelst gemein.

VON: GenX1999@gmail.com

AN: Ava.Helmer@gmail.com

BETREFF: Re: Dr. Sheri Baker

Oooooooh. Arme Ruth. Du solltest ihr einen Blumenstrauß schicken. Ich wette, sie vermisst mich – ihre NETTE Tochter.

Tut mir leid, dass dir die Sitzung wie Zeitverschwendung vorgekommen ist. Aber versuch's mal so zu sehen: Vielleicht ist alles, worüber du vierzig Minuten lang reden *kannst*, es wert, dass man vierzig Minuten lang darüber redet? (Es sei denn, Kerle faseln obsessiv von Supermodels, die sie nie auch nur anrühren würden.)

Wie kommst du überhaupt auf die Idee, dass du eine schlechte Autorin bist? Ich finde, du bist klasse!

PS: Molly ist wieder in mein Leben getreten. Sie will heute Abend was unternehmen. Shannon dabei zuzusehen, wie sie Erdnussbutter aus dem Glas isst, hängt mir einigermaßen zum Hals raus. Also komm ich vielleicht mit.

PPS: Shannon holt die Erdnussbutter mit ihrem Daumen raus. Faszinierend.

NACHRICHT

18:30 PST
A: Sprich oder schweig für immer.
G: HEIRATE IHN NICHT!
A: Hahaha.
A: Ich werde gleich feierlich aufgenommen.
A: Es gibt kein Zurück.
G: Man darf nicht austreten???
A: Doch darf man. Mach ich wahrscheinlich auch.
G: OK. Super.
G: Glückwunsch?

21:45 PST
A: Das war fucking weird.
G: Was war los? Habt ihr gegenseitig euer Blut getrunken?
A: Aus gesetzlichen Gründen darf ich dazu nichts sagen.
G: ECHT JETZT?!?

G: Von mir aus. Dann male ich es mir so aus, dass alle es miteinander getrieben haben und weiße Reizwäsche anhatten.
A: Schmutzig.
A: Wegen weiß.
G: Du kapierst Homosex einfach nicht.

VON: GenX1999@gmail.com

AN: Ava.Helmer@gmail.com
BETREFF: Neues von Molly

Ums kurz zu machen: Molly ist noch immer verrückt. Vielleicht sogar im klinischen Sinne. (Womöglich können wir Dr. Baker anskypen und nach ihrer Meinung fragen.)

Ich bin ziemlich sicher, dass sie schon betrunken war, als ich ankam. Obwohl sie es abgestritten hat und mich zum Schnapstrinken überredet hat.

Als sie darauf bestanden hat, ins South End zu fahren, obwohl alle ihre Freunde auf einem Dach im North End Party gemacht haben, hätte ich misstrauisch werden sollen. Aber sie meinte, Grundstudiumspartys seien lame. Sie wollte mir einige ihrer älteren Freunde vorstellen – Leute, die mich und mein Leben echt verstehen würden.

Es war scheiß unheimlich. Aber ich war schon ziemlich beschwipst (dank der aufgezwungenen Kurzen), also hab ich mich von ihr mitziehen lassen. Es hat vieeeeeel zu lange gedauert, bis ich begriffen habe, dass wir vor

Charlottes Tür stehen. Weißt du, wann bei mir der Groschen gefallen ist? Als Tom rauskam. Ja, Tom. Der Kerl, mit dem ich im Bett war, bevor ich mich quasi in Luft aufgelöst habe. Er war da! Um Zeuge von Mollys legendärem Ausraster zu werden.

Er ist rausgekommen, um eine zu rauchen, und hat mich gleich gesehen – und war überrascht, weil er nicht gewusst hatte, dass ich auch eingeladen war. Was ich ja auch nicht (?!) war. Molly hat angefangen zu lachen: »O mein Gott, mit dem Typen hast du auch gefickt, oder?« Woher hat sie das gewusst???? Vielleicht verfügt sie über einen durch Alkohol ausgelösten sechsten Sinn. Oder sie hat geblufft. Jedenfalls lagen die Karten auf dem Tisch!

Sie hat mich angebrüllt, weil ich mit Charlotte geschlafen habe. Wie konnte ich das nur machen, nachdem sie sich mir anvertraut hatte? (Sie hatte mir von jemandem namens CHARLIE erzählt … aber offenbar zählt das nicht als Erklärung, wenn man besoffen und wütend ist.)

Sie wollte mich schlagen, Ava! Geklappt hat es nicht, weil sie einfach nur unkontrolliert nach mir gehauen hat – aber sie hat es versucht. Tom hat sie gepackt. Und prompt hat Molly zu brüllen angefangen: »Häusliche Gewalt! Mein Freund schlägt mich!« Was zugegeben ziemlich clever war. Tom war jedenfalls so erschrocken, dass er sie losgelassen hat. Und dann ist sie wieder auf mich losgegangen. Ich dachte, sie würde mich kratzen, aber dann hat sie angefangen, hysterisch zu heulen, und mich in den Arm genommen. Fünf- oder sechsmal hat sie gemurmelt: »Wir bedeuten ihr einen Dreck.« Das war mir viel unangenehmer als der Gewaltausbruch.

Als ich zufällig nach oben geschaut habe, habe ich Charlotte am Fenster entdeckt. Allerdings ist sie nicht runtergekommen, was vermutlich auch das Beste war.

Nach super viel Geheule – hätte nie gedacht, dass ich so viel überhaupt aushalten kann –, hat sich Molly endlich beruhigt und wollte ein Eis. Also haben wir ihr ein Eis besorgt??? Der Kassierer im Spätshop konnte den Mascara, der ihr das Gesicht runtergelaufen ist, nicht übersehen. Tom hat gezahlt. Was für ein Gentleman. Dann hat er uns zum Wohnheim begleitet und nicht versucht, mich zu küssen. Was mich dazu gebracht hat, ihn einzuladen, mit reinzukommen, aber er hat abgelehnt. Er meinte, ich sollte Molly im Auge behalten, um sicherzugehen, dass sie nicht kotzen muss und erstickt.

Echt, Tom???

Mir blieb nichts anderes übrig, als mit in Mollys Zimmer zu gehen und ihr beim Schlafen zuzusehen. Zumindest, bis ich selbst eingepennt bin … Aufgewacht bin ich, weil Molly ihre Eltern angebrüllt hat. Jemand hatte sie verständigt (Charlotte??? Tom???), und sie haben angekündigt, dass sie vorbeikommen würden, um sie nach Hause zu holen.

Inzwischen war Mollys Mitbewohnerin zurück und hat sich bereit erklärt, die Molly-Überwachung zu übernehmen. Ich hab mich davongemacht und bin in meinem eigenen Bett in Tiefschlaf gefallen.

Nach dem Aufwachen war ich noch mal dort, aber Molly war weg. Nicht nur »gerade nicht da«, sondern WEG. Mit all ihren Sachen. Ihre Mitbewohnerin hatte sogar schon die zwei Betten zusammengeschoben (lucky bitch!).

Jetzt musst du mir sagen, dass ich nicht schuld bin am psychotischen Zusammenbruch einer Freundin.

Danke
G

VON: Ava.Helmer@gmail.com

AN: GenX1999@gmail.com
BETREFF: Re: Neues von Molly

Wow. Das tut mir echt leid. Geht's dir gut? Das klingt nach einem schrecklichen, verstörenden Abend. Ich habe keine Ahnung, wie ich in so einer Situation reagieren würde. Fliehen? Physische Schmerzen und Peinlichkeiten kann ich absolut nicht ertragen.

Jedenfalls ist es zu einhundert Prozent NICHT DEINE SCHULD. Die Kleine hatte schon lange bevor du sie kennengelernt hast extreme Probleme.

Wenn überhaupt, bin ich sauer auf sie, weil sie dich in das alles mit reingezogen hat. Kommt mir fast so vor, als würdest du labile Menschen anziehen (mich eingeschlossen). Ich wünsche mir für dich nichts mehr, als dass du dich mit jemand anfreundest, der normal und langweilig ist – und trotzdem einen guten Musikgeschmack hat.

Lass dich von der Sache nicht runterziehen. Du hast nichts falsch gemacht (abgesehen davon, mit mehreren Lehrern Geschlechtsverkehr zu haben). Und weiter mit Molly zu schlafen, obwohl ich dir davon abgeraten hatte ...

Okay. Vielleicht hast du ein bisschen was falsch gemacht. Aber das ist OK. Wir alle machen Fehler, und hoffentlich bekommt sie jetzt die Hilfe, die sie braucht.

Mein wichtigster Rat bleibt: Halte dich von Charlotte fern. Die Frau zieht noch mehr Drama an als du. Allmählich glaube ich fast, sie ist die Quelle allen Übels.

Hab dich lieb, vermisse dich, Küsse kriegst du keine.
A

NACHRICHT

17:32 EST
G: Wieso glaubst du, dass Charlotte schuld ist?
A: Wieso glaubst du das nicht?
A: Sie ist nicht mal zu euch rausgekommen! Sie hat Scheiße gebaut und zugesehen, wie du hinter ihr saubergemacht hast.

G: Sie wusste doch gar nicht, dass ich Molly kenne!

G: Genauso wenig wie ich wusste, dass sie Charlie ist.

G: Oder glaubst du das auch nicht?

A: Ich glaube gar nichts. Aber ich finde, dass sie null Verantwortung übernimmt.

A: Und sie sollte nicht mit SO vielen Schülern schlafen.

G: Wow. Ein Blowjob und schon bist du Expertin.

A: Du kennst meine Adresse, falls du mir dafür eine Entschuldigung schicken willst.

A: Ich akzeptiere auch Spenden für einen besseren Lebensstandard.

G: Pump deine Eltern an.

20:21 PST

A: Haben wir Streit?

G: Nein.

A: Du bist nicht heimlich sauer?

G: Nein.

A: Okay! Ich geh jetzt mal meine Jungfräulichkeit verlieren.

G: WAS??? Ava!! Was geht ab?!

A: 👋

VON: GenX1999@gmail.com

AN: Ava.Helmer@gmail.com

BETREFF: Guter Zug

Ich bin offiziell zu neugierig, was deine aufblühende Sexualität angeht, um weiter genervt zu sein. Ich hoffe, du hast angenehmen, geschützten Spaß. Sofort nach dem Orgasmus schreibst du einen heißen Brief an Penthouse, schickst ihn aber mir.

XOXOX Mein Engel

VON: Ava.Helmer@gmail.com

AN: GenX1999@gmail.com

BETREFF: Re: Guter Zug

Lesen sich meine Mails jetzt anders? Jetzt, da ich eine richtige FRAU bin. Ganz genau! Ich hatte einen P in meiner V! Mit Absicht!
Jake hat sich ein Bein ausgerissen, damit der Abend etwas ganz Besonderes wird – ohne zu viel Geld auszugeben. Er hat uns ein Zimmer in einem Hotel in der Innenstadt reserviert. Dann hat er sich von einem Freund ein Auto geliehen, und wir sind zu diesem trubeligen Italiener gefahren. Wir haben überteuertes Essen bestellt, und ich habe angeboten, dass wir uns die Rechnung teilen. Er hat zugestimmt, was vielleicht gut war? Ich habe es sehr vorsichtig vorgeschlagen, aber er ist trotzdem drauf eingestiegen. Emanzipation? Wer weiß.
Ich hatte eine riesige Reisetasche gepackt, worüber Jake sich die ganze Zeit lustig gemacht hat. Tut mir ja leid,

aber Toilettenartikel nehmen eine Menge Platz ein. Und ich kann mich nicht darauf verlassen, dass ein Hotelföhn die nötigen Pferdestärken mitbringt, um mein Haar angemessen zu trocknen. Jake hat mich meine Tasche selbst tragen lassen. Auch hier gilt: unentschieden, ob das gut oder schlecht ist. Hätte ich einen Rollkoffer gehabt oder meine Zwangsneurose zugelassen, dass ich sie während des Check-ins abstelle, wäre es egal gewesen. Aber c'est la vie.

An der Rezeption war es super unangenehm. Ich bin mir wie ein kleines Kind vorgekommen, das von zu Hause abgehauen ist, um sich Zigaretten zu kaufen oder so was in der Art. Dem Concierge war es scheißegal, trotzdem habe ich nur darauf gewartet, dass er fragt, ob wir nach Stunden abrechnen wollen. (KAPIERT?!)

Sobald wir auf dem Zimmer waren, ging mein Panikplappern los. Über Bettwanzen. Jupp. Ich habe plötzlich Panik geschoben, dass es im Hotel Bettwanzen geben könnte. Und dann habe ich verkündet, ich würde mich umbringen, wenn es Wanzen gibt. Das hat vielleicht für Stimmung gesorgt!

Jake hat nicht viel gesagt. Ich glaube, er war nervös. Er hockte nur auf dem Bett, während ich das Zimmer nach Ungeziefer absuchte. Ich fand es supereklig, dass er sich direkt auf die Überdecke gesetzt hat. Jeder weiß doch, dass man nur die Teile eines Betts berührt, die regelmäßig gewaschen werden.

Nach einem schlechten Witz über die Minibar, der phänomenal NICHT zündete (Warum sollte man für viel weniger viel mehr bezahlen?), meinte Jake, ich soll ins Bett kommen. Ich habe gefragt, ob wir die Überdecke auf den Boden legen können, wegen der vielen Bakterien. Er hat gelacht und es gemacht. Dann habe ich ihn gebeten, sich auszuziehen, weil er die Überdecke ja schon berührt hatte. Ich glaube, er hat es für Dirty Talk gehalten. Womit er natürlich falsch lag.

Nachdem er sich ausgezogen hatte, meinte er, aus Fairnessgründen müsste ich es auch tun. Ich habe mitgespielt, obwohl ich aufgrund fehlender Zurschaustellung nach wie vor nervös bin, ob mit meiner Vagina alles okay ist. Sieht alles normal aus?? Ist irgendwas eklig?? Woher soll ich das wissen?!!

Danach ging alles super schnell. Also, so richtig schnell. Vielleicht zwei Minuten Knutschen, dann hat er mich schon gebeten, ein Kondom überzuziehen, was mich verwirrt hat, weil ich ja keinen Penis habe. Bis ich kapiert hatte, dass ich IHM eins überziehen soll, hatte er sich schon um alles gekümmert.

Dann gab es einen kleinen Kampf beim Eintritt, doch schließlich war meine Jungfräulichkeit dahin.

Der eigentliche Akt war ... na ja. Aber das Nachspiel war genial. Er hat mich die ganze Nacht im Arm gehalten und wir haben gelacht und geplaudert, bis es etwa eins war – was, wie du weißt, für mich SEHR spät ist. Geschlafen habe ich nicht, denn wie bitte soll man schlafen, wenn man von jemand anderem berührt wird? Trotzdem hat es sich wie der Wahnsinn angefühlt. Wir sind erst spät aufgestanden und haben in diesem süßen kleinen Café (gleich die Straße runter) gefrühstückt. (Er hat gezahlt! 13 $ 54.)

Später hat er mich an meinem Wohnheim abgesetzt und gesagt: »Bis später, feste Freundin.« Ich hab fünfzehn Minuten lang gequietscht. Jessica musste das Zimmer verlassen.

Jedenfalls war es die ganze Sache schon allein deshalb wert, weil du nicht mehr heimlich sauer auf mich bist! Hätte ich gleich gewusst, dass ich dazu nur mit jemandem in die Kiste steigen muss!

VON: GenX1999@gmail.com

AN: Ava.Helmer@gmail.com

BETREFF: Re: Guter Zug

WAHNSINN! Meine Kleine ist in der heteronormativen Kultur zur ›vollwertigen Frau‹ aufgestiegen! Sie zeigt der Welt, dass Penetration überbewertet ist!

Bin stolz auf dich, Süße. Erzähl das nicht deinen Eltern!

UND: https://www.dm.de/durex-play-prickelnd-gleitgel-p5052197038484.html

15:21 PST

A: Jake hat sich nicht gemeldet. Was, wenn alles ein ausgeklügelter Plan war, um mir meine Jungfräulichkeit zu rauben und sich dann in ein anderes Land abzusetzen?

G: Warum das Land verlassen?

A: Beziehungsschwindel.

G: Glaubst du im Ernst, er könnte nicht mal eine einzige andere finden, um mit ihr Nicht-Beziehungsschwindel-Sex zu haben?

A: Keine Ahnung! Ich hatte noch nie Nicht-Beziehungsschwindel-Sex!

G: Ich kann nicht anders, als dich drauf hinzuweisen, dass erst drei Stunden vergangen sind.

G: Drei Stunden sind für dich ein Auslöser für Panik.

A: Ich komme mir wie eine dreckige Schlampe vor, die für vorehelichen Sex bestraft wird.

G: …

A: Streich das. O maaaan!

G: Ich glaube, du steigerst dich da in was rein.

A: Unbedingt.

G: Kannst du dich nicht irgendwie ablenken?

G: Oder ihm vielleicht einfach schreiben?

A: Es ist 2017. Nicht 2038. Ich schreibe ihm nur dann zuerst, falls ich schwanger sein sollte.

G: Stell dich nicht so an. Man muss niemanden kontaktieren, nur weil man eine Abtreibung machen lässt.

G: Das ist wie Grußkarten zum Tag des Baums zu verschicken.
A: Zum Glück hab ich dich, um die richtige Perspektive auf die Dinge zurückzubekommen.
G: Was machst du jetzt?
A: Ich muss mir mit Curtis die geschnittene Version anschauen.
A: Was könnte besser dabei helfen, über meinen Ex hinwegzukommen, als ihn den ganzen Nachmittag lang anzuglotzen.
G: #Hollywood
G: #VIPLifestyle
G: #IsHarryStylesBi?
A: Er ist nicht bi. Damit musst du dich abfinden.

VON: GenX1999@gmail.com
AN: Ava.Helmer@gmail.com
BETREFF: Teamgeist

Ich habe einen neuen Freund. Einen Kumpel, mit dem ich absolut nicht schlafen will. (Wahrscheinlich ist Kent, mein Redakteur, auch mein Kumpel. Aber in erster Linie ist und bleibt er mein Redakteur.)

Wir waren alle bei Kent, um ein bisschen zu entspannen. Weil es gratis Kuchen gab, waren alle da. (Einer der Redaktionsleiter kennt jemanden in einer Bäckerei. Ich kann gar nicht genug betonen, wie wichtig es ist, im Leben jemanden zu haben, der jemanden in einer Bäckerei kennt.)

Alex war da. Er war den ganzen Abend lang ein Arsch. Ich meine, er hat gelacht und Spaß gehabt, mich aber kein einziges Mal angesehen. Obwohl ich hinreißend ausgesehen habe und die besten Partyanekdoten auf Lager hatte.

War mir aber eh egal, weil ich endlich dazu gekommen bin, mich mit den beiden Mädels aus dem Lifestyle-Bereich zu unterhalten. Die eine, Kelly, ist so 08/15 wie Emerson es einem gerade noch durchgehen lässt. Aber Jazmin ist verdammt cool. Sie kommt aus Miami und kümmert sich einen Scheiß um irgendwas. Sie hat einen ziemlich angesagten Fashion-Tumblr und mehr Haarbänder als du dir vorstellen kannst.

Sie ist im dritten Semester. Letztes Jahr hat ihr Kumpel (der inzwischen seinen Abschluss gemacht hat) auf einer Beacon-Party diesen krassen Drink gemixt. Er heißt: Die Macht. Und man muss ihn in der Badewanne machen.

Also haben wir ihn in der Wanne gemacht. Kent, mein Redakteur, zeigte sich zuerst gar nicht begeistert, doch dann war Die Macht mit ihm, und er ist GANZ SCHNELL drüber weggekommen. Wir waren die Partyqueens. Hockten auf dem Wannenrand und haben uns mit einer Schöpfkelle zugeballert.

Wie sich rausgestellt hat, lernt man sich echt schnell kennen, wenn man besoffen ist. Ich fühle mich Jazmin näher als jedem anderen an dieser Küste, dabei hatten wir vor gestern Abend kaum ein Wort gewechselt. Eigentlich ist sie ein durch und durch guter Mensch, getarnt als jemand, der verdammt cool ist. Du würdest sie echt mögen. In ner Viertelstunde gehen wir brunchen. Ich brunche! Was bin ich? Angepasst und hetero?!

Hat der Arsch dir inzwischen geschrieben? Oder driftet er noch im Heißluftballon um die Welt?

VON: Ava.Helmer@gmail.com

AN: GenX1999@gmail.com

BETREFF: Re: Teamgeist

Willst du mir das Herz brechen, Gen? Also, ist ja schön, dass du eine neue Freundin hast oder so, aber für meinen Geschmack hast du ein ganz schönes Tempo drauf. Bis du mit mir frühstücken warst, hat es sechs Monate gedauert!

Ich gebe mir Mühe, drüberzustehen, deine neue beste Freundin zu ignorieren und das Thema zu wechseln.

Gestern hab ich vier Stunden mit Curtis verbracht. Sein erster Cut war … fragwürdig? Er dauerte ungefähr 15 Minuten. Das Skript war 7 Seiten lang. Ziemlich viele Reaction Shots.

Möglich, dass ich an meinem Pokerface im Fall von Enttäuschung noch arbeiten muss. Ich habe ein paar »Uh?«s von mir gegeben, was nicht besonders nett war. Später habe ich versucht, es zu überspielen, und wir haben uns ganz gut in der Mitte getroffen. (Der neue Cut dauert noch immer über sechs Minuten, aber Veränderung braucht Zeit.)

Sophia hat super Arbeit geleistet. Jake ... weniger. Die meiste Zeit ging dafür drauf, nach alternativen Sequenzen zu suchen, in denen Jake nicht überzogen schauspielert. Am Ende haben wir ziemlich viele Einstellungen von seinem Gesicht genau vor meinem »Und Action!« verwendet.

Tatsächlich hat er mir irgendwann noch geschrieben. Um zu fragen, ob ich wund bin. EKLIG! SO EKLIG! Bin ich nicht, aber um ihm eine Freude zu machen, hab ich mit Ja geantwortet. Als ich ihm erzählt habe, dass wir gerade beim Cutten sind, ist er irgendwie sauer geworden, weil er nicht eingeladen war. Ich wäre gar nicht auf die Idee gekommen, dass er dabei sein will. Außerdem hatte ich ihm ja keine Mitsprache eingeräumt oder so – meinen Eltern hätte ich die vielleicht geben sollen.

Um ihm einen Gefallen zu tun, habe ich ihm dann einen Link zur vorläufigen Endversion geschickt, worauf er mit einem ganzen Schwall von Anmerkungen reagiert hat. Ähm. Muss ich auf diese Kommentare hören? Die meisten sind schlecht. Ein paar machen vermutlich Sinn ... Trotzdem kann ich es nicht leiden, wenn man mich kritisiert! Macht mich nicht wirklich an.

Wow. Ich bin so wütend wegen der Mail mit seinen Anmerkungen, dass ich sogar vergessen habe, dass du mich mit deiner neuen Haarband-BFF ersetzt. Denk wenigstens jedes Mal an mich, wenn du dir Eis holst. Ich liebe Eis.

NACHRICHT

22:34 EST

G: Ich will den Film sehen!

A: Nein! Ich bin noch nicht fertig!

G: Aber dem blöden Jake hast du ihn geschickt!

G: Ich liebe dich in einer einzigen Sekunde mehr als er jemals jemanden in seinem ganzen Leben geliebt hat!

A: Ooooooo, das ist so gemein und gruselig.

G: Ist das ein Ja?

A: Nein. Mein fragiles Ego kann keine weitere Kritik verkraften.

G: Ich verspreche, ich bin der totale Ja-Sager! Ich werde ihn von vorne bis hinten und in jeder Hinsicht lieben!

A: Das ist ja noch schlimmer!

G: 🍷🍷🍷🍷🍷🍷🍷

A: 👋

VON: GenX1999@gmail.com

AN: Ava.Helmer@gmail.com

BETREFF: Mündigkeitserklärung als Erwachsener

Kann man sich noch offiziell für erwachsen erklären lassen, wenn man über 18 ist? Nur um klarzumachen, dass man nie wieder von seiner Familie hören will.

Ich habe den schrecklichen Fehler begangen, Mollys Verschwinden vor meinen Eltern zu erwähnen. Mein Vater hat sofort über Sucht geschimpft und irgendwas gebrabbelt von wegen, dass man sich von seinem Ego lösen muss. Dann hat er mich gefragt, ob ich die Verantwortung dafür übernommen habe, ihre Sucht zuzulassen. WTF?! Ich bin doch nicht ihr Dealer. Angeblich sporne ich zu leichtsinnigem Verhalten an. Echt jetzt, Dad? Hältst du Ava etwa für leichtsinnig? (Er denkt, du bist zu sehr in deiner »Krankheit« gefangen, um von anderen Dingen in Versuchung geführt zu werden.)

Es hat keine Minute gedauert, bis ich nur noch geschrien habe. Hat Mom dir deine Abhängigkeit ermöglicht? Warst du deshalb zwanzig Jahre lang dauer-weggetreten? Allerdings hat er nicht angebissen, sondern ist unheimlich ruhig geblieben.

Ich hasse Leute, die die Ruhe behalten. Dadurch wird mein Geschrei weniger befriedigend.

Schließlich hat meine Mom sich eingemischt und ihm gesagt, er soll mich in Frieden lassen. Dann hat sie diesen Akt der Solidarität sofort wieder ruiniert, indem sie die volle Verantwortung für die Unfähigkeit meines Vaters, nüchtern zu bleiben, übernommen hat.

Und noch mal: WTF?! Wie kann meine Mom auch nur denken, das sei allein ihre Schuld? Wie kann er zulassen, dass sie das glaubt? Diese kranke Dynamik der beiden widert mich an. Bevor ich demonstrativ auflegen konnte, hat Hope zu weinen angefangen, also haben sie mich abgewürgt. Unfassbar, dass sie SCHON WIEDER das letzte Wort haben.

Ich treibe doch niemand in die Sucht, oder? Findest du, ich benehme mich wie meine Mom? Bin ich der Grund dafür, dass Molly weg ist?

Ich flippe aus.

VON: Ava.Helmer@gmail.com

AN: GenX1999@gmail.com

BETREFF: Re: Mündigkeitserklärung als Erwachsener

Jesus. Ich glaube nicht, dass man sich als Volljähriger als volljährig erklären lassen kann, aber vielleicht können meine Eltern dich ganz legal adoptieren?

Ich wünschte, du hättest das Gespräch aufgezeichnet, damit du es in Zukunft gegen sie in einer Doku über Verrückte verwenden kannst.

Du treibst niemanden in die Sucht! Du gehst aufs College und triffst manchmal schlechte Entscheidungen. Du bist sicher nicht verantwortlich für das Leben eines anderen Mädchens. Bei M ist irgendwas völlig schiefgelaufen, lange bevor du auf der Bildfläche erschienen bist. Die einzige Veränderung, die ich mir *vielleicht* wünschen würde, ist der Schlag Mensch, mit dem du dich abgibst. Du hast es nicht nötig, mit verklemmten Losern rumzuhängen (Anwesende ausgenommen), aber wie wäre es mit einem gesunden Mittelweg?

Egal, das war nur so ein Gedanke für die Zukunft. In der Zwischenzeit schlage ich vor, dass du das Gesicht deines Dads auf eine Dartscheibe klebst und es so richtig krachen lässt.

NACHRICHT

7:12 PST

A: Ich glaub, ich habe Bettwanzen.

G: Du hast keine Bettwanzen.

A: WOHER WILLST DU DAS DENN WISSEN???

G: Sechster Sinn.

G: Wanzensinn.

A: Nicht witzig!

A: Ich hätte nie in diesem Hotel absteigen sollen.

G: Absolut. Du hättest dich auf jeden Fall im Verbindungshaus entjungfern lassen sollen.

A: Mich juckt es überall.

G: Hast du Bissmale?

A: Ich habe mysteriöse Beulen.

G: Das sind deine Titten.

G: (.) (.)

VON: GenX1999@gmail.com

AN: Ava.Helmer@gmail.com

BETREFF: EXTRABLATT, EXTRABLATT: Lesen Sie alles darüber!

Dein Lieblingsmensch hat erneut zugeschlagen! Ganz genau! Unser vernichtender Enthüllungsbericht ist viral gegangen! (Auf einem Campus mit weniger als 4000 Leuten ...)

Es machen bereits Gerüchte über einen Studentenprotest die Runde. Weiß nicht, wie genau sie das aufziehen wollen, aber ich kann's nicht erwarten, darüber zu berichten!

Ich glaube, die guten Neuigkeiten haben für die Fehde mit Alex einen Waffenstillstand eingeläutet. Wir haben ein Lächeln und wenige Worte gewechselt. Ich habe drüber nachgedacht, ihm ein High Five anzubieten, wollte mein Glück aber nicht überstrapazieren.

Ich hab ein bisschen Schiss, dass mir die ganze gute Kritik zu Kopf steigt. Wie wird sich Kent, mein Redakteur, fühlen, wenn ich seine Vorgesetzte werde?

Charlotte hat sich natürlich auch gemeldet. Sie will feiern gehen. Ich werde ihr sagen, dass sie Tom einladen soll, dann machen wir ne richtige Party draus.

JK Wahrscheinlich geh ich einfach nur mit Jazmin was essen. Mein Erfolg hat mich zur Langweilerin verkommen lassen.

NACHRICHT

14:15 PST

A: Meine Mom hat mir deinen Artikel geschickt.

G: Hahaha.

A: Glaubt sie, sie ist besser auf dem Laufenden als ich?

G: Immerhin FaceTimen wir andauernd.

A: Stimmt nicht.

A: Stimmt das?

G: 💁‍♀️

VON: Ava.Helmer@gmail.com
AN: GenX1999@gmail.com
BETREFF: Hochstapler-Syndrom

Weißt du noch, als ich dir erzählt habe, dass ich einer Verbindung beitreten will, und du so getan hast, als wäre das eine gute Idee, obwohl uns beiden klar war, dass du lügst?

Heute stand »Montagsdinner« auf dem Plan. (Eine grauenhafte Tradition, bei der ich mich jeden Montag schick machen und mit der gesamten Verbindung gedünstete Karotten essen muss.) Ich bin also in den Speisesaal und habe nach einem freien Platz Ausschau gehalten. All diese Mädchen sind angeblich meine engsten Freundinnen und Vertrauten, aber allein der Gedanke, mit ihnen zu reden, hat mich nervöser gemacht, als wenn ich einen Fremden bitten müsste, im Fahrstuhl für mich auf den Knopf zu drücken. Ich hab den Eindruck, keiner hier kann mich wirklich leiden, und alle schließen sich zu Grüppchen zusammen, während ich wie der letzte Idiot am Rand hocke. Keiner ist irgendwie gemein oder so. Es ist schlimmer – es ist, als wäre ich Luft. So habe ich mich die ganze Highschool durch gefühlt, wenn du nicht da warst. Wann werde ich dieses blöde Gefühl endlich los? Wann finde ich meine Leute? Masterstudium? Pflegeheim?

Am Ende habe ich mich neben Chelsea gesetzt, von der ich dachte, dass wir Freunde werden, bis ich es vor ein paar Wochen aufgegeben habe. (Falls du dich erinnerst: Sie war auf dieser Party zu beschäftigt mit Rumknutschen, um mich zur Toilette zu begleiten.) Sie hat gelächelt und alles, aber im Endeffekt hat sie den ganzen Abend über nur mit anderen gesprochen. Ich hab insgesamt vielleicht zehn Worte gesagt, und du weißt ja, wie schwer es sonst ist, mich zum Schweigen zu bringen.

Emma war hier meine einzige echte Freundin und jetzt ist sie weg. Ohne die Pflichtveranstaltungen sehe ich sie kaum noch.

Man sollte meinen, ich wäre besser in all dem Kram, weil ich mit zwölf ja diesen Sozialkompetenz-Kurs besucht habe. Ob es schon zu spät ist, mein Geld zurückzuverlangen?

Irgendwann demnächst steht ein Date Dash mit ZBT an. (Nichts anderes als eine spontane Party von meiner Verbindung und Jakes Burschenschaft.) Vielleicht wird das ja lustig … Oder mies.

Ich wünschte, Trinken würde mehr Spaß machen. Betrunkene Leute wirken glücklicher.

VON: GenX1999@gmail.com

AN: Ava.Helmer@gmail.com

BETREFF: Re: Hochstapler-Syndrom

Als Kind eines Alkoholikers kann ich dir versichern, dass Betrunkene definitiv wesentlich glücklicher sind. Und destruktiv und ungesund und elend! Du musst dich nicht vergiften, um Spaß zu haben. Du brauchst einfach einen besseren Ansporn als ein Haus voller Bauchfrei-Top-Schnepfen, die sich über den Bachelor unterhalten.

Ich war nie der Meinung, dass du dich keiner Verbindung anschließen sollst. Ich fand, du solltest es mit einer *versuchen* und abwarten, wie es läuft. Klingt, als liefe es nicht besonders toll? Aus welchem Grund bleibst du dann?

Ich will ja keine Pro- und Kontra-Liste vorschlagen, aber falls du von alleine so was Nerdiges machst, würde ich dir nicht abraten.

VON: Ava.Helmer@gmail.com

AN: GenX1999@gmail.com

BETREFF: Re: Hochstapler-Syndrom

PRO:

1) Normalität. Nach einer Kindheit, die ich hauptsächlich mit meinen Eltern verbracht und in der ich eine Verhaltenstherapie nach der anderen mitgemacht habe, fühlt es sich aufregend gewöhnlich an, zu einer Verbindung zu gehören. Normale, ausgeglichene Menschen machen so was, bevor sie heiraten und Kinder kriegen, ganz ohne die Angst vor einer Wochenbettdepression.

2) Coolness. Ich komme mir cool vor. Auch wenn mein Haus nicht zu den besten gehört – manche Mädchen kommen in GAR keins rein. Und ich hab's geschafft. Also will ich das den Leuten ein bisschen unter die Nase reiben.

3) Sozialleben. Ich besuche an vier Tagen pro Woche insgesamt vielleicht 15 Stunden Unterricht. Ich brauche planmäßige Aktivitäten, um meine übrige Zeit zu füllen. Außerhalb der Verbindung habe ich wirklich nur Sophia und Emma, die längst ihren eigenen Freundeskreis haben. Ich könnte versuchen, mich in einen der beiden einzuschleusen, aber das erscheint mir gezwungen und unangenehm. Die übrigen Drehbuchstudenten hängen viel zusammen rum. Vielleicht sollte ich öfter auf ihre Veranstaltungen gehen, auch wenn sie sich über mein fehlendes Filmwissen lustig machen.

KONTRA:

1) Ich hasse es.

Theoretisch gewinnen die Vorzüge, zumindest zahlenmäßig …

NACHRICHT

12:04 EST
G: Du musst raus aus der Verbindung.
A: Ich weiß.

VON: GenX1999@gmail.com
AN: Ava.Helmer@gmail.com
BETREFF: Meine Nasenscheidewand und andere Updates

Ich habe mich offiziell in Jazmin verknallt. Und nicht mal in sexueller Hinsicht! Wenn überhaupt, warte ich darauf, mich sexuell in sie zu verlieben, aber die Bande unserer Schwesternschaft sind zu stark. (Der Körper lehnt Inzest intuitiv ab. Reine Wissenschaft.)

Wir haben den ganzen Nachmittag und den kompletten Abend miteinander verbracht und uns kein einziges Mal gelangweilt! Das ist für mich echt ne große Sache, wenn ich mit jemandem nicht schlafe. Sie hat Abendessen für uns gekocht …??? Richtig gelesen. Ich hatte ein selbstgekochtes Abendessen, das nicht aus der Dose oder der Mikrowelle stammte. Ich wusste gar nicht, dass Gemüse auch genießbar sein kann! Vielleicht werde ich jetzt doch nicht mit 27 sterben wie all die Großen.

Ihr Apartment ist geil. Sie hat eine Wohnung im North End. Früher hat sie zusammen mit ihrem Freund da gewohnt, aber jetzt lebt er wieder in Miami. Sie führen eine offene Beziehung. Wusste gar nicht, dass Heteros so gechillt sein können.

Nachdem wir vom Rotwein ein bisschen beduselt waren, wollten wir was Witziges machen, aber ohne andere Leute, also sind wir zu diesem Tattoostudio. Jazmin hat sich ein Herz in den Finger stechen lassen, und ich habe jetzt ein Piercing durch die Nase. Kein großes Ding. Nur das coolste Piercing, das ein Mädel haben kann – außer im Nippel. Ich poste gleich zehn Fotos auf mein Insta. Ich weiß jetzt schon, dass du es grässlich finden wirst, aber ich liebe es. Ich sehe aus wie ein Stier. Auf echt sexy/bossy Art.

Ich wollte, dass Jazmin sich auch die Nase piercen lässt, aber sie meinte, es würden sie schon genug Leute für lesbisch halten.

Ava. Ich sehe aus wie jemand, der das Sagen hat. Ich kanns nicht erwarten, dass es meinen Eltern auffällt.

NACHRICHT

9:32 PST
A: Ich liebe es!!!
G: Echt??
A: Total! Sieht klasse aus!
G: Ach ja?

A: Absolut! Nachdem ich mir ein paar Tränentattoos stechen lassen hab.
G: Nicht witzig.
A: Warum???
G: Aus so vielen sozialen, ökonomischen und rassistischen Gründen.
A: Sorry 😢

VON: Ava.Helmer@gmail.com
AN: GenX1999@gmail.com
BETREFF: Miley & Liam

Weißt du noch, als bei Miley und Liam Schluss war und jeder dachte, dass es für immer aus sei, aber dann – AUS DEM NICHTS – sind sie wieder zusammengekommen und waren stärker als je zuvor?!! Ich weiß das noch. Ich denke jeden Tag darüber nach. Vor allem an diesem heutigen Tag der Tage, an dem ich meinen brandneuen Freund einen »Arschwichser« genannt habe.

Ich glaube, ich hab dir schon lange keine Szene mehr ausgemalt. Also, dann wollen wir mal:

ZBT-Haus; Jakes Zimmer; Abend

Die Stimmung ist aufgeheizt, weil Tyler ein paar Videos gedreht hat, in denen er sich auf dem Bett sitzend mit Gatorade übergossen hat. Tyler geht, um zu duschen. Und lässt Jake und Ava zum ersten Mal gemeinsam allein.

Ava: Er hat gerade sein Bett ruiniert.
Jake: Ach, das trocknet wieder.
Ava: Wird er es nicht waschen???
Jake: Er wäscht es oder es trocknet. Ist doch egal. Ist ja nicht unser Bett.

Jake versucht einen eindeutigen Move zu machen, aber Ava ist zu hibbelig.

Ava: Ich glaub, ich steig bei Gamma Phi aus.

Jake lacht. Abgelenkt von seinem eigenen Annäherungsversuch.

Ava: Ich mein's ernst. Ich hasse es da.
Jake: Seit wann?
Ava: Schon immer.

Eine kleine Debatte, in der Ava einräumt, dass sie es nicht immer gehasst hat. Die erste Woche hat Spaß gemacht. Aber das war's dann.

Jake: Ich finde nicht, dass du aussteigen solltest. Nächste Woche ist der Date Dash! Das wird lustig!
Ava: Okay. Dann trete ich danach aus.
Jake: Nein! Warte doch wenigstens das Semester ab!
Ava: Warum ist es so wichtig, dass ich in einer Verbindung bin?
Jake: Es ist lustiger. Unser Leben ist ähnlicher. Wenn du hinschmeißt, sehen wir uns nicht mehr so oft.
Ava: Warum? Wir sind doch so oder so nicht in derselben Verbindung.

Jake zuckt mit den Achseln, wird still und wütend.

Ava: Ich habe einfach das Gefühl, dass ich nicht dazugehöre.
Jake: Weil du dir einfach keine Mühe gibst.

Willkommen zur Klimax unseres Streits, bei der ich herausfinde, dass Jake der Ansicht ist, ich bleibe bei jeder Veranstaltung absichtlich auf Distanz, weil ich mich für was »Besseres« halte als die anderen. SCHON MAL VON SOZIALPHOBIE GEHÖRT, JAKE? Oder hast du nicht zugehört, als ich dir meine vielen Störungen im Detail erklärt habe?

Ich weine. Dann schreie ich. Dann heule ich wieder. Er macht dicht. Ich entschuldige mich. Er glaubt, ich hätte meine Meinung über die Verbindung geändert, und startet einen neuen Versuch, sich an mich ranzumachen. Ich stelle klar, dass ich mich für das Gebrüll und das Heulen entschuldige. Nicht für meinen sachkundigen Entschluss, die Verbindung zu verlassen. Er wird wieder wütend. Ich frage, ob ich gehen soll. Er zuckt mit den Schultern. Ich gehe.

Rotes Gatorade tropft auf den Boden.

Ich kapier's nicht. Warum *ist* es so wichtig, ob ich bleibe oder nicht?? Ich verstehe ja die Sache mit dem Date Dash, und ich bin auch bereit, das noch abzuwarten, aber vier Jahre, in denen ich Montagabend nicht weiß, neben wen ich mich setzen soll? Kein Kerl ist das wert. Vielleicht Michael B. Jordan. Aber sonst keiner.

NACHRICHT

11:52 EST

G: Bah. Igitt. Pfui.

G: Schieß ihn ab!

A: Was? Nein! Es war nur ein Streit.

G: Aber er versucht, dich zu kontrollieren! 🙅

A: Stimmt nicht. Ich glaube, er war nur überrascht.

G: Ist mir schnurzegal, was er war. Er sollte dir niemals vorschreiben, was du tun sollst.

A: Ich sag dir doch auch ständig, was du tun sollst, und du schickst mich nicht in die Wüste.

G: Du bist kein Heterokerl.

A: Denk dran, dass du gerade mal fünf Minuten lang homo bist. Wie wär's?

G: Ich war schon mein ganzes Leben lang homo.

A: Ich dachte, du glaubst nicht an Labels.

G: Für dich simplifiziere ich es.

A: Schon kapiert. Tja, also dann gehe ich mal und lebe mein dummes Heteroleben mit meinem kontrollsüchtigen Freund.

G: Vergiss nicht, dir immer schön die Beine zu rasieren und unnatürlichen Schönheitsidealen nachzueifern!

VON: GenX1999@gmail.com

AN: Ava.Helmer@gmail.com

BETREFF: Wenn du beim ersten Mal versagst …

Ich schmeiß das Seminar hin. Leider ist es schon zu spät für mich, um »Geowissenschaften: Naturkatastrophen« noch abzuschreiben. Also muss ich mich mit einer vier abfinden. Ich begreife nicht, warum ich Naturwissenschaften belegen muss. Die Emerson ist eine Berufsakademie. Jeder weiß längst, was er später mal machen will. Und Steine ausbuddeln gehört nicht dazu.

Mein Professor hatte kein Mitleid. Ich habe gefragt, ob ich den Kurs wiederholen darf, weil ich so mit der Zeitung beschäftigt war, aber er hat nur mit dem Kopf geschüttelt. Jetzt steht mein Stipendium auf der Kippe, dabei kann ich es mir ohne auf keinen Fall leisten, weiterzumachen. Das Geld meiner toten Großmutter reicht nie für eine komplette Ausbildung.

Ich bin echt am Arsch. Schätze, für das Geo-Examen muss ich tatsächlich lernen. Erinnerst du dich noch an die gute alte Zeit, als es genügt hat, einfach ungewöhnlich schlau zu sein, um durchzukommen?

VON: Ava.Helmer@gmail.com

AN: GenX1999@gmail.com

BETREFF: Re: Wenn du beim ersten Mal versagst …

O nein! Das tut mir total leid! Was ist denn passiert? Hast du einfach nicht gelernt? Du bist der schlauste Mensch, den ich kenne, aber nicht mal du kannst irgendwas über den geologischen Erdkern wissen, ohne es wenigstens einmal nachgelesen zu haben.

Kannst du vielleicht irgendwie Extracredits scheffeln?

Bestimmt kommt alles in Ordnung. Gib dir jetzt einfach Mühe und leg ein endgeiles Examen hin! Solange es dir noch keiner weggenommen hat, hast du das Stipendium, also kein Grund, sich über etwas den Kopf zu zerbrechen, was noch gar nicht passiert ist. (Ein Dr.-Baker-Zitat! Ich liebe es!)

Falls du dich dadurch ein bisschen besser fühlst: Ich habe meinen Eltern die jüngste Fassung von meinem Kurzfilm gezeigt, und beide haben gelächelt und gesagt: »Das ist einfach nichts für uns.« Ich habe geheult.

NACHRICHT

21:13 EST

G: Warum bekommt jeder außer mir diesen fucking Film zu sehen?

A: Den wird überhaupt keiner mehr sehen. Niemals.

G: Ach, jetzt komm schon. Haben sie das echt gesagt?

A: Praktisch schon! Sie haben nicht einmal gelacht, und als ich fragte, ob sie ihn so schlecht fänden, meinte meine Mom: »Ich hab nur versucht, zuzuhören.«

G: Sie hört aber wirklich nicht gut!

A: Der Streifen ist schrecklich. Ich fass es nicht, dass so viele Leute deswegen ihre Zeit verschwenden mussten.

G: Er ist ganz bestimmt nicht schrecklich. Du hast noch nie was Schreckliches gemacht.

A: Was ist mit meinen Klamotten in der Zehnten?

G: Das ist was anderes. Außerdem war es das wert – für die Throwback Thursday-Fotos.

A: Das ist mir so peinlich! Ich bin so ein Idiot!

G: Red dir so was nicht ein. Ich falle in einem meiner Kurse durch und nicht mal das ist mir peinlich! Ich bin nur sauer.

A: Aber du bist immer sauer.

G: Exakt.

VON: GenX1999@gmail.com

AN: Ava.Helmer@gmail.com

BETREFF: Du hattest recht

Genieß es. Gib damit an. Und dann halt bitte die Klappe.

Ich hab die Nacht mit Alex verbracht. WIR HATTEN KEINEN SEX. Aber wir haben ein bisschen geknutscht!! IIEK!

Wie ist es dazu gekommen, fragst du? Keine Ahnung.

Gestern Abend bin ich noch mal in die Redaktion, um mit Kent, meinem Redakteur, einige Ideen durchzugehen, aber er war auf irgendeinem LARP. Außer mir war nur Alex da. Aber er hat nicht gearbeitet. Er hat auf einem der Chefcomputer *Lass es, Larry!* geschaut und Popcorn gefuttert. Ich wusste nicht mal, dass es beim Beacon eine Mikrowelle gibt. Ich hab mir einen Stuhl geholt und eine ganze Folge lang haben wir kein Wort gesagt. Aber ab der dritten Folge hatten wir echt Spaß und das Popcorn war alle. Er hat mich gefragt, ob wir was Richtiges essen und dabei diskutieren wollen, inwiefern Larry David von JB Smoove abhängig ist. Ich war dabei. Ich dachte, wir würden irgendwo in der Nähe was futtern gehen, aber er hat diesen Laden in East Boston vorgeschlagen.

Wir sind mit der Blue Line hingefahren. Ich bin in der Bahn gegen ihn gefallen und dann ganz dicht stehen geblieben. Als Experiment. Er ist nicht zurückgewichen. Er trug eine Fliege und hatte Gel im Haar. Es war fast, als hätten wir nicht von Tag eins an eine Fehde am Laufen gehabt!

Das Abendessen war witzig. Aus irgendeinem Grund war ich nervös. Alex ist nicht nur ein bissiges Arschloch, sondern auch noch echt schlau. Ich fühl mich bei ihm nicht dumm, aber ich komme mir eindeutig blöd vor, wenn ich zu lange rede oder das Gespräch an mich reiße. (Was bei mir ja sonst normal ist.)

Nach dem Essen hat er gefragt, ob ich noch was vorhabe. Als ich nein sagte, wirkte er überrascht. Er meinte, er hätte gedacht, dass ich immer was vorhabe. Aus irgendeinem Grund hat mich das geärgert, weshalb ich klarstellen musste, dass ich oft nichts mache und meine weltweit beste Freundin eine krasse Stubenhockerin ist. Da hat er gelacht und gefragt, ob ich denn schon nach Hause will. Ich sagte wieder nein. Also sind wir Candlepin-Bowlen gegangen.

Wie sich herausgestellt hat, ist Bowlen mit so kleinen Kegeln noch schwieriger als eh schon. Was Alex allerdings nicht davon abgehalten hat, auf ganzer Linie abzuräumen. Er ist unfassbar gut darin, mit einer Kugel Holz umzunieten. Keine Ahnung, warum ich das so attraktiv fand.

Zu diesem Zeitpunkt war mir noch immer nicht klar, ob es ein Date sein sollte, und ich glaube, Alex ging es genauso. Ich habe ihn ganz unauffällig gebeten, mir zu zeigen, wie man die Kugel richtig wirft, aber er hat es mir nur erklärt, während er selbst geworfen hat, statt es mir mit Körperkontakt zu demonstrieren. WAS DOCH DER KLASSISCHSTE ALLER DATE-MOVES IST!!!

Gegen elf waren wir mit dem dritten Durchgang fertig. Dann standen wir an der U-Bahn und wussten nicht recht, was wir anfangen sollen. In meinem Kopf sind all diese Gedanken herumgeschwirrt, doch dann habe ich deine Stimme gehört, laut und deutlich: »Er steht auf dich, du Depp!« Also hab ich ihn geküsst.

Und es war SCHWUUUUUL. Absolut am SCHWULSTEN! Mir ist ganz flau geworden, so romantisch war es. Ich bin mir wie eine Prinzessin vorgekommen! Oder ein Ritter? Heilige Scheiße, war das gut! Ich wollte nicht mal mit ihm auf irgendein Zimmer. Ich wollte einfach nur für alle Ewigkeit so stehen bleiben.

WER BIN ICH?! DAS IST WIDERLICH!

Als ich ihn schließlich gefragt habe, ob ich mit zu ihm kann, wirkte er ganz verdutzt. Er wirkt immer wie vom Blitz getroffen, wenn ich irgendwas sage. Er hat nur »klar« genuschelt, meine Hand genommen und mich zur Bahn geführt.

Ich glaube, ich hab den ganzen Heimweg über kein Wort gesagt. Dabei war ich vollkommen wach. Ist das etwa das Gefühl, das schüchterne Leute ständig haben? Es ist ätzend. Und kraftraubend. Ich habe mir den Kopf zerbrochen, aber mir wollte einfach nichts Interessantes oder Schlaues einfallen, das ich hätte sagen können. Gar nichts. Alex hat ebenfalls geschwiegen, allerdings schien er ganz zufrieden damit, so schweigend dazuhocken – noch so ein Menschenschlag, den ich nicht verstehe. Ich musste all meine Energie mobilisieren, um nicht mein

Handy zu zücken und Best Fiends zu zocken. Alex scheint mir zu intellektuell für so ein Spiel.

Sobald wir bei ihm waren, fühlte ich mich schon wohler. Wir haben uns über Kent, meinen Redakteur, lustig gemacht, was endlos viel Stoff bietet. Wer sucht eigentlich seine Klamotten aus? Warum passen sie nie?

Nachdem wir eine volle Stunde lang nicht geküsst hatten, hab ich gefragt, ob wir nicht wieder knutschen könnten. Alex hat gelacht. Ich musste echt ein ZWEITES MAL fragen. Er hat mir die Erlaubnis gegeben, und wir haben ganz jugendfrei auf dem Bett geknutscht, bis ich eingeschlafen bin. (Vermutlich vor emotionaler Erschöpfung.) Am Morgen hat er mir eingeschärft, dass ich keinem was sagen soll.

Ja, du hast richtig gehört. ER hat von MIR, der Meisterin der Diskretion, verlangt, keinem etwas zu verraten. Wem sollte ich schon davon erzählen? Der Jungfrau Kent?

Dann hat er irgendwas von Arbeit gemurmelt und davon, dass er Vergnügen nicht mit Arbeit vermischen will. Ich war so angepisst, dass ich mir den Rest gar nicht mehr angehört habe. Echt jetzt! Hat er wirklich geglaubt, dass ich es jemandem aufs Brot schmieren würde? Warum sollte ich das tun? Wir haben es beide auf dieselbe Stelle abgesehen. Da gebe ich dem Beacon doch keine Munition, die man gegen mich verwenden könnte.

Ehrlich gesagt, hat sich das Ganze wie ein Machtspiel angefühlt, aber ich werde es einfach ignorieren. Vielleicht hat er eine geheime Freundin. Vielleicht findet er mein unerbittliches Selbstbewusstsein peinlich? Egal, das wird eine geheime, heiße Affäre. Zumindest bis ich in der Lage bin, ihn als echten Menschen mit gewissen Grundbedürfnissen zu outen.

Wie lief dein Abend?

Hugs & intrigante Grüße
G

VON: Ava.Helmer@gmail.com
AN: GenX1999@gmail.com
BETREFF: Re: Du hattest recht

Wie hast du es geschafft, in so kurzer Zeit mit so vielen Leuten was anzufangen? Versteh das nicht als Vorwurf. Aus mir sprechen reine Bewunderung und Neugier. Wie. Machst. Du. Das??? Sind es Pheromone? Irgendetwas, was man lernen kann? Hast du mich die ganze Zeit lang nur angelogen und bist eigentlich noch Jungfrau? SAG'S MIR!

Außerdem habe ich ein paar Geschlechts- und Sexualitätsfragen zu Alex' … Ausstattung. Aber ich trau mich nicht, zu fragen. Vielleicht kannst du es mir einfach erzählen, ohne mir das Gefühl zu geben, ich wäre ein ignoranter VOLLIDIOT.

Mein Abend verlief ohne Vorfälle, ich habe nur geschrieben. Weiß gar nicht, ob ich das schon erwähnt habe, aber ich HASSE SCHREIBEN. Das komplette Programm des Masochismus hat nichts Schlimmeres und Schmerzvolleres zu bieten. Wer bin ich denn, dass ich auf die Idee komme, ich hätte der Welt irgendetwas zu sagen? Bisher waren alle meine Projekte einfallslos und vorhersehbar. Wie soll ich denn bitte nächstes Semester das Skript für einen ganzen Spielfilm schreiben? (Theoretisch brauche ich nur die Outline, aber das ist quasi dasselbe minus 80 Seiten.) Ich würde ja das Hauptfach wechseln, aber mir fällt nichts anderes Vernünftiges ein (du weißt schon, abgesehen davon, Leben zu retten, so ganz Non-Profit-mäßig).

Ich weiß ja, dass es dämlich ist, aber ich *fühle* mich wie eine Autorin. Selbst wenn ich das Schreiben hasse … Ist das erlaubt?

Heute treffe ich mich mit Curtis, um die endgültige Fassung fertigzustellen. Am liebsten würde ich das ganze Ding in die Tonne treten, aber das erscheint mir unfair allen anderen gegenüber, die ganz ohne Bezahlung daran mitgearbeitet haben. Wahrscheinlich sollte ich ein Ensemble- und Crewmeeting abhalten. Vielleicht an dem Abend von dem ZBT Date Dash??? Spaß.

Ich hasse die Welt.

NACHRICHT

10:27 EST

G: Warum tut mir ständig alles weh?

A: Hmmmm.

A: Schlechte Ernährung? Zu wenig Bewegung? Menschlichkeit?

G: Cool. Cool. Irgendwelche Tipps?

G: Außer Selbstmord.

A: Mehr Wasser trinken?

G: Realistische Tipps! Irgendwas, was ich echt machen könnte!

A: Probier's beim Sex mal mit dynamischeren Positionen, um deinen Kreislauf anzukurbeln.

G: DANKE! Äußerst hilfreich.

G: Ich fass es nicht, dass du Sex hattest.

A: Ich weiß, ist total verrückt!

G: Was für Positionen hast du ausprobiert?

A: Nur die eine.

VON: Ava.Helmer@gmail.com

AN: GenX1999@gmail.com

BETREFF: The Real Housewives of USC

Sorry. Das war die beste Schlagzeile, die mir zum Thema weibliches Drama eingefallen ist. Weibliches Drama trifft es nicht mal. Vielleicht hätte ich BACHELOR der USC schreiben sollen. (Kommt rüber, dass ich kein Reality TV schaue und es mir schwerfällt, mit Gleichaltrigen Kontakte zu knüpfen?)

Ich war mit Sophia beim Mittagessen und hab mich mit ihr über den Film unterhalten, wobei ich über Jake als meinen Freund geredet habe. Sie hat eine Grimasse geschnitten. Wahrscheinlich wusste sie nicht, dass wir inzwischen offiziell ein Paar sind. Ich war verwirrt, weil ich dachte, dass sie Jake mag. Vielleicht sogar ein wenig zu sehr. Aber es stellte sich heraus, dass sie Jake nur solange mochte, bis er versucht hat, sie zu küssen – im Haus meiner Eltern, während der fünfminütigen Pause.

Sie fand den Annäherungsversuch wohl aggressiv, und er ist pissig geworden, als sie ihm eine Abfuhr erteilt hat. Ich war total geschockt. Einerseits waren wir zu dem Zeitpunkt kein Paar, und er hatte jedes Recht, einen kompletten Vollidioten aus sich zu machen, wie und mit wem er wollte. Auf der ANDEREN Seite: What the fuck! Er wollte in meinem Zuhause mit einer anderen rummachen??? Warum ist er mit mir zusammen, wenn er eigentlich auf Sophia steht? Bin ich der Lückenbüßer? Und warum hat sie ihn abblitzen lassen? Aus Loyalität oder weil sie ihn abstoßend findet? Kann ich überhaupt noch jemandem trauen?

Was soll ich denn nun tun? Eigentlich wollten wir heute Abend was zusammen unternehmen, aber im Augenblick bin ich so sauer und aufgewühlt, ich würde mir am liebsten die Haut vom Leib reißen. Warum kann denn nichts auch mal schön oder wenigstens einfach sein? Warum ist alles immer so eine Quälerei? Wenn das das Leben ist – nein, danke.

NACHRICHT

22:01 EST

G: Tust du dir weh?

G: Ava?

G: Wenn du nicht antwortest, ruf ich deine Mom an.

21:05 PST

A: Sorry. Hatte ein Seminar.

G: Nur du gehst mit einem Nervenzusammenbruch zum Seminar.

A: Ich muss. Teilnahme am Unterricht ist Pflicht.

G: Hast du dich verletzt?

A: Nicht schlimm.

G: Wo?

A: Bauch. Ist schon okay. Keine Klinge.

G: Sagst du's deiner Mom?

A: Auf keinen Fall. Vielleicht der Therapeutin.

G: OK.

G: Kein Junge ist das wert.

A: Es ist ja nicht seine Schuld, sondern meine. Ich hab keine Stressbewältigungsstrategien.

G: Okay. Kannst du dir welche zulegen?

A: Ha! Das versuche ich schon mein ganzes Leben.

G: Was machst du jetzt?

A: Mich mit meinem untreuen Freund treffen.

G: Mach's nicht. Sag ihm ab, bis es dir besser geht.

A: Mir wird's nie besser gehen.

G: Das ist die richtige Einstellung! 🖤

12:32 EST

G: Wie läuft's?

A: Keine Ahnung.

G: Wie das?

A: Keine Ahnung.

G: Soll ich mit ihm reden?

A: Nein.

21:40 PST

A: Hör auf, mich anzuFaceTimen!

G: Ich will mit Jake reden!

A: Du bist betrunken. Geh nach Hause.

G: Jazmin meint, du sollst ihn abschießen.

A: Ihr seid beide betrunken.

G: Jazmin will mit Jake reden!

A: Und ausgeschaltet.

VON: GenX1999@gmail.com

AN: Ava.Helmer@gmail.com

BETREFF: WTF ist passiert?

VON: Ava.Helmer@gmail.com

AN: GenX1999@gmail.com

BETREFF: Re: WTF ist passiert?

Ich will nicht drüber reden.

VON: GenX1999@gmail.com

AN: Ava.Helmer@gmail.com
BETREFF: Re: WTF ist passiert?

Was ist los??? Geht's dir gut??

VON: Ava.Helmer@gmail.com

AN: GenX1999@gmail.com
BETREFF: Re: WTF ist passiert?

Alles okay. Mir geht's besser. Ich weiß nur, dass dir nicht passen wird, was ich erzählen würde, also will ich nicht drüber reden.

VON: GenX1999@gmail.com

AN: Ava.Helmer@gmail.com
BETREFF: Re: WTF ist passiert?

»So läuft das nicht in einer Freundschaft.« – Ava Helmer 2014, 2015, 2016, 2017

Mir ist ganz egal, »was« passiert ist. Wichtig ist mir nur, ob du okay bist.

VON: Ava.Helmer@gmail.com

AN: GenX1999@gmail.com

BETREFF: Re: WTF ist passiert?

Ich bin okay. Ich hab mit Jake geredet. Hat sich herausgestellt, dass er dachte, ich hätte es längst gewusst. Er ist davon ausgegangen, dass Mädchen sich immer alles erzählen und das längst vergessen ist. Er hat nie wirklich auf sie gestanden, sondern sich nur vom Dreh mitreißen lassen. (Nach dem Dreh hat er eingesehen, dass sie »eine blöde Bitch« ist. Kann ich nicht bestätigen, ich finde sie nur etwas distanziert.) Wenn überhaupt hat der Vorfall ihm klargemacht, wie sehr er mich mag. Außerdem haben wir über die Sache mit der Verbindung geredet, und jetzt verstehe ich seinen Standpunkt besser. Er will, dass wir zusammen Spaß haben und mehr Zeit miteinander verbringen, und er glaubt, dass es leichter ist, wenn wir beide in Verbindungen sind. Ich habe ihm gesagt, dass ich ganz unvoreingenommen mit auf die Date Dash Party komme und keine voreiligen Entscheidungen treffen werde. Er fühlt sich mies, weil ich mich mies gefühlt habe, und hat mir so lange wie noch nie irgendjemand übers Haar gestreichelt. Ich weiß auch nicht. Ich will ja glücklich sein. Und er macht mich (fast immer) glücklich. Mach mir keine Vorwürfe.

NACHRICHT

23:56 EST

G: OK. Love you.

A: Findest du, ich verhalte mich bescheuert?

G: Leg mir nichts in den Mund! 💁‍♀️

VON: GenX1999@gmail.com

AN: Ava.Helmer@gmail.com

BETREFF: Und die Handlung verdichtet sich

Gestern Abend hat Kent, mein Redakteur, in unserer wöchentlichen Sitzung verkündet, dass unser Fakultätsberater, Ric, aufgrund familiärer Verpflichtungen im mittleren Westen zurücktritt. Zunächst mal ist das schräg. Und total vage. So was sagt man keiner Truppe neugieriger Reporter. Jetzt wollen natürlich alle rausfinden, was mit seiner mysteriösen Familie im mittleren Westen los ist, dass er dafür einen so genialen Job beim Boston Globe hinschmeißt. (Meine Theorie beinhaltet eine zweite, geheime Familie und ein uneheliches Kind.)

Fürs Erste hat man uns eine Übergangsberaterin zugewiesen, und die ist keine andere als – Trommelwirbel – meine gute alte Freundin Charlotte Huang. Jetzt hatte ich also Sex mit meiner LA und meiner Fakultätsberaterin. Cool, was?

Allerdings war nicht jeder von diesen Neuigkeiten begeistert. Mit nicht jeder meine ich Alex. Er hat sogar den Raum verlassen, nachdem Kent es uns mitgeteilt hatte.

Ich glaube, außer mir hat es keiner bemerkt, weil ich die Einzige war, die jede seiner anbetungswürdigen Bewegungen beschattet. Nachdem alle ihre neuen Aufträge hatten, war das Meeting beendet und ich habe Alex im Flur gefunden, wo er wie wild getippt hat. Ich hab ihn wissen lassen, dass er einen fesselnden Artikel über die neuen Schlüsselkarten für die Wohnheime zu schreiben hat. Er hat mich nicht mal angesehen.

Nach einer Minute Schweigen hat er schließlich geknurrt: »Ich arbeite für niemanden, der ganz offen transphobisch ist.« Iiiiek! Was soll man dagegen sagen? Und will ich überhaupt was dagegen sagen, da er ja meine größte Konkurrenz ist? Wenn er geht, gehört die feste Stelle im Team mir. Nichts, was man gerne zugibt, aber so habe ich in dem Moment gefühlt. Außerdem war ich verlegen, weil ich nicht trans bin und deshalb nicht nachfühlen kann, wie es ist, wenn man sich angegriffen und unsicher fühlt. »Ist doch nur vorübergehend.« Das war nicht die richtige Antwort. Alex hat sich darüber aufgeregt, dass man mit schlechtem Benehmen immer durchkommt, weil sich niemand wehrt, solange es »keine große Sache ist«. Zu meiner Verteidigung hatte ich das Ausmaß von Charlottes Transphobie nicht gekannt. Alex hat mir einen ihrer Artikel gezeigt, in dem es um Rückzugsorte für Frauen ging, und er war … fragwürdig. Sie hat sich bemüht, pc zu sein, aber unterschwellig war es spürbar

Nachdem ich meine Kinnlade vom Boden aufgesammelt hatte, habe ich Alex geraten, mit Kent zu sprechen. Vielleicht könnten sie uns jemand anderes schicken. Es ist ja nur eine Aushilfsstelle und wurde nicht irgendwie offiziell außerhalb von unserem Meeting bekanntgegeben. Aber Alex wollte nicht. Er will nicht wie eine Heulsuse und Petze rüberkommen. Lieber geht er und setzt damit ein Zeichen. Und schreibt vielleicht einen Enthüllungsbericht darüber für das EM Magazine (unsere größte/einzige Konkurrenz).

Ich fand das bescheuert. Und ich finde es immer noch bescheuert. Also habe ich mir Kent geschnappt und ihm Charlottes Artikel gezeigt. Kent meinte: »Sind du und Charlotte nicht verbandelt?« WHOA, KENT!!! Woher weiß er das?? Und überhaupt, wer sagt denn »verbandelt sein«???

Schnell habe ich mit Nein geantwortet, aber erst nachdem Alex so knallrot geworden war, wie ich es in der freien Natur noch nie erlebt habe. Vor Wut? Verlegenheit? Eifersucht? Einem mir höchst vertrauten Verlangen danach, Kent zu erwürgen?

Kent hat versprochen, er würde mit der Redaktionsleitung und dem Chefredakteur reden und sehen, was sich machen lässt (ich vergesse immer wieder, dass er nicht wirklich das Sagen hat, weil er in seinen klitzekleinen Hemden eine so gebieterische Ausstrahlung hat). Ich hab danke gesagt. Alex hat gegrunzt.

Dann ist Kent losgezogen, um zu tun, was auch immer Kent so tut (inzwischen tippe ich auf NSA-mäßige Spionage). Als er weg war, habe ich Alex gefragt, ob wir uns irgendwohin verziehen und reden wollen. Aber er hat abgelehnt.

Ich wünschte, ich könnte das näher ausführen, aber er hat buchstäblich nur »Nein« gesagt und ist abgerauscht. WTF? *Ich* habe keine transphobischen Artikel geschrieben, Alex! Warum bist du sauer auf mich??? Männer sind doch bekloppt!

VON: Ava.Helmer@gmail.com

AN: GenX1999@gmail.com

BETREFF: Re: Und die Handlung verdichtet sich

Hier ist noch ein bekloppter Gedanke: Vielleicht solltest du jeden ausgiebig googlen und seine Online-Profile checken, bevor du Sex mit ihm hast? Wusstest du wirklich nicht, dass Charlotte problematisch ist? Bitte sag mir, dass du endlich mit ihr abgeschlossen hast.

NACHRICHT

10:05 EST

G: Für jemand, der nicht will, dass man ihm Vorwürfe macht, schmeißt du ganz schön mit Vorwürfen um dich.

A: Jake ist nicht offen transphobisch.

G: Woher weißt du das? Ist ja nicht so, als wärst du bei dem Thema super aufgeklärt.

A: ???

G: Du hast mich nach Alex' Genitalien gefragt.

A: Das war unter uns!!!

G: Trotzdem.

A: Ach, dann darf ich also nichts mehr fragen?

A: Klingt nach nem SUPER Plan, auf dem Laufenden zu bleiben.
G: Ich mach doch nur Spaß.
A: Klar.
G: Mit Charlotte bin ich fertig.
A: Klar.

NACHRICHT

15:25 PST
A: Hast du mit meiner Mom geredet?
G: Y?
A: Also hast du mit ihr geredet?
G: Ja. Sie meldet sich immer mal wieder. Ich bin die Tochter, die sie nie hatte.
A: Hast du ihr erzählt, dass ich mich schneide?
G: Nein …
A: GEN! Es waren nur ein paar Kratzer. Jetzt will sie, dass ich wieder bei ihnen einziehe!
G: Was?! Ich habe gesagt, dass sie sich nicht aufregen soll.
A: Warum hast du ihr überhaupt davon erzählt???
G: Nur, damit es außer mir noch jemand auf dem Schirm hat. Ich bin so weit weg, ich fühle mich hilflos.
G: Ich will nur, dass sich die elfte Klasse nicht noch mal wiederholt.
A: Tja, die Chance dafür ist gerade gestiegen, da meine Eltern jetzt mein Leben ruinieren werden.

G: Kannst du nicht mit ihnen reden? Ganz bestimmt reagieren sie nur über und beruhigen sich wieder.
A: Klar, meine Eltern sind ja auch so ruhig und rational, wenn es um meine psychische Gesundheit geht.
G: Das tut mir leid. Soll ich sie noch mal anrufen?
A: Nein. Du hast schon genug angerichtet.

17:21 PST
A: Sie meinen, ich darf bleiben.
G: Echt??? Das ist super!
A: Ja. Aber wenn ich's noch mal mache, muss ich aus dem Wohnheim raus.
G: Wirst du's wieder tun?
A: Ihr kapiert das alle einfach nicht. Es ist einfach nur Stressbewältigung. Wenn ich mich tatsächlich umbringen wollte, würde ich mich einfach umbringen.
G: Was für ein tolles Argument.
A: Ich will nicht mehr mit dir reden.
G: Super. Tut mir leid, dass du mir wichtig bist!

VON: GenX1999@gmail.com
AN: Ava.Helmer@gmail.com
BETREFF: Sein oder nicht sein

Dana Scully zu Halloween? Oder vielleicht Sia? Ich könnte mir einfach nur ne Decke übers Gesicht ziehen? Es gibt so viele Möglichkeiten und interessante Artikel:

18 Feminist Costumes for Halloween

14 Badass Ladies to be this Holiday Season

32 reasons not to Slut Shame on HALLOWEEN

Irgendwie würde ich auch gerne als meine kleine Schwester gehen, und wenn die Leute dann fragen, was ich bin, kann ich sagen: »Ein Fehler.« JUST KIDDING. Sie lieben sie viel mehr als mich.

Als was verkleidest du dich, Prinzessin?

💀🎃
G

VON: Ava.Helmer@gmail.com
AN: GenX1999@gmail.com
BETREFF: Re: Sein oder nicht sein

An diesem Halloween gehe ich als: Vor-Scham-im-Boden-versunken. Bisschen abstrakt, aber ich glaube, man wird's mir abkaufen.

Das Gamma Phi/ZBT Date Dash war gestern Abend. Ich kann schon jetzt verkünden, dass es mein letztes Gamma Phi Event war, es sei denn, ich werde als coolerer Mensch wiedergeboren.

Alles fing ganz gut an, weil Jake da war. Ich musste mir keine Gedanken machen, wo ich mich im Bus hinsetzen soll, weil ich neben ihm saß. Ich musste mir keine Gedanken machen, wo es lang geht, weil ich mit ihm mitgekommen bin. Ich habe mich sehr sicher und umsorgt gefühlt.

Aber dann hat Jake sich betrunken. Und ein betrunkener Jake kann absolut nicht still sitzen. Ich hatte ihn praktisch sofort aus den Augen verloren und stand alleine rum, obwohl die Party für meine Verbindung geschmissen wurde. Alle waren super besoffen, aber ich habe nicht mehr als einen Schnaps runterbekommen und hatte da schon das Gefühl, gleich kotzen zu müssen. Irgendwann habe ich Jake dann wiedergefunden, und zwar auf der Tanzfläche, wo er sich krass zum Affen gemacht hat.

Ich wollte, dass er sich mit mir setzt, aber er hat sich nicht überreden lassen. Er meinte, ich könnte entweder mittanzen oder gehen. Also bin ich gegangen. Ich habe die Party verlassen. Was nicht vorgesehen ist. Aber ich hab's einfach nicht mehr ertragen, also habe ich mir ein Uber gerufen. (Das war so was von gegen die Regeln, nur um dir einen Eindruck von meiner geistigen Verfassung zu geben.)

Bis 1 Uhr bin ich wach geblieben und habe darauf gewartet, dass Jake mich anruft, aber das ist nicht passiert. Ich schicke gerade meine Austrittserklärung ab. Wenigstens Emma freut sich für mich. Oder zumindest hoffe ich, dass sie sich freut, wenn ich es ihr sage.

NACHRICHT

11:54 EST

G: Bitte sag, dass du ihn abschießt.

A: Falls er sich je die Mühe macht, sich noch mal zu melden. Vielleicht hat er vergessen, dass er eine Freundin hat.

G: So verhalten hat er sich jedenfalls.

G: Ich kann's nicht erwarten, dass du jemanden kennenlernst, der dich so sehr liebt wie ich.

A: Als platonische Freundin?

G: Witzig.

G: Tut mir leid, dass er so ein Arsch ist.

G: Bist du offiziell ausgetreten?

A: Ja, aber noch hat keiner zurückgeschrieben.

A: Vielleicht haben sie schon vergessen, dass ich überhaupt in der Verbindung war.

G: Wer bist du noch mal?

G: NUR SPASS. Ich könnte dich nie vergessen!

A: Ach. Warte mal noch ein Jahr ab.

A: Jazmin klingt ziemlich cool.

G: Ja. Zu cool. Ich bevorzuge es, selbst die Coole zu sein.

A: Na, in dem Fall: BFF 4 LYFE

VON: GenX1999@gmail.com

AN: Ava.Helmer@gmail.com

BETREFF: Sportskanone Shannon

Um meine Studien über Shannon weiterzuführen, habe ich ihre Einladung zu einem Quidditch-Spiel angenommen. Zu meinem Pech war es wenig magisch. Dafür gab es beschissen viel unverfrorene Nerdigkeit.

Und was wird von Nerds magisch angezogen? Kent, mein Redakteur, natürlich – wer sonst?! Dieser Typ ist nebenberuflich als offizieller Ansager für sämtliche Quidditch-Spiele in der Bostoner Gegend tätig! Er ist sogar ziemlich witzig, und ich habe nicht nur eins, nein, gleich drei lebendige Weibchen gesehen, die für ihn geschwärmt haben. Kein Wunder, dass der Kerl so viel schräge Überheblichkeit ausstrahlt!

Shannon ist Auswechselspielerin für die Boylston Berserkers, aber das hat sie nicht davon abgehalten, DIE GANZE ZEIT zu brüllen. Die hat vielleicht ein Schlappmaul! Von Anfang bis Ende hat sie die Old North Outlaws beschimpft, und wenn außer mir noch jemand zugehört hätte, wäre ganz bestimmt eine Besen-Prügelei ausgebrochen. Jazmin und ich waren total fasziniert.

Ich wünschte, ich könnte dir sagen, wer gewonnen hat, aber ich war zu gebannt von Kents sendreifen Kommentaren und Shannons aufgestauter Wut.

Vielleicht fragst du dich, warum sich jemand die Mühe macht, ein Spiel zu spielen, das es gar nicht gibt? Ich kann's dir nicht sagen! Wahrscheinlich sind ein eher mageres Sozialleben an der Highschool und Emersons mangelndes Angebot an richtigem Sport nicht ganz irrelevant. Jedenfalls hatte der ganze Tag einen sehr britischen Touch – ein netter, billiger Weg, sich kultiviert zu fühlen.

Ich würde Quidditch 4 von 5 Sternen geben. (Ein Stern Abzug, weil die Besen nicht wirklich fliegen.)

Nächster Punkt auf der Liste: Ohne ihre Erlaubnis Shannons Beauty-Routine beobachten.

Wie geht's dir, Süße?

VON: Ava.Helmer@gmail.com

AN: GenX1999@gmail.com

BETREFF: All the single ladies

Es ist offiziell: Ich habe einen Exfreund. Nachdem ich den ganzen Tag nichts von Jake gehört hatte, schrieb er schließlich: »Bin grade aufgewacht J Musste ordentlich (meinen Rausch) ausschlafen.«

WIE BITTE???? Hat er nicht gemerkt, dass ich GEGANGEN bin? Wie ist das möglich?? Also habe ich zurückgeschrieben: »Wir müssen reden.« Er: »Y?« Grandioser Anfang!

Innerhalb einer Stunde war ich bei ihm, habe geheult und ihn angefleht, nicht mit mir Schluss zu machen, obwohl ich ursprünglich gekommen war, um IHN abzuservieren! Wie genau das passieren konnte, weiß ich selbst nicht. Wahrscheinlich hatte ich mit ein bisschen Widerstand oder Betteln gerechnet, aber er meinte nur: »Ich hab auch schon daran gedacht.« FUCK YOU! Seit wann???

Seine Reaktion hat mich so fertiggemacht, dass ich verzweifelt versucht habe, alles wieder gutzumachen. Ich komme emotional kaum damit klar, jemanden in die Wüste zu schicken. Aber in die Wüste geschickt zu werden, ist definitiv zu viel für mich. Hat aber nichts gebracht. Für ihn war die Sache gelaufen.

Als deutlich wurde, dass er seine Meinung nicht ändert, bin ich davongestürmt – mit den Worten: »Sag Bescheid, wenn du Sophias Nummer willst!« Seine (gemurmelte) Antwort: »Die hab ich schon.«

ERINNERE MICH DARAN, NIE WIEDER MIT EINEM KERL WAS ANZUFANGEN! GEFÜHLE SIND ZUM KOTZEN! MENSCHEN SIND ZUM KOTZEN!

Vielleicht zieh ich doch wieder nach Hause.

NACHRICHT

12:17 EST

G: Zieh nicht wieder zu deinen Eltern.

A: Warum nicht? Meine Eltern sind die einzigen Menschen an dieser Küste, die mich mögen.

G: Was ist mit Sophia? Was ist mit Emma?

A: Was soll mit denen sein? Ich seh sie doch nie.

G: Was ist mit Curtis?

A: Der hat eine Freundin!

G: Als Kumpel!

A: Dafür hab ich ihn zu oft angebrüllt.

G: Ich bin deine Freundin! Und mich brüllst du ständig an!

A: Echt???

A: Kein Wunder, dass mich niemand mag.

G: Ruf Emma an. Unternehmt was.

A: Zu peinlich.

G: Klar. Jemanden fragen, ob er was unternehmen will = total peinlich.

A: Fragst du einfach irgendwelche Leute, ob sie was mit dir machen wollen???

G: Andauernd. Ich habe seit Jahren keinen Moment allein verbracht.

A: Vielleicht wechsle ich an die Emerson.

G: Wir würden uns freuen, dich bei uns aufzunehmen!

VON: GenX1999@gmail.com

AN: Ava.Helmer@gmail.com

BETREFF: Weißt du noch, als Zayn One Direction verlassen hat??

Das hier ist genauso, nur dass viel weniger Leute sich dafür interessieren. Alex hat offiziell beim Beacon gekündigt, nachdem Kent darin versagt hat, einen Ersatz für Charlotte aufzutreiben. Kent hat zwar versprochen, dass Charlotte nächstes Semester wieder verschwunden sein wird, aber das war nicht genug. Also hat Alex im Alleingang einen Enthüllungsbericht gepostet – über die zur Norm gewordene Transphobie, die von der falsch-liberalen Homogemeinde verfestigt wird. Nachdem er ihn auf seinem Tumblr veröffentlicht hatte, ist DigBoston darauf gestoßen und hat ihn auf dem eigenen Blog eingestellt. (DigBoston gehört zu den besten alternativen Wochenmagazinen. Eins der ersten, die Dan Savages Kolumne eingekauft haben.)

Kent, mein Redakteur, ist Amok gelaufen. Was in seinem Fall bedeutet: Er wurde dezent zornig und war enttäuscht. Er hat an alle Mitarbeiter eine Mail rausgeschickt, um sich für die »Situation« zu entschuldigen und alle darum zu bitten, sich mit der Redaktionsleitung abzusprechen, bevor sie über Alex' Kündigung in der Öffentlichkeit sprechen.

Dann hat er mich auf einen Kaffee eingeladen. Ich dachte schon, ich hätte mich irgendwie automatisch mitschuldig gemacht, da Kent offenbar alle meine sexuellen Kontakte mit Argusaugen überwacht, aber er wollte nur meine Meinung hören. Anscheinend ist Kent vor allem deshalb so getroffen, weil er glaubt, einen seiner Autoren hängengelassen zu haben. Er wollte wissen, wie ich darüber denke und ob ich irgendwelche Ratschläge hätte, wie er mit der Situation umgehen sollte. Soll er sich dafür einsetzen, dass Charlotte die Zeitung verlassen muss oder alles auf sich beruhen lassen? Soll er sich bei Alex IRL entschuldigen oder ihn in Ruhe lassen?

Irgendwie hat es sich angefühlt, als würden einen die eigenen Eltern um Hilfe bitten. Was gar nicht SO überraschend sein sollte, da *meine* Eltern zum Beispiel rein gar nichts auf die Reihe bekommen. Aber Kent habe ich immer für kompetent und selbstsicher gehalten. Dabei ist er auch nur ein unsicherer Schisser wie wir alle!

Ich hab ihm geraten, sich bei Alex per Mail zu entschuldigen und den Kreuzzug gegen Charlotte weiterzuführen, bis wir sie los sind. Keine Ahnung, ob der Rat gut ist, aber es kam mir wie die jugendfreiste und sozial gerechteste Option vor. Er hat fünfzehnmal hintereinander genickt und dann gefragt, ob ich meine Heiße Schokolade zu wässrig finde. (Als er sich selbst mal eine bestellt hat, hat sie angeblich nach nichts geschmeckt.) Ich weiß inzwischen, dass ich homo/queer/ohne Label bin, aber wäre ich ein einfaches Heteromädchen ohne Sexualtrieb, würde ich Kent heiraten. Und ihm neue Hemden kaufen.

Gerade bin ich auf dem Weg zu Alex. Auf meine Anrufe hat er nicht reagiert, also werde ich ihm eine Nachricht in sein Apartment bringen. Fühlt sich romantisch und

Old School an. Hoffentlich können wir eines Tages eine lange, polyamoröse Beziehung miteinander führen.

»I've got 99 problems but a bitch ain't one.«
G

NACHRICHT

17:32 PST
A: Warum gehst du zu ihm nach Hause, wenn er dich nicht zurückruft?
G: Romantik.
A: Was steht in deiner Nachricht???
G: Glückwunsch zu deiner Story. Hier ist ein Nacktbild.
A: Du hast ein Nacktfoto reingelegt???
G: Wozu sonst eine IRL-Nachricht?
A: Ist dein Gesicht mit drauf???
G: Nein. Nur mein Hinterkopf. Jungs stehen drauf.
A: Soll das ein Witz sein?? Ich hab nämlich ernsthaft null Ahnung, worauf Jungs stehen.
G: Oooooooh, Süße.
G: Sie stehen auf Gesichter.
A: Ist notiert.

VON: Ava.Helmer@gmail.com

AN: GenX1999@gmail.com
BETREFF: Durchgeknallt

Es ist offiziell! Jeder in meinem Leben will eine Katatonikerin aus mir machen! Ich nehme bereits Medikamente, aber Dr. Baker findet, wir sollten was Neues ausprobieren. Sie will, dass ich meinen Psychiater wechsle und es mit einem der wenigen SSRIs versuche, die man mir nicht schon mal verschrieben hat. Was für Freuden das für mich wohl bedeuten wird?! Gesichtsschweiß? Gewichtszunahme? Unerträgliche Schlaflosigkeit? Vielleicht werden die Nebeneffekte aber auch mal was ganz Neues und Aufregendes sein! Wie zum Beispiel Albträume! Grenzenlose Möglichkeiten erwarten dich, wenn die Welt der Medizin entschlossen ist, dich »zu reparieren«!

Darf ich dir den gruseligsten Teil anvertrauen? Ich will katatonisch sein. Wenn wir irgendeinen Medikamentencocktail brauen können, mit dem man Angstzustände und obsessive Gedanken loswird, bin ich dabei! Auch, wenn ich dafür die ganze Zeit schlafen muss. Denn die Aussicht, den Rest meines Lebens ICH sein zu müssen, raubt mir sowieso jede Kraft.

Dr. Baker war komischerweise mehr darüber besorgt, dass ich aus der Verbindung ausgetreten bin, als wegen der Schnitte. Sie befürchtet, dass ich mich absichtlich isoliere und andere Leute zurückweise, bevor sie die Chance haben, mich zurückzuweisen. Interessante Theorie, Chérie! Und was soll ich jetzt machen? Mich an Leuten festklammern, die mich nicht leiden können? Das hab ich versucht, die komplette Mittelstufe durch, bis Leslie Jenkins sogar weggezogen ist.

Sie findet, ich sollte mir mehr Mühe geben, Freunde zu finden. Angeblich versprühe ich »abweisende Vibes«. Mir persönlich macht es Sorgen, dass eine seriöse Expertin den Begriff »Vibes« verwendet, aber wahrscheinlich habe ich im Moment ganz andere Probleme. Ich bin nicht abweisend. Man hat mir nur mein Leben lang eingetrichtert, mich nicht »so aufzuregen« und »cooler zu bleiben«. Tut mir ja leid, wenn ich jetzt zu cool bin. (Cool im schlechten Sinn, nicht im coolen Sinn.)

Der Sozialkompetenzkurs war offensichtlich fürn Arsch!

Nächste Woche habe ich einen Termin bei ihrer Lieblingspsychiaterin, außerdem hat sie mir eine Hausaufgabe gegeben: Ich soll jeden Tag zu mindestens einer Person Kontakt aufnehmen. Ich hab gefragt, ob du auch zählst. Die Antwort war Nein.

Drück mir die Daumen. Bis Weihnachten bin ich hoffentlich komplett unansprechbar.

VON: GenX1999@gmail.com

AN: Ava.Helmer@gmail.com
BETREFF: Re: Durchgeknallt

Diese Baker hat echt Ahnung!
Ich hab dir doch gesagt, du sollst mehr auf Leute zugehen! Jeder will gerne mehr Freunde! Und wenn's nur für die Extra-Likes ist.

Tut mir leid wegen der Medikamente. Aber vielleicht brauchst du am Ende ja gar nicht MEHR davon, sondern nur ANDERE? Probieren kann nicht schaden, wenn das Aktuelle nicht funktioniert. Darf ich vielleicht ein letztes Mal Marihuana vorschlagen? Ich hab gehört, dass Alprazolam einem die Leber versaut.

Das Neueste aus Boston: Alex hat auf mein Nacktfoto mit einem LOL reagiert. Noch bin ich unsicher, wie ich das verstehen soll! Aber du weißt ja, ich stehe auf Rätselhaftes.

Charlotte will mit mir über alles reden. Ich gebe mir Mühe, das vor mir herzuschieben … was schwierig ist, wegen Unterricht und dem Beacon. Zum Glück hab ich schon mit 11 gelernt, wie man sich aus dem Haus schleicht!

NACHRICHT

12:27 PST
A: Gehe jetzt mit ein paar Leuten aus dem Drehbuch-Kurs Mittagessen.
A: Obwohl ich kein Sushi mag.
G: Braves Mädchen!
A: Sophia ist nicht dabei, also kann ich mich nicht verstecken.
G: Gut so. Gönn es dir in vollen Zügen, Baby!
A: Igitt. Ich hasse Sushi.
G: Dann hol dir Reis.

VON: GenX1999@gmail.com
AN: Ava.Helmer@gmail.com
BETREFF: Bahnbrechende Entdeckung erschüttert Boylston Street

Als ich zuletzt fleißig für Geo/Naturkatastrophen gebüffelt habe, hatte ich einen Geistesblitz. Obwohl kein direkter Zusammenhang zum Bhola-Zyklon von 1970 besteht, bilde ich mir ein, dass er davon inspiriert war, dass der Wind of Change wehte.

Wie du dich vielleicht erinnerst, habe ich den Entschluss gefasst, mich in Bezug auf meine Sexualität (und Wahlpartei, aber das hat eher mit meinem unabhängigen Freigeist zu tun) in keine Schublade stecken zu lassen. Meine Highschool-Erfahrungen konzentrieren sich hauptsächlich auf heterosexuelle Kontakte, gewürzt mit einem seltsamen lesbischen Rumgeknutsche. Seit ich auf dem College bin, sind meine Energien eher aufs Weibliche ausgerichtet, während hin und wieder ein Heteromann auftaucht. Ganz aktuell ist ein Trans-Mann Objekt meiner romantischen Begierde. Was hat all das in der Achterbahn der Sexualität zu bedeuten? Wer bin ich? Wer war ich? Wer will ich sein?

QUEER!

Früher mal eine Beleidigung, haben sich viele in unserer Gemeinschaft diesen Begriff als Sammelbezeichnung für nicht-heterosexuell zu eigen gemacht. Er ist ebenso exklusiv wie schwammig. Er erlaubt mir, mit jedem x-beliebigen Menschen eine Beziehung einzugehen, ohne mich neu definieren zu müssen.

Die Queer-Gemeinde ist weitläufig und wundervoll. Eine Welt, die sich bereits sicher anfühlt und dennoch erforscht werden will. Obwohl ich es nicht auf eine romantische Beziehung mit einem Hetero-Mann anlege, sehe ich keinen Grund, weshalb ich irgendjemandem diese großartige Erfahrung, die sich Genevieve nennt, vorenthalten sollte.

Nach Jahren, in denen ich mich still und leise mit meiner Identität auseinandergesetzt habe, verspüre ich nun ein Gefühl überwältigender Ruhe.

Ich bin angekommen, Babyyyyy!
G

NACHRICHT

7:32 PST

A: Mit wem hast du in der Highschool rumgeknutscht????

A: Bitte nenn mir nur die Mädchen. Ich hab nicht den ganzen Tag Zeit.

G: Kennst du nicht.

A: LÜG MICH NICHT AN!

G: Ich kann doch niemanden outen!

A: FUCK YOU UND DEINE ANDEUTUNGEN!

G: Hahahahaha.

G: Wenn du von selber drauf kommst, sag ich's dir.

A: Liza Perez.

G: Nein.

A: Casey Winter.

G: Mehr als einmal raten ist nicht drin!

A: Du bist ein furchtbarer Mensch und eine noch viel schlimmere Freundin!

A: Glückwunsch zum Queersein, du Bitch!

G: 🖤🌈

VON: Ava.Helmer@gmail.com
AN: GenX1999@gmail.com
BETREFF: Bitte abonnieren!

Curtis hat einen schlechten Einfluss auf mich. Nach einer allerletzten Bearbeitungsrunde hat er mich dazu überredet, einen YouTube-Channel einzurichten, damit ich den Film veröffentlichen kann. Ich habe ihm gestanden, dass ich den Film nicht gut genug finde, um ihn irgendwo einzureichen. Statt sich darüber aufzuregen oder beleidigt zu sein, hat er nur mit den Schultern gezuckt und gemeint, ich soll ihn einfach hochladen. Wozu was machen, wenn keiner es zu sehen bekommt. Meine Antwort: »Auch, wenn es echt schlecht ist?« Er gab mir recht, dass *bestimmte* Dinge das Schnittstudio nicht verlassen sollten, aber unser Film gehöre nicht dazu.

Also hab ich jetzt einen Channel. Er heißt *Ava Help-her Films*. Das Coverfoto ist ein Honigdachs. Wenn sich irgendjemand das bescheuerte Teil anschaut, überleg ich mir, wie man so einen Kanal etwas schöner gestalten kann.

Ich hab Riesenschiss, gleichzeitig denke ich mir: Was soll's? Wie viel schlimmer kann es noch werden? Womöglich viel schlimmer! Wer weiß?!

Jedenfalls ist das Video jetzt online. Vor allem, damit du endlich aufhörst, mich anzubetteln. Danach willst du wahrscheinlich nie wieder was von mir sehen!

PS: Ist *Help-her* lustig oder blöd??
PPS: Ist eh schon zu spät.

VON: GenX1999@gmail.com

AN: Ava.Helmer@gmail.com

BETREFF: Re: Bitte abonnieren!

HOLY SHIT! I love it!! Also, naja, Jakes blöde Fresse zu sehen, war blanker Hass, aber davon abgesehen fand ich den Film hinreißend und süß! (Genau wie das Foto von dem Honigdachs. Ich würde es vielleicht sogar lassen???) Ich bin mega stolz auf dich, meine kleine Deprimaus!

Ist hoffentlich okay, aber ich hab den Link hier und da geteilt. (Überall.) Ich will daraus eine Internetsensation machen, damit du mir durch AdSense meinen Cherry-Coke-Genuss finanzieren kannst.

Echt genial! Mach noch eins, aber nur mit Ladys! Männer brauchen nicht noch mehr Filmpräsenz!

NACHRICHT

13:14 EST

G: Man zwingt mich zur Konfrontation.

A: Mit der grausamen Realität der Sterblichkeit?

G: Gewissermaßen. Charlotte zwingt mir ein gemeinsames Mittagessen auf.

A: Nein! Lauf!

G: Zu spät! Sie hat schon gezahlt.

A: Mir war immer klar, dass deine Knausrigkeit mal dein Verhängnis wird.

G: cash.me/genevievegoldman

VON: GenX1999@gmail.com

AN: Ava.Helmer@gmail.com

BETREFF: Mystique

Charlotte ist vielleicht keine Gestaltwandlerin, aber, Mann, ist die Frau schwer einzuordnen! Während eines einzigen Mittagessens hab ich sie gehasst. Sie respektiert. Sie gefürchtet. Und wollte mit ihr ins Bett. Manchmal haben sich diese Gefühle auch überschnitten. Sie hat sich mit keiner Silbe für Alex' Kündigung entschuldigt und mir stattdessen einen Vortrag darüber gehalten, wie wichtig es ist, als Journalistin immer objektiv zu bleiben. Sie findet, ihre Karriere wird gerade von subjektiven Kolumnen und Essays aus ihrer Vergangenheit ausgebremst. Die besten Journalisten bleiben neutral und parteilos, und sie glaubt, ich hätte das Zeug dazu, eine der Besten zu werden. (Dann tut meine Abneigung gegen das Zwei-Parteien-System meiner Karriere sogar gut.)

Alex hat sie nicht direkt erwähnt. Ich wollte die Angelegenheit zur Sprache bringen, wusste aber nicht, wie. Außerdem kam es mir falsch vor, mit Charlotte über ihn zu reden. Ich weiß, es wäre ihm nicht recht.

Ich weiß nicht, wie ich mich bei all dem fühlen soll, andererseits gibt es da womöglich gar nichts zu fühlen. Der Job ist mir inzwischen so gut wie sicher, und bis dahin ist Charlotte längst wieder weg. Ich glaube, ich sollte mich darauf konzentrieren, Alex zu umgarnen, zu schreiben und nicht in Geo/Naturkatastrophen durchzufallen.

Wusstest du, dass der Blizzard im Iran 1972 die meisten Todesopfer aller Zeiten gefordert hat? In den 70ern ging's der guten alten Erde echt so gut.

VON: Ava.Helmer@gmail.com

AN: GenX1999@gmail.com

BETREFF: Re: Mystique

Eigentlich kann ich mir eine Welt, in der du objektiv bleibst, gar nicht vorstellen. Es gibt viel zu viele Dinge, zu denen du eine eindeutige Meinung hast, um niemals einen Kommentar zu schreiben. Alles, was du für den Beacon verfasst hast, hat eine klare Agenda, dabei bist du erst im ersten Semester. Diese Frau manipuliert dich doch, das ist offensichtlich. In Zukunft bezahle ich höchstpersönlich dein Mittagessen, damit so was nie wieder passiert.

Um ein weniger schweres Thema anzuschneiden: Mein Film ist schon über zweitausendmal aufgerufen worden???? Wie hast du das gemacht?

Es gibt eine MENGE negative Kommentare, aber ich versuche, sie nicht zu lesen.

Curtis ist baff.

NACHRICHT

14:47 EST

G: Soll ich dir ein kleines Geheimnis verraten?

G: Ich hab's bei reddit eingestellt.

A: Oh! Clever!

A: Wie viele Geheimnisse hast du sonst noch vor mir?

G: Sag ich dir IRL.

A: Kommst du nach Hause???

G: Nö!

NACHRICHT

17:32 PST

A: Kann ich in meinen normalen Klamotten auf eine Halloween-Party, und wenn die Leute mich dann fragen, was ich bin, sagen: »Gewöhnlich«?

G: HA!

G: Nein.

A: Was, wenn ich dazu fake Uggs trage?

G: Besorg dir ein richtiges Kostüm.

A: Kostüme lösen bei mir Dysphorie aus.

G: Verkleide dich als Dysphorie!

A: Wie denn???

G: Riesige Pillenflasche???

A: Ich werde einfach Katzenohren aufsetzen.

NACHRICHT

21:17 EST

G: Ich hab zu viele Kostüme. Ich muss mich wohl ein paarmal umziehen.

A: Als was gehst du denn??

G: So ziemlich als sämtliche weibliche Superhelden.

A: Aus beiden Universen?

G: Jetzt tu nicht so, als würdest du dich auskennen.

A: Viel Spaß als Iron Woman!

G: 👻🎃

G: Das ist MEIN Weihnachten.

VON: Ava.Helmer@gmail.com

AN: GenX1999@gmail.com

BETREFF: Double double, boys and trouble

Also wenn dieser Abend nicht in die Geschichte eingeht, weiß ich auch nicht! Zumindest solange nichts wirklich Wichtiges mehr passiert.

Spoiler alert: Ich hab gestern mit jemand rumgemacht. ABER ich hätte mit ZWEI Kerlen rummachen können. Zurück zur Story:

Zuallererst habe ich ein wenig Anerkennung dafür verdient, dass ich überhaupt auf eine Halloween-Party gegangen bin. Dort kombinieren sich nämlich zwei meiner größten Ängste: 1) Kostüme. 2) Partys.

Nachdem ich Sophia angefleht habe, mir zu helfen, hab ich schließlich eine Verkleidung gefunden. Wir haben beschlossen, als Republikaner zu gehen. Ich war »Geldkonservativ« (Tennisrock, unechte Perlen) und Sophia war »Sozialkonservativ« (Tarnshorts, Spielzeugpistole). Solange wir zusammen unterwegs waren, hat das super funktioniert, aber allein sah ich einfach nur wie eine Tennisspielerin aus.

Wir waren auf der Party eines Masterstudenten. Er hat alle aus dem Elite-Programm eingeladen. Ich hatte angenommen, es würden nur die Übriggebliebenen aufschlagen, die sonst nirgends eingeladen waren, aber am Ende war es eine echte Szenefeier für sämtliche Filmstudenten. Ich glaube, ich hab sogar ein paar Starkys gesehen (Filmproduktions-Studenten im Masterstudiengang), die man in freier Wildbahn sonst nie antrifft.

Als wir ankamen, hab ich sofort Panik bekommen. Trotz der hämmernden Musik (Mash-ups von Horrorfilm-Soundtracks) hatte ich mit weniger Menschen gerechnet. Sobald wir drin waren, konnte man sich vor Leuten kaum noch bewegen. Zum Glück ist Sophia eine aggressive Partygängerin, die sich in unter einer Minute einen Weg zum Getränketisch freigestoßen hatte. Trotz der offensichtlichen Hygiene- und Sicherheitsdefizite von Bowlen habe ich mich an dieser obszönen Ausschweifung beteiligt.

Wir haben ein paar andere aus unserem Kurs getroffen, die betrunken echt viel witziger sind. Einer, Marc, hatte seinen Ingenieur-Mitbewohner dabei, Shane, der süß war, aber klein. Dafür hat sich Shane die ganze Zeit mit mir unterhalten und so getan, als hätte er noch nie eine Frau einen Witz machen hören. Aber nicht auf herablassende Art. Er fand es echt total geil. Als wäre ich ein Affe, der jonglieren kann. Ich hab noch mehr Bowle getrunken.

Um Mitternacht hockte ich auf einer ekligen Couch mit Shane, der als Zack Galifianakis von *Hangover* verkleidet war, obwohl das 2017 ziemlich veraltet rüberkam. Ich war angetrunken, aber fähig genug, Shanes total nervöse Hand auf meinem Bein zu bemerken. Ich war schon kurz davor, ihm einen Schmatzer aufzudrücken, weil das Leben bedeutungslos ist, als jemand meinen Namen gerufen hat.

Du hast es erraten! Chinatownjake98! Verkleidet als Donald Trump. Er hat mich sofort als »finanzkonservative Republikanerin« erkannt, aber ich habe schnell herausgefunden, dass er sich schon mit Sophia unterhalten hatte. Shane ist aufgestanden, um ihm die Hand zu schütteln, was nett war, aber leider auch den Größenunterschied zwischen den beiden deutlich gemacht hat. Ich wollte Jake abwimmeln, aber er hat gefragt, ob wir »reden« könnten.

Wie weigert man sich, mit jemandem zu reden, ohne als mega Zicke dazustehen? Echt jetzt. Bitte sag's mir für zukünftige Problemsituationen. Shane ist zurück zu seinem Mitbewohner, und ich bin mit dem Typen, der mich entjungfert hat und in meinem Zuhause eine andere küssen wollte, nach draußen.

Jake wollte über den Film reden. Er hat angeblich eine Menge gutes Feedback bekommen und findet, wir sollten ein zweites drehen. Nur sollten wir es diesmal vielleicht auch gemeinsam schreiben. – Wozu sollten wir es gemeinsam schreiben?? – Weil er mich vermisst. Und Jungs drücken sich sehr spezifisch aus. In dem Moment wollte ich gehen, aber er hat mich an sich gezogen. Ich dachte schon, dass er mich küssen will, aber er hat nur gefragt, ob wir nicht Freunde sein könnten. Er will mich als Kumpel, auch wenn der physische Teil der Beziehung nicht geklappt hat. WIE BITTE?! Ich war zu betrunken, um das zu dekomprimieren, also hab ich nur genuschelt: »Wir waren nie Freunde« und bin los, um nach Shane zu suchen.

Was du nun denkst, liebe Leserin, ist, dass man dich auf eine falsche Fährte gelockt hat. Jake wollte gar nicht mit mir rummachen! Also wie konnte ich mit der Möglichkeit winken, dass ich gleich mit ZWEI Typen was hätte haben können? Nun, auf dem Rückweg hat mir dieser echt besoffene Typ zugerufen: »Küss mich!«, und ich sagte: »Nein, danke«. Dann hab ich Shane gefunden und mit ihm rumgeknutscht, wobei ich die ganze Zeit nur an Jake gedacht habe. Ist Erwachsensein immer so? Haben wollen, was man nicht hat?

Shane war den ganzen Abend ein perfekter Gentleman und hat mich sogar nach Hause gebracht. Er hat mich nach meiner Nummer gefragt, aber ich hab sie ihm nicht gegeben, denn ich will ihn nicht wiedersehen. Er ist zu klein und zu ernst.

Auf einer Skala von eins bis eindeutig: Wie sehr habe ich mein Unglück verdient?

WIE WAR DEIN ABEND? Auf Instagram hab ich mindestens fünf Kostüme gesehen! Black Widow war mein Favourite. Geile Perücke.

NACHRICHT

12:43 PST
A: Bist du von einem Werwolf gefressen worden???

13:32 PST
A: Hallo???

15:07 PST
A: Kannst du nächstes Halloween von den Toten auferstehen?
G: Sry. Sry. Bin bei Alex.
A: Echt??? Was geht??
G: Kann nicht schreiben. Er findet das unhöflich.
G: 🩶

VON: Ava.Helmer@gmail.com

AN: GenX1999@gmail.com

BETREFF: Die Regeln der Freundschaft

Liebe beste Freundin,

wie du aus diversen Lektionen in Sachen Freundschaft weißt, gibt es ein paar einfache Richtlinien, die dabei helfen, eine gesunde Freundschaft aufrechtzuerhalten. Einer dieser »Tipps« ist eine zeitnahe Antwort. In unserer heutigen Zeit ist Technologie jederzeit griffbereit und abgesehen von einer Naturkatastrophe gibt es keine glaubhafte Gelegenheit, zu der du nicht in der Nähe deines Handys bist. Diese Regel zu befolgen ist besonders klug, wenn Freunde ganze Zeitzonen voneinander entfernt sind. Zum Zweiten ist es unerlässlich, stetige Updates zur Verfügung zu stellen, vor allem nach Wochenenden und einschneidenden Ereignissen. Drittens ist es unabdingbar, nachzufragen, ob deine Freundin nach Wochenenden und einschneidenden Ereignissen wichtige Updates hat. (Das ist so logisch, dass man es nicht dazu sagen müssen sollte.)

Zu diesem Zeitpunkt wird eine Prüfung der Einhaltung dieser Richtlinien nicht als nötig erachtet, aber fühle dich auf Bewährung. Wir von *Friendship Industries* freuen uns auf deine Fortschritte und hoffen auf eine lange gesunde Beziehung.

Herzliche Grüße
CEO, FRIENDSHIP INDUSTRIES

VON: GenX1999@gmail.com

AN: Ava.Helmer@gmail.com

BETREFF: Re: Die Regeln der Freundschaft

OMG! Reg dich ab! Es war nur ein Tag.

Ich bin stolz auf dich, weil du mit dem kleinen Knirps rumgemacht hast! Willst du ihn wirklich nicht wiedersehen??? Ich fühle mich auch nicht immer sofort von jemand angezogen. Manchmal siehst du die wahre Größe eines Mannes erst später? (Wortspiel unbeabsichtigt.)

Warum finde ich keine Fotos von deinem berauschenden Kostüm? Jetzt, wo du eine YouTube-Berühmtheit bist, musst du echt besser werden.

BTW kennst du den Channel hier schon? Du bist so eine Allison: https://www.youtube.com/user/justbetweenusshow (JUST BETWEEN US)

VON: Ava.Helmer@gmail.com

AN: GenX1999@gmail.com

BETREFF: Re: Die Regeln der Freundschaft

Verdammt, Genevieve, was zur Hölle?! Das war's?? Hast du meine Regeln auch mal gelesen? Was war mit dir und Alex? Ich möchte einen vollständigen und detaillierten Bericht.

Und ich bin NICHT wie Allison. Die Kleine ist wahnsinnig verklemmt, außerdem ist ihre Stimme eine Krankheit.

NACHRICHT

18:45 PST
A: Ich warte noch immer auf diese Mail.
G: Ich lerne!!!
A: Ach ja? Was hast du bisher gelernt?
G: Die Erde ist eine Katastrophe! 🌍💣

VON: GenX1999@gmail.com
AN: Ava.Helmer@gmail.com
BETREFF: Hausaufgaben

Du gehörst jetzt offiziell zu meinen Hausaufgaben. Ich weiß, dass Beziehungen Arbeit bedeuten, aber du gehörst nicht mal zu denen, die ihre Beine für mich breit machen.

Halloween war genial. Jazmin wollte auf die Beacon-Party, also sind wir hin, aber alle waren längst dabei, sich Wut anzusaufen. Ich habe Alex geschrieben und eigentlich nicht damit gerechnet, dass er noch am selben Tag antwortet, aber er hat mich wissen lassen, dass er auf der Party der Musicalleute ist. Auf meine Frage, ob ich vorbeikommen soll, hat er nicht geantwortet, was ich als Ja verstanden habe.

Ungefähr eine Stunde später sind Jazmin und ich also zu einem Apartment in Mission Hill gerollt. Es war voll mit den wahrscheinlich besten Kostümen in ganz Boston. Im Ernst, da sah es wie auf der Met Gala aus. Jazmin und ich fühlten uns erst ein bisschen fehl am Platz, aber dann haben wir uns gegenseitig daran erinnert, dass wir die Besten sind. So ganz im Allgemeinen.

Eine betrunkene Jazmin ist eine super Begleitung, weil sie einfach mit jedem ins Gespräch kommt. Noch bevor ich überhaupt an der Eingangstür war, hat sie sich schon mit jemandem unterhalten, der quasi nur gesungen und nicht gesprochen hat. Mir war klar, dass ich bei meiner Suche systematisch vorgehen muss, also hab ich zuerst die Flure abgeklappert. Alex kommt mir wie der Typ Mensch vor, der weite offene Flächen meidet. Im zweiten (und letzten) Flur fand ich ihn tief im Gespräch mit jemand, den ich nicht weiter beachtet habe.

Ich dachte, er würde auf »too cool for school« tun, aber er hat breit gegrinst. Das war das erste Anzeichen dafür, dass er bereits schwer was intus hatte. Genau wie bei Jazmin scheint Alex betrunken die beste Version von sich selbst abzugeben. Oder zumindest eine Version, die mich mag.
Innerhalb von Minuten waren wir die, die im Flur tiefschürfende Gespräche unter vier Augen geführt haben. Als ich mich ganz über seine Verkleidung (Christian Bale in *Newsies*) lustig gemacht habe, hat er gekontert, dass er eigentlich nicht mit mir reden sollte, weil ich keine Trans-Verbündete bin. (Ich weiß, das klingt aggressiv, aber es kam in einem sehr flirty/verbotene-Früchte-mäßigen Ton daher.) Eine Weile bin ich zwischen rechtfertigen und entschuldigen hin und her gependelt, bis er seine zweite große Ansage gemacht hat. Wir werden niemals miteinander schlafen, weil ich mit dem Feind unter einer Decke war. Schnell habe ich er-

widert: »Wusste doch, dass du mit mir schlafen willst!« Da ist er rot geworden, was ein sehr schöner Anblick war.

Dann habe ich gefragt, ob ich irgendetwas tun könnte, um diese unglückliche Situation wieder gradezubiegen. Er meinte nein. Aber ich hab nicht lockergelassen und ihn wieder und wieder gefragt, jedes Mal ein Stück näher an seinem Gesicht. (SEHR SEXY! ICH BIN GENIAL, WENN'S UM SEX GEHT!) Irgendwann hat er gesagt, dass ihm eine Lösung eingefallen ist. Ich muss beim Beacon austeigen. Ich habe gelacht und gesagt: »Ach so, okay!« und ihn dann geküsst. Der Rest der Nacht war XXX, und ich müsste dich zwingen, »Ich bin über 18 und genehmige die folgenden Inhalte« zu klicken, bevor ich dir weitere Details schicke.

Den kompletten Tag danach haben wir gemeinsam verbracht: arbeiten, schreiben und küssen.

Ich bin verliebt. Andererseits bin ich auch in etwa fünfzehn Mädels auf Instagram verliebt, die ich nie kennengelernt habe, also nimm das nicht zu ernst.

NACHRICHT

14:13 PST
A: Du verlässt den Beacon?
G: Nein. Vielleicht. Weiß nicht.
G: Ich hab ja nicht gesagt, dass ich's mache.
A: Aber du hast so getan!

A: Weiß Alex, dass du es nicht ernst gemeint hast?

G: Es war kein ernsthaftes Gespräch.

G: Alles, was man sagt, um flachgelegt zu werden, hält vor Gericht nicht stand.

A: Ich glaube, er geht davon aus, dass du aussteigst.

G: Niemals.

17:17 EST

G: Alex glaubt, dass ich kündige.

A: Sag ich doch!!

G: Was mach ich jetzt?? Ich glaube nicht, dass er bei mir bleibt, wenn ich dort weiterarbeite.

A: O Mann. Das ist viel zu traurig, um mich in dem Erfolg und dem Ruhm zu baden, dass ich recht hatte.

G: Du badest trotzdem darin.

A: Nur ganz kurz 💁‍♀️

A: Was machst du jetzt?

G: Keine Ahnung.

G: Vielleicht sollte ich wirklich kündigen. Es ist nicht gut, mit einem schlechten Blatt in Verbindung gebracht zu werden.

A: Dann hältst du den Beacon jetzt wirklich für ein »schlechtes Blatt«?

A: Praktisch bist du nur WEGEN dem Beacon aufs Emerson.

G: Ich muss in Ruhe darüber nachdenken.

A: Ich finde, dass du wegen so einer kleinen Sache, die gar nichts mit dir persönlich zu tun hat, nicht aufgeben solltest.

G: Wieso hat es nichts mit mir zu tun?

A: Ach, egal. Aus dem LGBT-Minenfeld halte ich mich raus.

VON: Ava.Helmer@gmail.com

AN: GenX1999@gmail.com

BETREFF: Genauso viel Geld, mehr Probleme

Shortie hat sich meine Nummer organisiert. Filmstudenten kennen einfach keine Diskretion. Er hat mir geschrieben, um zu sagen, dass er »echt eine gute Zeit hatte« und »mich total gern wiedersehen« würde. WÜRG! Er hat nicht mal versucht, einen Witz oder so zu reißen. Nichts bereitet mir mehr Unbehagen als Aufrichtigkeit.

Ich weiß nicht, was ich antworten soll. Ich will nicht mal zurückschreiben. Warum geht es mir so gegen den Strich, mit Freundlichkeit und Anstand behandelt zu werden? Bin ich ein schreckliches Klischee von einem Mädchen, das sich selbst hasst und nur auf Jungs steht, die fies sind? Jake geht mir einfach nicht aus dem Kopf, und ER WOLLTE BEI MIR ZU HAUSE EINE ANDERE KÜSSEN! Vor den Augen meiner Mutter (quasi).

Dass ich nicht ganz dicht bin, war mir schon immer klar, aber ich dachte, ich hätte wenigstens einen eigenen Stil. Anscheinend ist es sogar noch schlimmer, als ich vermutet habe.

Vielleicht sollte ich diesen Typen einfach heiraten und meine Unsicherheit durch eine Konfrontationstherapie heilen. Er scheint die Sorte Kerl zu sein, die einem sagt: »Du bist wunderschön«, auch wenn man vor Schweiß trieft und lautstark über niedrigen Blutzucker motzt.

Zweite Option: Zölibat. Das genaue Gegenteil einer Konfrontationstherapie, zumindest wenn man meine tiefsitzende Furcht vor Geschlechtskrankheiten bedenkt. Allerdings finde ich, für einen einzigen Menschen bin ich schon genug über mich hinausgewachsen.

Jedenfalls: Muss ich ihm antworten????????

NACHRICHT

16:13 EST
G: OMG, Ava, schreib einfach zurück wie jeder normale Mensch.
A: Und was schreibe ich?? Ich will nicht, dass er einen falschen Eindruck bekommt.
G: Vielleicht hast du ja einen falschen Eindruck.
G: Gib ihm ne Chance.
A: Ich finde ihn nicht attraktiv.
G: Aber woher willst du das denn jetzt schon wissen?
A: ECHT JETZT, GENEVIEVE!
A: Willst du mir erzählen, dass ich mich nicht mit meiner eigenen Sexualität auskenne????
A: Du hast kein Recht, mir zu sagen, zu wem ich mich hingezogen fühle und zu wem nicht.

G: Hahaha.
G: Egal.
G: Schreib zurück: »Mach's gut, Loser.«
A: Nicht hilfreich.

VON: GenX1999@gmail.com
AN: Ava.Helmer@gmail.com
BETREFF: Natur vs. Erziehung

Ich sag's echt nicht gerne, aber mir war es lieber, als mein Dad noch getrunken hat. Wenigstens hat er mich in Ruhe gelassen und keine Links zu Büchern wie »Radikale Vergebung« geschickt. Meine Eltern haben vorhin mit Hope versucht, mit mir zu FaceTimen und sind ausgerastet, als ich nicht verfügbar war. Sie haben das ganze Semester über ganze fünfmal angerufen und dann soll ich riechen, wenn sie plötzlich mit mir Kontakt aufnehmen wollen!

Ich habe zurückgerufen, als Hope schon im Bett war, und mir eine Standpauke über Familienverantwortung anhören dürfen und darüber, wie man eine gute große Schwester ist. Es war schließlich meine Entscheidung, die Familie für eine geisteswissenschaftliche Ausbildung »aufzugeben«. Also kann ich doch wenigstens ihre Anrufe entgegennehmen. Was????? Hören die eigentlich, was da aus ihrem Mund kommt? In der Elften hab ich eine ganze Woche bei dir gewohnt, ohne dass sie das mitgekriegt haben!

Man könnte glauben, mein Vater ist der Generaldirektor der AA. Er redet daher, als wäre er ein Profi für Enthaltsamkeit, dabei ist er noch nicht mal lange genug nüchtern, um irgendeine wichtige Medaille bekommen zu haben. Er will, dass ich zu Al-Anon gehe. Vermutlich, damit noch mehr Leute über nichts anderes als ihn reden.

Vielleicht hab ich mit dem Anruf meine Quote für diesen Monat erfüllt und es ist ihnen egal, wenn ich an Thanksgiving nicht nach Hause komme. Möglich, dass er bis dahin schon wieder zu besoffen ist, um überhaupt zu kapieren, dass Thanksgiving ist. (Feiertage sind krasse Rückfallfaktoren.)

Nur weil er auf einmal dazu bereit ist, sich wie ein Vater zu verhalten, heißt das noch lange nicht, dass ich auf einmal einen brauche. Bisher bin ich bestens ohne einen Dad klargekommen.

Arme Hope. Ich wünschte, sie hätte nicht so einen bescheuerten Namen.

NACHRICHT

20:07 PST
A: Du kommst Thanksgiving nicht nach Hause???
G: Auf keinen Fall. Die Flüge kosten $$$
A: Warte mal.

20:13 PST

A: Meine Eltern meinen, sie würden den Flug als vorgezogenes Hanukkah-Geschenk übernehmen.

G: AVA! Das geht nicht!

A: Warum?? Sie wollen dich auch gerne wiedersehen!

G: Und für wen soll das ein Geschenk sein? Mich oder dich?

A: Beide??

G: Das kann ich nicht annehmen.

A: Wieso? Ist wirklich keine große Sache.

G: Es geht nicht nur ums Geld. Ich will nicht nach Hause.

A: Wow. Ok. Sorry, dass ich dachte, wir wären BESTE FREUNDINNEN.

G: DICH will ich natürlich gerne sehen. Wen ich NICHT sehen will, ist meine Familie.

G: Außerdem komme ich ja schon drei Wochen später für die Winterferien heim.

A: Ich bin am Boden zerstört. Ich hatte schon einen Gen-Countdown gestartet.

G: Hahaha 4real?

A: Möglich.

A: Ich bin sehr einsam.

VON: GenX1999@gmail.com

AN: Ava.Helmer@gmail.com
BETREFF: Ich glaubs nicht

Alex ist offiziell der erfolgreichste Mensch, den ich kenne (abgesehen von deinem Dad). Nachdem sein Blogpost auf Dig Boston richtig explodiert ist, haben die ihn zu sich eingeladen, und er hat sie so beeindruckt, dass sie ihm ein Praktikum angeboten haben! Er fängt sofort an, obwohl ihr Praktikantenjahr längst begonnen hat. (Anscheinend sind die Kids, die sie sonst haben, nicht die Hellsten. Scheiß Harvard.)

Ich hab mit Kent über meine Kündigung geredet. Er ist ausgetickt und hat mich angefleht, es nicht zu tun. Er hat mir den Job im Team praktisch zugesagt und versprochen, dass in Zukunft sämtliche Vertretungsberater formal besser durchleuchtet werden. Diese ganze Kontroverse hat ihn übel mitgenommen. Er tut mir leid. Er ist auch nur ein Heterotyp, der versucht, an einem College voller queerer Kids den Aufgeklärten zu geben. Seit Alex' Artikel hat er ein paar echt brutale @ Kommentare kassiert.

Ich hab ihm gesagt, ich würde drüber schlafen. Eigentlich will ich den Beacon gar nicht verlassen. Vielleicht sollte ich direkt an die Quelle des Übels gehen und Charlotte bitten, zurückzutreten. Ist das Risiko wert, oder?

Ich habe mich schon mit ihr verabredet. Du kannst mich nicht aufhalten.

VON: GenX1999@gmail.com

AN: Ava.Helmer@gmail.com
BETREFF: Na, das lief ja super

Du reagierst nicht, also gehe ich davon aus, dass du nicht glaubst, dass mein Treffen mit Charlotte irgendwas bringt. Irrtum. Es kam sogar eine Menge dabei raus. Zum Beispiel Gebrüll. Und mein fester Entschluss, offiziell beim Beacon aufzuhören.

Erst wollte ich nur kurz mit ihr in ihrem Büro sprechen, aber sie hat darauf bestanden, dass ich zu ihr nach Hause komme, weil sie zu viele Bioäpfel hat und wollte, dass ich ihr selbstgemachtes Mus esse … Egal. Es war immerhin lecker.

Wir haben uns über den Unterricht und Halloween unterhalten. Um mal zaghaft vorzufühlen, habe ich erwähnt, dass ich mich öfter mit Alex treffe, so ganz romantisch. Charlotte hat sehr abfällig die Luft ausgestoßen und gesagt: »Du hast ja echt nen speziellen Geschmack, hm?« Was das heißen sollte, hab ich nicht kapiert, also ist sie deutlicher geworden, indem sie Mollys Namen fallen ließ. Keine Ahnung, wie man Molly und Alex miteinander vergleichen kann, abgesehen von ihrem gemeinsamen Hass auf Charlotte.

Ich wollte ihr die Situation beim Beacon erklären und habe gefragt, ob es ihr überhaupt wichtig ist, die Vertretung als Beraterin zu übernehmen, weil sie irgendwann ja sowieso durch einen Journalisten mit mehr Erfahrung ersetzt werden wird. Leider kam das viel zickiger rüber als geplant und hat in ihren dunklen Augen ein Feuer entfacht. (Hab ich schon erwähnt, dass wir ziemlich viel Wein getrunken haben, um das Apfelmus runterzuspülen?)

Bevor ich weiß, was los ist, brüllen wir uns an, und Charlotte wirft mir vor, ich hätte mich in sie verliebt!!!??? Ich schmeiße ihr an den Kopf, dass sie zu so was wie Liebe gar nicht fähig ist.
Das hatte zwar nix mit dem eigentlichen Thema zu tun, aber das hat uns nicht davon abgehalten, gut eine Stunde lang zu streiten. Ich habe ihr die Schuld an Mollys Zusammenbruch gegeben – sie meinte, ich hätte auch meinen Teil dazu beigetragen! FÜR WEN HÄLTST DU DICH, MEINEN BETRUNKENEN DAD?

Ich weiß, es ist extra super mega mies, aber es hat sich gut angefühlt, jemanden anzuschreien. Viel vermisse ich von zu Hause nicht, aber, o Mann, ist Brüllen befreiend!

Etwa eine Stunde später bin ich gegangen, nachdem meine Mission gescheitert war. Jetzt bleibt mir gar nichts anderes mehr übrig, ich muss den Beacon verlassen. Vielleicht legt Alex ein gutes Wort für mich bei Dig ein. Wozu schläft man sonst mit erfolgreichen Leuten, stimmt's?

VON: Ava.Helmer@gmail.com

AN: GenX1999@gmail.com

BETREFF: Re: Na, das lief ja super

Irgendwo weiß ich ja, dass es keinen Sinn hat, das hier zu schreiben, aber ich kann nicht anders. (Du musst es nicht lesen. Lange Mails zu schreiben, ist meine Art von befreiendem Schreien.)

Ich begreife nicht, warum du das tust. Wäre der Fakultätsberater ein berüchtigter Pädophiler würde ich's kapieren. Oder ein krasser Rassist. Aber nein: Seine *Vertretung* hat ein paar Artikel geschrieben, die man als transphobisch interpretieren *könnte*?? Komm schon! Da könnte man glatt auf die Idee kommen, du würdest Streit suchen! Oder eine Ausrede! (Die nichts mit dir persönlich zu tun hat.) Alex klingt ja echt super und so, aber glaubst du wirklich, dass ihr nächstes Semester noch zusammen seid?

Und willst du ernsthaft mit jemand zusammen sein, der so weltfremde Forderungen stellt? Würde mir ein Typ erzählen, dass ich keine Filme mehr drehen darf, wenn ich mit ihm zusammen sein will, würdest du ausrasten. Du bist Journalistin. Und er verlangt von dir, dass du mit dem Journalieren aufhörst. (ICH WEISS SELBER, DASS ES DAS WORT NICHT GIBT, ABER ES KLINGT GUT.)

Will er überhaupt mit dir zusammen sein? Mir kommt es so vor, als würde er dich alle zwei Tage von sich stoßen. Das ist kein Vorwurf an dich, sondern an ihn. Er klingt, ganz ehrlich, viel zu ich-bezogen, um zu einer echten Beziehung fähig zu sein. Das alles ist Alex' Kampf und er hat seinen Standpunkt bereits deutlich gemacht. So viel Glück wie er hast du bestimmt nicht. Für deine Kündigung wird dir keiner mit einem Praktikumsplatz danken.

Bitte denk daran, dass ich das nur sage, weil ich dich lieb hab und weiß, wie hart du dieses Semester gearbeitet hast. (Außerhalb des Unterrichts.) Ich bitte dich nur, alles noch einmal gründlich zu durchdenken. Denk an die langfristigen Konsequenzen. Wird Charlotte überhaupt noch eine Rolle spielen, wenn du im Abschlusssemester erst mal leitende Redakteurin bist?

Ich hab dich lieb. Hass mich nicht.
A

VON: GenX1999@gmail.com

AN: Ava.Helmer@gmail.com
BETREFF: Re: Na, das lief ja super

Wahrscheinlich hätte ich deine Mail nicht lesen sollen.

Zunächst mal: Hier geht es nicht um Alex, sondern um Moral und darum, was für eine Journalistin ich sein will. Bin ich käuflich oder jemand mit Prinzipien? Will ich mich mit etwas Bequemem zufriedengeben oder wachsen? Beim Beacon aufzuhören bedeutet, dass ich nächstes Semester einen Praktikumsplatz außerhalb vom Campus finden MUSS, statt mich auf meinen College-Lorbeeren auszuruhen. Was die Langfristigkeit angeht, macht es viel mehr her, für eine professionelle Redaktion gearbeitet zu haben.

Außerdem stimmt es nicht, dass es nicht mein Bier ist, nur weil ich selbst nicht trans bin. Und warum ist ein Rassist schlimmer als jemand mit Transphobie? Ich weiß, es war keine Absicht von dir, aber davon auszugehen, dass es da einen Unterschied gibt, ist höchst beleidigend und ignorant. Ich weiß, dass du keine persönlichen Erfahrungen außerhalb deiner reichen USC-Blase hast, aber das geht uns alle an. (Und mit »uns alle« meine ich POC und LGBTQ.) Ich kapier's ja – du bist 18 und schlägst dich mit Typen rum, die zu klein für dich sind, aber bitte tu nicht so, als würdest du mein Leben oder die Dinge, mit denen ich zu kämpfen habe, verstehen.

Wir müssen keine große Sache draus machen. Ich wollte nur meine ehrliche Reaktion auf deine ehrliche Reaktion in Worte fassen. Mehr ist dazu nicht zu sagen. Also reden wir nicht mehr drüber.

NACHRICHT

7:21 PST

A: Echt jetzt??? Wir sollen nicht mehr darüber reden?

A: Wenn ich nicht mit dir einer Meinung bin, dann darf ich das nicht sagen?

G: Nicht, wenn's um so was geht. Nein.

A: Okay. Freu mich schon auf Smalltalk übers Wetter.

G: Hier wird's ziemlich kalt.

A: Schön.

VON: Ava.Helmer@gmail.com

AN: GenX1999@gmail.com

BETREFF: Meine Therapeutin findet …

… ich soll mich entschuldigen. Tut mir leid, dass ich dir unerwünschten Rat gegeben und mich in dein Leben eingemischt habe. Es steht mir nicht zu, dir zu sagen, was du machen sollst. Ich bin da, um dir zuzuhören und dich zu unterstützen. Für mich ist es so normal, dass mir andere (hauptsächlich Experten) sagen, was ich machen soll, dass ich dieses Verhalten instinktiv übernehme. (Manche mögen es einen ewigen Kreislauf des Missbrauchs nennen.) Es tut mir echt leid, und ich hoffe, ich wäre auch von selbst noch darauf gekommen, mich zu entschuldigen.

Du hast vollkommen recht damit, dass ich dein neues Leben nicht komplett begreife. Ich hab es noch nicht mitmachen müssen, und die Tatsache, dass du da draußen in einer völlig fremden Welt lebst, macht mich traurig. Für mich warst du immer der größte Teil in meiner Welt, und ich will so gerne ein wichtiger Bestandteil von deiner bleiben. Also habe ich meine Eltern gebeten, mir für Thanksgiving einen Flug nach Boston zu buchen. Ich will dich sehen und es »kapieren«.

Ich hoffe, du findest diese Erklärung meiner ewigen platonischen Liebe nicht ätzend. Mir ist klar, dass ein Flugticket, um jemanden am anderen Ende des Landes zu überraschen, in einer anderen Situation (oder vielleicht sogar in dieser) Stalker-mäßig rüberkommen könnte. Wenn du nicht willst, dass ich komme, storniere ich, aber es hat sich romantischer angefühlt, es schon vor dieser Mail hier zu besorgen.

Wenn es für dich okay ist, könnten wir vielleicht in einem Hotel absteigen und so was wie Hotelkurzurlaub machen? (Meine Eltern haben eine Menge Bonuspunkte bei Starwood Hotels gesammelt.)

»Ich bin viel mehr ich selbst, wenn ich bei dir bin.«
Ava Helmer

VON: GenX1999@gmail.com

AN: Ava.Helmer@gmail.com
BETREFF: Re: Meine Therapeutin findet …

Verfluchte Scheiße, Ava! Du machst es einem so fucking schwer, sauer auf dich zu bleiben. Kannst du nicht bockig und kindisch sein wie alle anderen???

Ich glaub's nicht, dass du herkommst! Wie nicht-sexuell romantisch! Kann's nicht erwarten, dir Boston zu zeigen! Du wirst es hassen!

Leider werden die meisten hier über die Feiertage weg sein, aber wir werden trotzdem super viel Spaß haben! Wir können im Hotelzimmer Pay-TV gucken und eine Sightseeing-Tour in so einem Amphibienmobil mitmachen! (Ich hab noch nie so eine Duck-Tour gemacht, weil ich schließlich kein langweiliger Loser bin, aber ehrlich gesagt finde ich die Dinger ziemlich cool!) Oh, wir können die ganze bescheuerte Touristenscheiße durchziehen, die sonst keiner mit mir machen will! Und danach kann ich alles dir in die Schuhe schieben: »Meine Freundin Ava ist stockhetero!« (DIE BUSSE QUAKEN SOGAR – FUCK, ICH KANN'S NICHT ERWARTEN!)

Danke, dass du mal wieder die Vernünftige bist. Wenn unsere Särge 2083 zur exakt selben Zeit in die Erde hinabgelassen werden, haben wir das sicher auch dir zu verdanken.

LOVE, SCHMALZ & SAP
G

NACHRICHT

14:53 PST
A: Ich muss mir eine Winterjacke kaufen!
G: Es sind nur drei Tage!
G: Borg dir eine von mir.
A: Hast du denn eine??
G: So was in der Art.
A: Ist sie sauber?
G: So gut wie.
A: Ich kauf mir einfach eine.
G: Dämlich.

VON: Ava.Helmer@gmail.com

AN: GenX1999@gmail.com

BETREFF: Homeland-Finale Staffel eins

Wie denkst du über Elektroschocktherapie – und glaubst du, ich würde Studentenrabatt bekommen?

Heute hab ich meinen neuen Psychiater kennengelernt. Er hat einen langen Bart und tiefliegende Augen. Darf man sich als Arzt eigentlich selbst Medikamente verschreiben? Der Typ war nämlich zu unheimlich gelassen, um nicht total high gewesen zu sein. Ich bin davon ausgegangen, dass er alles von mir hören will, aber er meinte, er hätte meine Krankengeschichte schon mit Dr. Baker besprochen. Nachdem er ein paar Fragen über meine bisherige Medikation gestellt hatte, hat er beschlossen, mal was anderes als einen selektiven Serotonin-Aufnahmehemmer auszuprobieren. Schon mal von Clomipramin gehört? Ich auch nicht! Aber ich darf mich auf Müdigkeit, Blutdruckabfall beim Aufstehen, Probleme beim Pinkeln und Mundtrockenheit freuen!

Jetzt muss ich also meine bisherigen Medikamente langsam absetzen und auf das neue Zeug übergehen! Ich komme mir wie mein Dad mit seinem 14-Fach-Pillenkasten vor.

Was, wenn Clomipramin nicht wirkt und ich es mit meinem eigenen, ursprünglichen Hirn zu tun bekomme?? Der Skiausflug in der sechsten Klasse, bei dem ich gedroht habe, meine Mom zu töten, darf sich auf keinen Fall wiederholen. (Gott, tun mir meine Eltern leid.)

Es nervt tierisch, drogenabhängig zu sein, ohne auch nur ein bisschen Spaß dabei zu haben.

Und nein, ich werd es dich nicht ausprobieren lassen, wenn ich da bin.

VON: GenX1999@gmail.com

AN: Ava.Helmer@gmail.com

BETREFF: Re: Homeland-Finale Staffel eins

Ich hab Homeland nie gesehen, daher kann ich mit deiner Mail nicht wirklich was anfangen.

Aber hast du *Die Glasglocke* gelesen? Da schien die Elektroschocktherapie nicht zu helfen.

Tut mir leid, dass du das alles noch mal durchmachen musst. Vielleicht sind aller guten Dinge fünf (?)? Erzähl mir mehr von dem bärtigen Seelenklempner mit den tiefen Augenhöhlen … Meinst du, er ist verheiratet? Ich hab nämlich einen echten Daddy-Komplex und würde mich zu gerne mit ihm darüber unterhalten.

NACHRICHT

21:32 PST

A: Danke für das Bild von dir und meinem Psychiater beim Rummachen.

G: No problem!

G: Für einen Rezeptblock mache ich alles.

A: Ich mach mir immer noch Sorgen um dich.
G: Dabei bist du diejenige mit den Seelenklempnern! #Ironie

VON: GenX1999@gmail.com
AN: Ava.Helmer@gmail.com
BETREFF: Shannon cremt sich die Beine mit Butter ein

Jupp. Es ist offiziell. Meine Mitbewohnerin klaut ganze Packungen Land-O-Lakes gesalzener Süßrahmbutter und schmiert sich damit vor dem Schlafengehen Arme und Beine ein. Ich hab mir verkniffen, sie darauf hinzuweisen, dass man für die Haut besser SHEA- oder KOKOSbutter nimmt. Dafür ist das Schauspiel zu fucking abgefahren. Sie glaubt im Ernst, dem System eins auszuwischen, weil sie nicht für noch ein Schönheitsprodukt zahlt. Selbst wenn man richtige Butter auf der Haut anwenden *könnte*, habe ich ernste Zweifel, dass dieses Zeug als »richtige« Butter durchgeht. Unser ganzes Zimmer riecht nach Pancakes.

Falls du es noch nicht gemerkt hast, seit ich beim Beacon aufgehört habe, ist mir ein bisschen langweilig. Kent, mein früherer Redakteur, hat meine Kündigung erstaunlich gut aufgenommen, zumindest hat er nicht geheult. Ein paarmal meinte er zwar: »Ich könnte heulen«, aber sein Gesicht war dabei stoisch, daher zählt das nicht. Er sagte, ich wäre jederzeit wieder willkommen. Nicht als feste Mitarbeiterin, aber als Freie, was mir wie reine Zeitverschwendung vorkommt. Keiner wird sich dafür interessieren, dass ich ein paar Artikel in einer College-zeitung veröffentlich habe. Ich brauche Titelgeschichten und Aufstiegschancen!

Alex hat mit seinem Praktikum bei Dig angefangen und meint, dort sind alle noch krassere Strippenzieher als beim Beacon. Man muss dem einen den Arsch küssen, um mit dem anderen überhaupt reden zu dürfen. Und alle haben unfassbar hippe Frisuren. Ich würde ihn dort gerne mal besuchen, aber er weigert sich. Er ist so formell und anständig, es ist zum Schreien.

Vor nächstem Semester besteht eigentlich keine Chance, dass ich noch irgendwo ein Praktikum bekomme, deshalb denke ich darüber nach, einen tumblr zu starten. Hier sind meine bisherigen Überlegungen für Namen:

Gen X (was sonst)

Stille Wasser? (ein Verschwörungsblog über den Charles River)

Queer as Fuck (die Erforschung von Homo-Jugend und beliebtem Sci-Fi)

Außer dir stimmt keiner ab, also wähle mit Bedacht.

NACHRICHT

10:32 PST

A: Queer as Fuck

G: YES! Natürlich!

A: Geht es dann in jedem Posting über Homosexualität UND Sci-Fi oder wechselst du ab?

G: Auf meinem Blog gibt es keine Regeln.

A: Okay, ein paar Regeln wirst du aber brauchen, sonst wirkt es chaotisch.

G: Jeder Beitrag wird eine völlig andere Typo haben.

A: Ich unterstütze dich ja, aber dann werde ich das nicht lesen können.

G: Was machst du gerade?

A: Schreiben.

A: Versuchen, zu schreiben.

A: Darüber nachdenken, das Schreiben bleiben zu lassen.

G: Hast du in letzter Zeit dein Wohnheimzimmer auch mal verlassen?

A: Ja. Viermal die Woche habe ich Seminare.

G: Ruf ne Freundin an.

A: Ich schreib grad mit ner Freundin.

A: Ist Alex jetzt dein fester Freund?

G: Hahahaha.

G: Nein.

A: Warum nicht?

G: Weil es bisher noch nicht Thema war.

A: Warum nicht?

G: RUF IRGENDJEMANDEN AN.

VON: Ava.Helmer@gmail.com

AN: GenX1999@gmail.com

BETREFF: Fehler

Bevor du weiterliest, sollst du wissen, dass ich dich dafür verantwortlich mache! In meinem Zimmer war ich absolut glücklich und zufrieden. Gut, vielleicht nicht glücklich, aber zufrieden. Und dann musstest du mir das Gefühl geben, ein mega Loser zu sein. Also hab ich Sophia angerufen. Richtig gehört. Ich hab sie angerufen, was für uns beide ein kleiner Schock war. Nachdem ich mich als verzweifelter Freak geoutet hatte, bekam sie Mitleid mit mir und hat mich zu sich in ihr Wohnheim eingeladen, wo sie mit ein paar Freunden beim Mario-Kart-Spielen war.

Als ich ankam, war ich ein wenig überrascht, einige der anderen Drehbuch-Leute zu sehen. Ich dachte, es wären nur Leute von ihrem Gang da. Nachdem es aber gemeinsame Bekannte waren, fühlte es sich komisch an, nicht von Anfang an eingeladen gewesen zu sein. Ich gab mir Mühe, über diese TOTALE ZURÜCKWEISUNG hinwegzukommen, wusste aber leider auch nicht, wie man Mario Kart spielt, daher lief der Abend nicht so toll. Irgendwann hat Sophia mich gebeten, ihr ihr Handy zu reichen, und just in dem Moment kam eine Nachricht von Jake an. Was? Warum schreibt mein Ex meiner Freundin? Was drin stand, konnte ich wegen Sophias Einstellungen nicht sehen. Ich hab versucht, ganz cool zu tun, aber dann ist mir rausgeplatzt: »WARUM SCHREIBT JAKE DIR?« Sophia wurde total verlegen. Sie hat nur mit den Schultern gezuckt. »Er will ein neues Projekt starten.«

»ICH DACHTE, DU HASST JAKE.« »Ich hasse ihn nicht. Ich wollte ihn nur nicht im Haus deiner Eltern küssen.« »ACH, UND WILLST DU IHN JETZT KÜSSEN?!« Ich darf noch einmal darauf hinweisen, dass außer uns ungefähr fünf andere im Zimmer waren, die so getan haben, als würden sie hochkonzentriert Mario Kart zocken. »Ich will nicht darüber reden.« »ALSO GIBT ES WAS ZU REDEN! DU LIEBER HIMMEL!« Frag nicht, warum ich »Du lieber Himmel« gesagt habe. Das ist mir bisher noch nie über die Lippen gekommen. Werde versuchen, es bei diesem einen Mal zu belassen.

»Hör bitte auf, mich in meinem eigenen Zimmer anzubrüllen.« Jetzt bin ich die Bekloppte? Und nicht diese manipulative Bitch, die mit meinem Freund schläft? Ich bin aufgestanden und rausgerannt, weil ich dachte, sie würde mir nachkommen, damit wir uns im Flur unterhalten können, aber sie kam nicht. Also hab ich ihr geschrieben: »Können wir uns im Flur unterhalten?« Ihre Antwort: »Ich bin mit Spielen dran.« Auf dem Heimweg habe ich geheult.

Falls du mitzählst, bleibt mir damit nur noch eine echte Freundin, Emma, die fast schon zu beschäftigt ist, um als echte Freundin zu gelten. Ich denke ernsthaft über das Angebot meiner Eltern nach, wieder nach Hause zu ziehen und zu pendeln. Vor allem, wenn dieses Clomipramin erst einsetzt und mein Blutdruck jedes Mal in den Keller rutscht, wenn ich aufstehe.

NACHRICHT

1:47 EST

G: Woher willst du wissen, dass sie miteinander schlafen?

A: WEGEN DER NACHRICHT.

G: Schläfst du mit jedem, dem du schreibst?

A: Nein, aber du!

G: Ist was dran.

G: Sry

G: Du findest neue Freunde.

A: Wie???

G: Weiß nicht! Indem du dein Leben lebst und wundervoll bist!

G: Was ist mit Curtis? Ist der nicht ein Freund von dir?

A: Unsere Beziehung ist fast rein beruflich.

G: Neustart!

A: Dazu fehlen mir die sozialen Fähigkeiten.

G: Ich geb dir Unterricht, wenn du hier bist.

A: Warum fängst du immer wieder von Curtis an?

G: Scheint ein cooler Typ zu sein.

VON: GenX1999@gmail.com

AN: Ava.Helmer@gmail.com

BETREFF: Falle vielleicht durch

Im Ernst. Ich weiß nicht, wie die Leute für Prüfungen lernen. Ein 20-Seiten-Aufsatz – kein Problem. Aber wie überlebt man ein Hauptfach, für das man Erinnerungsvermögen braucht? Warum wohl haben Reporter Aufnahmegeräte? Damit wir uns NICHTS merken müssen.

Fest zum Lernen entschlossen, bin ich rüber zu Jazmin, aber stattdessen bin ich bei einem Weintrinkspiel versumpft. Du denkst vielleicht gerade: Wer benutzt für ein Trinkspiel Wein? Leute mit fucking Klasse! Es war super intellektuell. Immer, wenn ich eine Frage falsch beantwortet habe, musste ich einen Schluck trinken, was nicht die produktivste Lernmethode war, da ich nach ein paar Schluck *keine einzige* Frage mehr richtig beantworten konnte. Jazmins BF war in der Stadt und hat auch mitgespielt. Ich mag den Kerl. Für einen Kerl. JK – Tom mochte ich auch. (Hast du Tom etwa vergessen? Ich schon.)

Um 1930 rum sind die Dinge echt aus dem Ruder gelaufen. Ich hätte mich eigentlich auf die große Hitzewelle in Nordamerika von 1936 konzentrieren sollen, stattdessen hab ich mir die Seele aus dem Leib gekotzt. Irgendwie ist es lustig, Rotwein auszuspucken, weil es aussieht, als würde man in einem alten Film an Tuberkulose sterben.

Am Ende bin ich bis 3 geblieben. Immer wieder habe ich Alex geschrieben, dass er dazukommen soll, aber er hatte zu viel zu tun. Ich hoffe, es macht ihm nichts aus, dass ich noch immer mit Jazmin abhänge. Sie hat auch darüber nachgedacht zu kündigen, will aber ihre Eltern nicht enttäuschen. (Sie laminieren jeden ihrer Artikel.) Ich versuche trotzdem weiter, sie zum Aufgeben zu bringen. Muwahahaha.

Wenn ich dich dafür bezahle, machst du dann bei einem *Die wilden Siebziger!*-Trinkspiel-Quiz mit, wenn du hier bist? Du kennst sowieso jede Antwort, also ist das Risiko für dich minimal.

Das Einzige, was ich am College hasse, ist der Unterricht.

NACHRICHT

14:23 PST
A: Bist du bei der Prüfung durchgefallen?
G: Es war ein Multiple-Choice-Fragebogen.
A: Und ...?
G: Weiß noch nicht!
G: Werde keinen Bericht erstatten!
A: 🙄

VON: Ava.Helmer@gmail.com
AN: GenX1999@gmail.com
BETREFF: Stöcke und Steine ...

Wer auch immer sich dieses dämliche Sprichwort ausgedacht hat, hat eindeutig vor dem Internet existiert. Mein Video ist auf einem subreddit über Studentenfilme aufgetaucht. Die Leute in dem Forum waren KEINE Fans meines kleinen Experiments und haben sich eilig zu meinem YouTube-Channel begeben, um mir das auch mitzuteilen. Einige der Kommentare haben absolut keinen Sinn ergeben. Vor allem diejenigen, die mich eine »feministische Fotze« genannt haben. Offenbar war meine Darstellung der männlichen Hauptrolle nicht im Einklang mit den Standards der Männerbewegung und gar nicht mal so wenige haben mir gedroht???? Warum sollte mich jemand wegen eines bescheuerten Films, in dem buchstäblich nichts passiert, bedrohen? Wenn überhaupt wäre ich wütend, dass er so langweilig ist, und nicht, weil ich das Patriarchat umstürzen will.

Keine Ahnung, wie Leute mit so was umgehen, wenn sie auch tatsächlich IM Films zu sehen sind. Ein paar Arschlöcher haben mein Instagram gefunden und mich dort beschimpft, aber ich habe sie geblockt. (Glaube ich zumindest. Die Benutzeroberfläche ist verwirrend.)

Ich find's beschissen, dass es mir was ausmacht. Niemand, der so schlimme Kommentare an völlig Fremde schreibt, ist nett oder normal, aber allein die Tatsache, dass mich so viele Menschen da draußen hassen, macht mich fertig. Vermutlich lässt sich das nicht vermeiden, wenn man Dinge erschafft, aber das macht die Realität auch nicht leichter. Ich würde das Video ja rausnehmen, aber es hat so viele Klicks! Vielleicht sollte ich die schlechte PR einfach nutzen und ASAP noch eins machen? JK. Dafür fehlt mir der Mut.

Vielleicht könntest du alle diese Typen für mich digital aufmischen? Wäre doch ein super Plan, oder?

NACHRICHT

1:05 EST

G: Diese Typen sind Arschlöcher.

A: Vielleicht hab ich's ja verdient. Das ganze Konzept war ein bisschen überstrapaziert.

G: War es nicht!

G: Sei kein Idiot und hör nicht auf diesen Scheiß.

A: Oh, super, dann bin ich jetzt also eine feministische Fotze und ein Idiot.

G: Ich will alle ihre Moms auf FB finden und ihnen Screenshots schicken.

A: Genau! Eure Mütter, Alter!

G: Fast ...

A: Sagt man das nicht???

G: Du bist nicht für diese Welt gemacht 👼

VON: GenX1999@gmail.com

AN: Ava.Helmer@gmail.com

BETREFF: Die Welt lag uns zu Füßen ...

Zwei mögliche Schlagzeilen stehen mir vor Augen:

1) **Nachwuchs-Reporterin umgarnt Lover mit romantischem Abend**
2) **Junges Paar ruiniert sich die Zukunft mit DDB-Versuch**

Warum nur verspüren die Menschen den Drang zum »Reden« und »Kommunizieren«? Können wir nicht alle einfach möglichst gut unser Leben leben und essen, was uns passt?

Schon seit Tagen hatte ich das perfekte Date geplant. Alex hat zurzeit wirklich viel um die Ohren, daher wollte ich das meiste aus unserer gemeinsamen Zeit rausholen. Ich habe uns Karten für das Celtics-Spiel besorgt und einige Schweinereien aus Bova's Bakery ins Stadion geschmuggelt. (Ein grässliches Beispiel dafür, wie ich meine Vorzüge dazu nutze, die Security auszuschmieren.)

Bei dem Spiel hatten wir mega viel Spaß. Ich hab so getan, als würde ich mitfiebern. Er hat uns Erdnüsse gekauft und traditionelle Maskulinität an den Tag gelegt. Ich hab ein bauchfreies Top getragen. Junge Liebe wie es sie nur in Boston geben kann! Auf der Fahrt nach Hause haben wir sogar rumgeknutscht.

Als wir bei ihm waren, hat Jazmin mir geschrieben. In Brookline gab's ne Party. Alex wollte nicht hin, aber ich hab trotzdem versucht, ihn zu überreden. Er meinte, ich könnte ja ohne ihn gehen. Da habe ich ihn geküsst und gesagt, dass ich grundsätzlich schon lieber mit ihm zusammen wäre.

Eine lange Pause entstand, in der ich schon Panik geschoben habe, das Falsche gesagt zu haben. Innerlich habe ich mich auf ein »Wir sollten langsam machen«-Gespräch eingestellt. Stattdessen hat er mich gefragt, ob ich seine feste Freundin sein will. WAS??? Ganz ehrlich: Ich war nicht mal sicher, ob Alex mich wirklich richtig mag. Er meldet sich so gut wie nie bei mir, und sämtlicher Körperkontakt geht immer von mir aus. Als ich das anbrachte, hat er was von wegen Selbstschutz genuschelt und dass er nicht wusste, ob ich eine Beziehung möchte.

Und da wurde es kompliziert. Ich möchte eine Beziehung, aber nicht genau dieselbe Sorte, auf die er es abgesehen hat. Als ich ihn um eine genaue Definition von »feste Freundin« gebeten habe, hat er nur die Augen verdreht und erklärt, was er für offensichtlich hielt: »Liebe, Verbundenheit, Monogamie«. Gestolpert bin ich über den letzten Teil. Ich fühle mich absolut dazu bereit, Alex zu lieben und mich ihm zu verpflichten, aber ich sehe nicht ein, wozu man obendrein noch monogam sein muss. Ich glaube nicht daran, dass wahre Liebe bedeutet, »nur mit einem einzigen Menschen zu schlafen«. Wenn überhaupt finde ich, dass man es sich dadurch im schlimmsten Fall unnötig schwer macht, in diesen einen Menschen verliebt zu bleiben. Wozu braucht man miese Laune und Regeln? Warum reichen Ehrlichkeit und Offenheit nicht?

Das hat Alex nicht besonders gut aufgenommen und sofort wieder seine Mauer hochgefahren. Er meinte, er würde darüber nachdenken und ich sollte dasselbe machen. Dann sind wir ins Bett, ganz ohne rumzumachen, obwohl keiner von uns zu vollgefressen oder betrunken war, was die einzig akzeptablen Entschuldigungen dafür sind.

Am nächsten Morgen hat er so getan, als wäre alles in Ordnung, hat mich aber kein einziges Mal geküsst. Was mich natürlich nicht davon abgehalten hat, ihn überall zu küssen, bis er meinte, er müsse zur Arbeit. Da bin ich dann gegangen.

Hilfe?

VON: Ava.Helmer@gmail.com

AN: GenX1999@gmail.com

BETREFF: Re: Die Welt lag uns zu Füßen …

Ich versteh das nicht. Du bist schon das ganze Semester von Alex besessen. Zuerst warst du damit beschäftigt, ihn zu »hassen«, und dann, ihn zu »lieben«. Aber jetzt, wo er ernst machen und mit dir zusammen sein will, sagst du nein??? Woher willst du denn wissen, dass Monogamie nichts für dich ist? Wir sind 18! Wir wissen rein gar nichts! Unser Gehirn ist schlabbrige Pampe, die sich nur Songtexte und den einen oder anderen Geruch aus der Kindheit merken kann.

Meinst du, du verprellst ihn absichtlich, weil er dir eigentlich wirklich wichtig ist und dir das Angst macht? Das könnte ich nämlich nachvollziehen (könnte ich es mir aussuchen, wäre mir am besten gar nichts mehr, nie wieder, wichtig), aber Alex kommt mir wie jemand vor, der das Risiko wert ist.

Ich mag mir gar nicht ausmalen, was er gerade durchmacht. Sich selbst so verletzlich zu zeigen – und dann trampelst du über den Grundsatz seines Glücks (zwei Menschen, die sich füreinander entscheiden und nur füreinander). Findest du das nicht irgendwie magisch? Ich habe nur eine einzige beste Freundin. Ist es für dich nicht auch was Besonderes, dass ich deine beste Freundin bin und du meine? Wenn wir über die andere reden, dann vermittelt das Außenstehenden was. Willst du das nicht auch für deine Beziehung mit Alex? Vielleicht musst du das Ganze nur ein bisschen gären lassen. Oder es ausprobieren. Eine normale Beziehung könnte eine schöne Überraschung sein.

VON: GenX1999@gmail.com

AN: Ava.Helmer@gmail.com

BETREFF: Re: Die Welt lag uns zu Füßen …

Ich hätte dich nicht fragen sollen. Ich weiß deine Bemühungen zu schätzen, aber du entwertest meine Gefühle und meine Sicht der Welt.

Wie kommt es denn, bitte schön, dass ich mit 18 offenbar gar nichts weiß, aber du so eine Art Beziehungsguru bist? Wenn du und Jake nicht monogam gewesen wärt, wäre eure Beziehung vielleicht besser gelaufen, wer weiß? Mir ist klar, dass deine Eltern die perfekteste Ehe seit Menschengedenken führen, aber so was funktioniert nun mal nicht für jeden. (Jetzt mal im Ernst: Woher wissen wir überhaupt so genau, dass deine Eltern monogam leben?? Sie könnten auch Swinger sein! Immerhin hast du einmal diesen Playboy gefunden.)

Ich wollte von dir einen Rat, wie ich mit Alex sprechen soll und ihm das Gefühl von Sicherheit geben kann, auch wenn wir im Moment nicht dasselbe wollen. Aber ich lass mir was einfallen. Jazmin und ihr Freund haben eine offene Beziehung. Bestimmt kann sie mir helfen.

PS: Das mit Jazmin sollte nicht gemein klingen. Sie hat nur zufällig Erfahrung auf dem Gebiet und eine andere Sichtweise.

VON: Ava.Helmer@gmail.com

AN: GenX1999@gmail.com

BETREFF: Re: Die Welt lag uns zu Füßen …

Ich fass es nicht, dass du den Playboy von meinem Dad erwähnst. Wir haben einen Pakt geschlossen, nie wieder davon zu reden.

(Das ist mein persönliches Ablenkungsmanöver. Ich versuche, die Zeit, in der wir streiten, auf ein Minimum zu reduzieren.)

VON: Ava.Helmer@gmail.com

AN: GenX1999@gmail.com

BETREFF: Feminismus

Ich weiß, das ist ein weites Feld, aber ich wollte mit einem Haftungsausschluss anfangen und erklären, dass sich der folgende Vorfall ereignet hat, weil ich Feministin bin und fest daran glaube, dass Frauen sich gegenseitig den Rücken stärken müssen blablabla.

Nach dem Unterricht hab ich Sophia abgefangen und gefragt, ob wir reden können. Ich wollte ihr sagen, dass ich nicht mehr sauer bin. Jake und ich sind kein Paar mehr, und ich habe kein Anrecht auf ihn. Und dass ich nicht will, dass ein bescheuerter Kerl unsere Freundschaft ruiniert.

Aber sie hat mich gar nicht zu Wort kommen lassen. Stattdessen hat sie die Augen verdreht, okay gesagt und ist mit mir in einen anderen Teil des Gangs gelaufen. Ich dachte eher an ein nettes Gespräch bei Tee und Keksen, aber na gut. Bevor ich mich entschuldigen konnte, hat sie mich übelst runtergemacht. Sie meinte, es tut ihr ja leid, dass ich depressiv bin »oder was auch immer«, aber ich habe kein Recht, es an ihr auszulassen. Die Collegezeit ist sowieso viel zu kurz und sie will sie nicht mit Leuten vergeuden, die sie runterziehen. Sie dachte, mir würde es besser gehen, nachdem ich aus diesem Tussenclub ausgestiegen bin (die Verbindung??), aber anscheinend ist es nur schlimmer geworden. Sie hat darüber nachgedacht und findet, wir sind nicht gut genug befreundet, als dass sie sich das antun müsste. Wären wir seit fünf Jahren *oder so* BFFs, würde sie es vielleicht über sich ergehen lassen und hoffen, dass ich mich wieder einkriege. Aber wir kennen uns ja erst seit einem halben Semester *oder so*, und davon war ich die meiste Zeit traurig. Also steigt sie aus. Wenn ich meinen Scheiß geregelt kriege und »bessere Antidepressiva habe *oder so*« ist sie gewillt, dass wir wieder Zeit miteinander verbringen, aber ehrlich gesagt würde sie gerne mindestens bis nächstes Semester damit warten. Ist nicht böse gemeint *oder so*, aber, du weißt schon, Selbstschutz. Sie würde von mir dasselbe erwarten, sollte sie sich je in so ein *Sozialmonster* verwandeln. Das versteh ich schon, oder? Nichts für ungut …

Und wie ungut! Will die mich verarschen?! Man kann doch niemandem die Freundschaft kündigen, nur weil er depressiv ist! VOR ALLEM als Autorin. Wie soll denn sonst noch irgendein Freund übrig bleiben? Ich weiß nicht, was ich sagen soll. Ich kam mir vor wie in einem Lehrfilm zum Thema: Sei ein böser Mensch???

Darf man so was überhaupt sagen??? Ich wollte mich doch entschuldigen!

Ich stehe unter Schock. Sind meine Depressionen echt so krass? Ich dachte, ich würde es ziemlich gut hinkriegen, à la Woody Allen: nervig, narzisstisch, aber witzig.

Dabei sehe ich Sophia so gut wie nie! Klar, manchmal, aber es ist ja nicht so, als würde ich sie einmal täglich anrufen, um den Sinn meines Lebens zu diskutieren und meine Abschiedsbriefe zu testen. Ich glaube, was an allem am gruseligsten ist, ist, dass ich null Ahnung davon habe, wie andere mich wahrnehmen. Finden mich alle unerträglich? Findest DU mich unerträglich?

Wenn du willst, dass ich den Flug absage, damit ich dich nicht »runterziehe«, mach ich's.

NACHRICHT

22:43 EST
G: Wie ist Sophias #?
A: Gen. Nein.
G: Okay, dann warte ich, bis du hier bist und klau sie aus deinem Handy.
A: Hab sie gerade gelöscht.
G: UGH
G: Dann mach ich sie auf Instagram fertig.
A: Ihr Profil ist privat.
G: Was ist denn das für eine Schlampe?
A: Hahaha.

A: Bin ich echt so schlimm? Dass sie mit mir Freundschafts-Schluss machen musste?

G: Ganz bestimmt nicht.

G: Machst du gerade ne schwere Zeit durch? Ja.

G: Aber dann reißt man sich zusammen und wird zu einer BESSEREN Freundin. Und kündigt nicht die Freundschaft.

G: Hab sie auf Facebook gefunden.

A: Gen! Stopp!

A: Was ist mit Molly?

G: Was soll mit ihr sein?

A: Hast du ihr nicht die Freundschaft gekündigt, weil sie durchgedreht ist?

G: Nein. Ich hab sie zurück in ihr Zimmer gebracht, die ganze Nacht auf sie aufgepasst und dann dafür gesorgt, dass ihre Eltern sie sicher nach Hause bringen.

A: Ach ja. Stimmt.

A: Ich hasse diese Bitch.

G: Sie wird einsam und allein sterben.

G: Oder vielleicht mit Jake. Das wäre noch schlimmer.

A: Ich mach jetzt ein Nickerchen.

G: OK. Schlaf dich aus. Heute Nachmittag sieht die Welt schon wieder anders aus.

VON: GenX1999@gmail.com

AN: Ava.Helmer@gmail.com

BETREFF: Casablanca

Ich weiß, du weigerst dich, diesen Film zu sehen, weil du glaubst, dass er traurig und lang ist, aber darin gibt es eine der besten Abschiedsszenen aller Zeiten. Meine Geschichte kann damit nicht mithalten. Hauptsächlich, weil es weniger ein Abschied als vielmehr ein »CuL8r« war.

Ich bin rüber zu Alex, weil wir reden wollten, und ganz nach dem Motto, vor vollendete Tatsachen zu stellen, statt sich auszutauschen, hat er sofort verkündet, dass wir seiner Meinung nach als »Freunde« ein besseres Team abgeben. Offensichtlich wollen wir verschiedene Dinge, und davon abgesehen ist es wahrscheinlich sowieso keine gute Idee, wenn zwei Journalisten eine Beziehung miteinander eingehen. Zu viel Neugier auf einem Haufen.

Ich habe überlegt, ihm zu widersprechen, wusste aber, dass es keinen Sinn hätte. Meine größte Chance ist, ihn wieder umzustimmen. Mir bleibt nichts anderes übrig, als die beste, sexieste, verführerischste platonische Freundin auf dieser Seite des Äquators zu sein. Er wird im Handumdrehen das Handtuch schmeißen. Ich war super vernünftig und erwachsen – ich weiß, dass er auf so was steht.

Dann werde ich jetzt also abwarten und ein bisschen Spaß haben. Andere Mütter haben auch schöne Regenbogenkinder.

NACHRICHT

7:47 PST

A: Tut mir leid wegen Alex. Geht's dir gut?

G: Bestens. Das ist nur vorübergehend.

A: Echt?

G: Ja. Die Liebe ist ein Ozean.

A: ??

G: Kommt in Wogen.

A: O Gott.

A: Gehst du jetzt zurück zum Beacon?

G: ?????

G: Auf keinen Fall. Ich hätte so oder so gekündigt, ganz unabhängig von meiner Beziehung zu Alex.

A: Ehrlich?

G: Ja! DIE SIND TRANSPHOBISCH.

A: OK! Sorry.

A: Holst du mich morgen um 15 Uhr trotzdem ab, auch wenn ich mich nicht auskenne?

G: Dich abholen, wie denn?

A: Stimmt ja – dann nehm ich wohl ein Taxi.

G: AAH! Kann's nicht erwarten!!!

A: Das Hotel sieht nett aus.

G: Wir steigen echt im Hotel ab??? Mein Bett ist groß genug für zwei.

A: Zum Totlachen.

A: Wenn wir diese Starwood-Punkte nicht aufbrauchen, macht es jemand anders!

VON: Ava.Helmer@gmail.com

AN: GenX1999@gmail.com
BETREFF: Alle Karten auf den Tisch

Ich habe eine Panikattacke wegen morgen. Ich habe keinen Schimmer, was ich einpacken soll, dafür Riesenschiss, dass ich kein Taxi finde und als das eine bescheuerte Mädchen ende, dass in Amerika entführt wird. Ich habe Angst, zu frieren. Ich habe Angst, bei euch nicht reinzupassen. Und ich habe Angst, dass meine Eltern insgeheim sauer sind, weil ich Thanksgiving verpasse.

Was, wenn das Hotelzimmer nicht schön ist?? Was, wenn wir kein Pay-TV haben?

Vor allem habe ich Schiss, dass Sophia recht hat und du nicht mehr mit mir befreundet sein willst, wenn wir uns wiedersehen.

Schätze, genauso viel Angst habe ich davor, lange auszugehen und trinken zu müssen. Vielleicht können wir in dem mittelmäßigen Hotel hin und wieder ein Nickerchen einschieben.

Was, wenn ich meinen Wecker nicht höre?? Was, wenn du mich nicht mehr leiden kannst?? Was, wenn ich meine Unterwäsche vergesse??

Hab gerade nachgesehen. Unterwäsche ist eingepackt.

BIS MORGEN!
A

NACHRICHT

11:13 EST

G: Hast du verschlafen?

A: Sitze längst im Flugzeug.

G: Wie spät ist es bei euch?!

G: Oh, alles klar – ich hab verschlafen.

G: Guten Flug!! Ich freu mich schon drauf, dich nicht mehr leiden zu können!

A: Ist das das Letzte, was du mir auf meinem Flug durch Zeit und Raum mitgibst?

G: Jupp! Der Witz war nämlich ziemlich gut.

G: 💩

20:04 EST

A: Gelandet!!

20:22 EST

A: Ich warte auf meinen Koffer!

A: Gen??

20:35 EST

A: Ich glaube, die haben mein Gepäck verloren! Was mach ich denn jetzt?!

20:37 EST

A: Hab meinen Koffer!

A: Wo steckst du????

20:45 EST

A: Sitze im Taxi zum Hotel

A: BITTE LASS MICH WISSEN, DASS ICH NICHT NUR NACH BOSTON GEFLOGEN BIN, UM DEINE LEICHE ZU IDENTIFIZIEREN

20:52 EST

G: Hi! Du bist gelandet!

G: Wie heißt unser Hotel noch mal?

A: The Westin Copley Place

G: Super! Bin gleich da!

21:23 EST

A: Angekommen! Soll ich in der Lobby warten?

G: Nein, geh schon mal rauf!

G: Bin gleich da.

A: Zimmer 302

G: Das beste!

NACHRICHT

21:15 EST

A: Wo bist du?? Diese Party ist verrückt.

G: Vorne.

A: Ich bin vorne! Und ich schlaf gleich ein – die Duck-Tour hat mich fertig gemacht.

A: Gen! Geh ans Handy!

G: Ich seh dich.

23:42 EST

A: Bin wieder auf dem Zimmer.

G: 💪

A: Hast du deinen Schlüssel?

G: Ja ja.

G: Komme auch bald.

2:37 EST

A: Wo steckst du????

G: omw

3:15 EST

G: Bin gleich da

NACHRICHT

8:51 EST

A: Hol mir jetzt Kaffee. Sag Bescheid, falls ich dir was mitbringen soll.

19:14 EST

A: Im Flugzeug.

A: Falls es dich interessiert.

G: Du bist abgehauen, nicht ich.

VON: Ava.Helmer@gmail.com

AN: GenX1999@gmail.com

BETREFF: WTF ist passiert?!

Ich hocke zu Hause in meinem Zimmer, heule und kapiere noch nicht ganz, wie ich hier gelandet bin. Vor 24 Stunden waren wir beste Freundinnen, gemeinsam in Boston, und jetzt weiß ich nicht mal, ob wir überhaupt noch Freunde sind …?

Um das klarzumachen: Ich will weiter deine Freundin sein. Nicht nur das, sondern deine beste Freundin, bis wir nach einem Leben Seite an Seite gemeinsam sterben.

ABER ich bringe die Gen, die ich kenne und liebe, nicht mit der Gen zusammen, die ich gerade getroffen habe. Zunächst mal: Nachdem wir uns monatelang nicht gesehen haben, hatten wir endlich drei gemeinsame Tage. Einen davon hast du lieber damit verbracht, einen Rausch auszuschlafen. Warum hattest du so einen schlimmen Kater? Sag du es mir. Scheint mir ein echt komischer Zeitpunkt, sich so krass zu betrinken, wenn du doch weißt, dass ich Trinken nicht mag.

Außerdem kommt es mir schräg vor, ein Mädchen mit Angstzuständen in einer fremden Großstadt allein zu lassen, damit du mit der EINEN Person rummachen kannst, die jeder hasst. Ich kapier nicht mal, warum wir überhaupt auf eine Party gegangen sind, auf der Charlotte sein könnte. Und ich kapiere SCHON GAR NICHT, warum sie dich so in den Bann zieht. Die ganze Zeit dachte ich, vielleicht kann ich mir diese Frau einfach nicht richtig vorstellen, weil ich sie noch nie getroffen habe. Vielleicht ist sie ja wirklich so hinreißend und hat deine Zuneigung total verdient, trotz ihrer fehlgeleiteten Transphobie. NÖ! Sie war SCHLIMMER, als ich sie mir hätte vorstellen können! Wann immer sie den Mund aufgemacht hat, triefte jedes einzelne Wort vor Arroganz, und die Hälfte von dem, was sie gesagt hat, kann unmöglich stimmen. (Niemand hat je allein von Luft überlebt.)

Und was, bitte, hatte sie da an?? Ein paar Schals, die als Kleid durchgehen sollten?? Draußen waren es 4 Grad! Unfassbar.

Ernsthaft, hättest du dich am Samstag entschuldigt, hätte ich dir verziehen. Vielleicht nicht sofort und vielleicht auch nicht ohne ein paar bissige Bemerkungen darüber, dass ich den Heimweg zum Hotel zu Fuß fast nicht überlebt habe, aber ich wäre nicht vorzeitig abgereist.

Eine betrunkene Gen ist nicht meine Gen, das hab ich verstanden.

Nur was ich nicht verzeihen kann (jedenfalls nicht ohne eine ausführliche Entschuldigung), ist dein Benehmen am nächsten Morgen. Du hast jede meiner Unsicherheiten, die ich dir je gestanden habe, gegen mich verwendet. Es stimmt nicht, dass man mit mir »keinen Spaß« haben kann, nur weil ich der Meinung bin, dass du nicht mit der Frau rummachen solltest, die der Typ, in den du angeblich verliebt bist, verabscheut. Dass du dich selbst sabotierst ist alles andere als absurd. Im Gegenteil, das ist lächerlich offensichtlich. Ich dachte, wir stünden uns nahe genug, um ehrlich miteinander zu sein, aber es scheint, du willst einfach nur Freunde, die zu allem ja und amen sagt. Sorry, das bin ich nicht. (Ich bin wortwörtlich nicht dazu in der Lage: Mir ist es nicht möglich, zu lügen. Vor allem bei dir.)

Keine Ahnung, wie der Streit so schnell eskalieren konnte, und ich habe keinen blassen Schimmer, ob du alles, was du gesagt hast, auch so gemeint hast. Jedenfalls hoffe ich, du glaubst nicht wirklich, dass wir jetzt grundsätzlich verschieden sind, nur weil du queer bist und ich hetero. Das ist total wahnsinnig und tut unglaublich weh. Stell dir mal vor, ich hätte das zu dir gesagt. Du hättest mich gekreuzigt.

Meine Eltern fragen immer wieder, was passiert ist, aber ich will es ihnen nicht sagen. Ich will nicht, dass sie unsere Freundschaft anzweifeln. Ich will nicht an unserer Freundschaft zweifeln.

Alles, was ich zu dieser Katastrophe beigetragen haben mag, tut mir leid, aber ich habe nur gesagt oder getan, was ich für richtig halte. Weil ich dich lieb habe und du meine beste Freundin bist.

Ava.

VON: GenX1999@gmail.com

AN: Ava.Helmer@gmail.com

BETREFF: Re: WTF ist passiert?!

Ich meinte nicht, dass wir wegen unserer Sexualität verschieden sind. Ich meinte nur, dass wir eben verschieden sind. Menschen leben sich auseinander. Heutzutage heiratet keiner mehr seine Jugendliebe. Warum sollte das bei Freundschaften anders sein?

Freut mich, dass du gut heimgekommen bist.

VON: Ava.Helmer@gmail.com

AN: GenX1999@gmail.com

BETREFF: Re: WTF ist passiert?!

Das war jetzt nicht ganz die Entschuldigung, auf die ich gehofft hatte. Ich bin nicht mal sicher, ob es überhaupt als Entschuldigung durchgeht. Kommt mir eher wie eine technische Begriffserklärung vor?

Bitte entschuldige dich bald, damit wir uns versöhnen können und ich dir erzählen kann, wie Kent, dein früherer Redakteur, auf der Party mit mir geflirtet hat. Du hattest recht. Seine Hemden sind zu klein. Liegt wahrscheinlich daran, dass er sie zu heiß wäscht.

NACHRICHT

20:12 PST

A: Keine Nachfragen zu Kent??? Im Ernst?

A: Wir haben uns geküsst, als du bei Charlotte warst!

A: Nackt!

A: Okay. Das war gelogen, aber er hat mich auf FB als Freund geadded.

A: Schon kapiert. Du willst nicht reden, solange du keine wunderschöne Entschuldigung verfasst hast, die ich ausdrucken und rahmen kann.

A: Freu mich schon drauf.

A: ♥

NACHRICHT

1:32 EST

G: Hey. Tut mir leid, dass ich dir nicht zurückgeschrieben habe, aber eigentlich gibt es einfach nichts mehr zu sagen. Du bist noch immer meine Freundin und wichtig, aber mir wird im Augenblick alles zu viel. Es hat ewig gedauert, bis ich für mich herausgefunden habe, wer ich bin und was ich will. Und ich brauche wirklich niemanden, der mich ständig runtermacht, obwohl er eigentlich in meinem Team spielen sollte. Ich bin 18, verdammte Scheiße! Nicht alles ist so schrecklich, wie du glaubst. Das ist mir zu viel, mit meinem eigenen Leben klarzukommen und dazu noch mit deinen Gefühlen/Erwartungen. Ich muss mich aufs College und aufs Schreiben konzentrieren. Das solltest du verstehen können. Vielleicht können wir nach dem Semester mal FaceTimen oder so. Ich will die Ferien über hierbleiben, um mich für Praktika zu bewerben. No big Deal. Ich brauche nur ne Pause. 🩶

7:52 PST
A: Echt jetzt?? Du brauchst ne Pause? Wer sagt so was im echten Leben?
A: Gen, ich glaube, wir machen hier aus einer Mücke einen Elefanten.
A: Können wir den Besuch nicht einfach vergessen?
A: Du hast mich viel mehr verletzt als ich dich, und ich bin dazu bereit! Warum kannst du das nicht auch???

11:14 PST
A: Cool.

VON: Ava.Helmer@gmail.com
AN: GenX1999@gmail.com
BETREFF: Mein Leben als Spaßbremse

Hallo,

ich habe beschlossen, deine Bitte nach einer Pause zu ignorieren, weil ich glaube, dass es auf lange Sicht schädlich wäre. Ich habe erlebt, wie du deine Familie aus deinem Leben gestrichen hast, und ich lasse nicht zu, dass du mit mir dasselbe machst (auch wenn ich die Sache mit deiner Familie ehrlich unterstütze, die spinnen alle).

Wahrscheinlich findest du, dass ich auch spinne, aber das ist ok. Mein Ziel hier ist nicht, dich davon zu überzeugen, dass ich super cool oder auch nur normal bin, sondern dich an die uncoole, ungewöhnliche Ava zu erinnern, die du kennen und lieben gelernt hast.

Zunächst mal bin ich keine Spaßbremse (wie du während unserer kurzen 54 Stunden zusammen mehrfach angedeutet hast). Man kann nur keinen traditionellen »Schnapsglas im Bauchnabel«-Spaß mit mir haben. Aber lass mich eins klarstellen: Bis 3 Uhr morgens aufzubleiben und sich zu besaufen ist im College gut und schön, aber wird man mit irgendjemand aus dieser Clique noch Spaß haben, wenn wir erst mal 30 sind? Oder 40? Ich weiß, wie man alle 16 Wachstunden des Tages nüchtern ausfüllt! Und das ist kein Kinderspiel. Brettspiele? Liebe ich. Netflix-Marathon? Super. Tagelange clever-spritzige Gespräche? Ich bin genau die Richtige! Für mega lustige Schwimmbadtage bin ich auch immer zu haben (ich muss aufgrund meiner Abneigung gegen Sand allerdings Pool im Gegensatz zu Strand betonen).

Ich bin weder hip noch trendy, sehe meinen Vorzug dafür aber in der Zeitlosigkeit. Geistig betrachtet könnte ich zum Beispiel 18 oder aber auch 63 sein. (O Mann, mit 63 werde ich erst richtig aufblühen – das wird das neue 50.)

Und jetzt zu einer kleinen Reise in die Vergangenheit, weil ich mir nicht zu schade bin, manipulative Nostalgie einzusetzen, um diese Freundschaft zu retten.

Das Jahr: 2014. Unser Alter: 14. Unser Style: grauenhaft. Es war der dritte Tag an der Highschool, und jeder war damit beschäftigt, herauszufinden, was es bedeutet, eine nicht-staatliche Schule zu besuchen. Einige der Kids haben sich schon vorher gekannt. Andere konnten sich komplett neu erfinden. Ich habe mich an eine laue Freundschaft aus der Mittelschule geklammert, die kurz vor dem Aus stand. Du warst längst die Coolste in der ganzen Klasse. Vielleicht nicht in punkto Beliebtheit, aber objektiv betrachtet definitiv.

Einmal hatten wir uns unterhalten (der Strickkombi-Vorfall), aber ich hätte nie gedacht, dass du dich noch daran erinnerst. Du hast Doc Martens getragen und deine Haare waren lila. Ich war von Kopf bis Fuß in meine Unsicherheit gekleidet. Wir waren nicht füreinander bestimmt.

Doch dann geschah das Unglaubliche: Ich hab dich zum Lachen gebracht. An den Witz kann ich mich nicht mehr erinnern, was überrascht angesichts meiner Neigung, mich selbst ohne Unterbrechung zu zitieren. Ich weiß nur noch, dass wir in Englisch hockten und es irgendwas mit Voltaire zu tun hatte. Am nächsten Tag hast du dich ABSICHTLICH neben mich gesetzt, und ich schrieb dir den ersten von unzähligen Zetteln. Das halte ich noch immer für das Tapferste, was ich je getan habe, vor allem weil meine Schrift so grauenhaft ist. Du hast zurückgeschrieben – in Worten, die ich damals noch nicht ganz verstand. Eine Klassenzimmerfreundschaft war geboren.

Es dauerte ein paar Wochen, bis unsere Freundschaft auch außerhalb der Schule gedeihen konnte. Als du mich zum ersten Mal bei mir zu Hause besucht hast, hab ich meinen Eltern vorher extra eingetrichert, cool zu bleiben, aber noch bevor das Abendessen vorbei war, ließ mein Dad Münzen verschwinden und zeigte Kartentricks. Ich wäre am liebsten im Boden versunken, so peinlich war mir das. Du schienst die Show ehrlich unterhaltsam zu finden.

Du bist immer öfter vorbeigekommen. Ich bot an, dich ebenfalls zu besuchen. Du lehntest ab. Ich gab mir Mühe, keine allzu große Klette zu sein. Zwei Wochen lang habe ich mich in den Schlaf geheult, weil du mit Jessica Metzner um die Häuser gezogen bist. Jessica Metzner stellte sich als Scientologin heraus. Wir waren wieder vereint. An Thanksgiving wusste bereits jeder, dass er nur mich fragen musste, wenn er wissen wollte, wo du steckst, weil wir so unzertrennlich waren. Ich begann, mich scherzhaft deine Sekretärin zu nennen. Wir hatten unseren ersten Streit. Wir haben uns versöhnt.

Schließlich komme ich dich zu Hause besuchen, während deine Eltern arbeiten sind. Doch dein Dad ist doch da, betrunken, also gehen wir wieder. Ich fühle mich unfähig, mit Problemen umzugehen, die ihren Ursprung nicht in meinem chemisch unausgeglichenen Gehirn haben. Du lachst darüber, weinst aber später.

Die folgenden vier Jahre sind wir wie siamesische Zwillinge. Keiner außer uns (und vielleicht meinen Eltern) versteht das. Wir sind beste Freundinnen. Und so eng, dass es nicht mal eine Rolle spielt, dass du auf ein College an der Ostküste gehst, während ich in L. A. bleibe. Schwächere Bande würden daran zerbrechen, aber wir sind nicht schwach. Wir schließen einen Pakt, uns jeden Tag zu schreiben (gut, ich zwinge dich dazu, ihn zu unterschreiben). Wir verabschieden uns. Du fährst per Anhalter zum Flughafen. Ich schimpfe dich dafür aus. Wir sind uns näher als je zuvor, selbst wenn du ganz nebenbei erklärst, dass du queer bist.

Klar, es gibt Höhen und Tiefen, aber das war schon immer so. Einmal haben wir eine ganze Woche nicht miteinander geredet, weil ich angedeutet hatte, du hättest ein Alkoholproblem. Ein andermal habe ich dich angerufen und geheult, weil du mich nicht zuerst angerufen hast. (Während ich das jetzt aufschreibe, wird mir klar, warum man es nicht immer leicht mit mir hat.)

Aber nichts davon spielt eine Rolle, weil wir zusammenhalten. Ständig reden alle davon, wie viel Arbeit man in eine Liebesbeziehung oder eine Ehe stecken muss, aber warum sollte es bei einer Freundschaft anders sein? Du wirst mir immer wichtiger sein als irgendein Typ, den ich heirate. (Zumindest bis zur Silberhochzeit.)

Ich weiß, dass sich gerade viel verändert. Du bist umgezogen. Du hast dich geoutet. Du hast deinen »Traumjob« bekommen und wieder gekündigt. Dein Dad spielt den Nüchternen. Ich weiß, du hasst es, wenn ich versuche,

»dich zu therapieren«, aber ich glaube, dir wächst gerade so ziemlich alles über den Kopf und das lässt du an mir aus. (Ich habe ganz vergessen, zu erwähnen, dass man mit dir auch noch Schluss gemacht hat! Was ich nur vergessen konnte, weil NIE jemand mit dir Schluss macht!)

Ich bitte dich nicht mal mehr um eine Entschuldigung. Ich bitte dich nur, alles noch einmal in Ruhe zu überdenken, dir die Dauer und Tiefe unserer Freundschaft vor Augen zu führen und dich zu fragen, ob du das wirklich wegschmeißen willst, nur weil ich deine LA nicht mag.

»Das Leben ist zu kurz, um nachtragend zu sein.«
Ava

PS: Das hat Elon Musk gesagt und der hat die unabhängige Raumfahrt erfunden, also sollte man auf ihn hören.

VON: GenX1999@gmail.com

AN: Ava.Helmer@gmail.com
BETREFF: Re: Mein Leben als Spaßbremse

Der Witz ging nicht um Voltaire, sondern um Camus.

VON: Ava.Helmer@gmail.com

AN: GenX1999@gmail.com
BETREFF: Re: Mein Leben als Spaßbremse

Shit! Right! Glaub nicht, all meine Argumente wären ungültig, nur weil ich einen Fehler gemacht habe.

NACHRICHT

14:42 PST
A: Hab gerade Kristen Stewart gesehen!
A: Mit ihrer Freundin! Sie sehen glücklich aus!
A: Antworte mir in den nächsten dreißig Minuten, und ich schicke dir ein verwackeltes Beweisfoto!

15:11 PST
A: Noch eine Minute, bevor du deine Chance auf ein Exklusivfoto verlierst!

15:13 PST
A: OK. Dann schick ich es ans *Star Magazine*.

VON: Ava.Helmer@gmail.com
AN: GenX1999@gmail.com
BETREFF: Auf die Schliche gekommen!

Hut ab! Zuerst war ich verwirrt und zutiefst verletzt. Wie kann mich meine WELTWEIT beste Freundin ignorieren? Die Welt ist grausam, aber nicht SO grausam. Zumindest nicht in Amerika[1].

Aber gestern dann, als ich lange nach meiner Schlafenszeit noch wach lag, ist bei mir der Groschen gefallen. Du bist gar nicht sauer auf mich! Du konditionierst mich nur, um alleine besser klarzukommen! Ich bin viel zu abhän-

1 Dem 1 % von Amerika. (Siehst du! Ich lerne was von dir!)

gig von dir, obwohl du Tausende von Kilometern weit weg bist. Ich weiß, dass ich nicht da raus und neue Leute kennenlernen muss, weil ich ja dich habe. Nur jetzt kann ich nicht mit dir reden – aber ich *muss*! (Im Ernst, es fühlt sich an, als hätte ich eine Rede-Quote und wenn ich die nicht täglich erfülle, platzt es aus mir heraus, und ich quatsche die Kassiererin voll, was die ganze Warteschlange aufhält und eine Menge genervte Blicke zur Folge hat. Von der Kassiererin.)

Als es gestern 15 Uhr war, hatte ich den totalen Lagerkoller. Ich dachte daran, übers Wochenende nach Hause zu fahren, aber ich wollte nicht aufgeben. (Außerdem hatten meine Eltern schon was vor.)

Daher habe ich Curtis angerufen. (Ich weiß, du bist ein Fan.) Ich hab lässig getan, als wäre es für mich ganz normal, ihn anzurufen und zu fragen, was er Freitagabend macht. Er war zu höflich, um mich auffliegen zu lassen, und hat mich spontan auf eine Party eingeladen. Ich bin hin, voll darauf eingestellt, eine miese Zeit zu haben.

Stattdessen bin ich bis 0:30 geblieben und habe mit Leuten geredet und gelacht, die betrunken waren, aber nicht so betrunken, dass sie Kostüme trugen oder zu Housemusik abzappelten. Hätte die Playlist aus 90er-Jahre-Musik bestanden, wäre es eine perfekte Feier gewesen. Sophia war auch da, aber ich hab mich für kühle Gelassenheit entschieden und sie angelächelt, bevor ich sie ignoriert habe. Curtis hat mir seine Kumpels vorgestellt, und ich habe viel Zeit mit seiner Freundin, Darcy, verbracht, die zufällig bisexuell ist.

Ich hatte so viel Spaß, dass ich mindestens eine Stunde lang vergessen habe, dass ich dir nicht davon erzählen kann. Oder dass ich es dir zwar erzählen kann, aber du vermutlich nicht antworten wirst.

Und da habe ich deinen Masterplan durchschaut! Du willst mich nur solange ignorieren, bis ich dich nicht mehr brauche, sondern nur noch will. (Schon klar, so redet man normalerweise in Liebesbeziehungen, aber was wir haben, ist genauso wichtig.)

Jedenfalls ist dein raffinierter Plan aufgegangen. Ich brauche dich nicht mehr. Ich will dich einfach nur wieder in meinem Leben haben. Nicht, um über dich zu urteilen. Nicht, um dich zu belehren. Nur, um dich gern zu haben.

Cleverer Schachzug!
Ava

VON: Ava.Helmer@gmail.com

AN: GenX1999@gmail.com
BETREFF: Re: Auf die Schliche gekommen!

Echt jetzt??? Keine Antwort? Vielleicht habe ich deinen Masterplan doch noch nicht ganz durchblickt. Wenn du darauf wartest, dass ich mir die Haare abschneide oder so, brauche ich noch einen Wink mit dem Zaunpfahl.

XO

NACHRICHT

20:57 PST
A: Darcy hat mir das Hoverboard-Fahren beigebracht!
A: Bin nur zweimal runtergefallen und blute kaum!
A: Schreib mir jetzt für ein heißes Foto!

21:14 PST
A: Du hast meinen Bluff durchschaut.
A: So heiß war das Foto nicht.

VON: Ava.Helmer@gmail.com
AN: GenX1999@gmail.com
BETREFF: Update über dein Leben

Inzwischen sind mehrere Wochen vergangen und nicht zu wissen, was du treibst, ist echt schräg. Also habe ich beschlossen, mir was auszudenken!

Im Großen und Ganzen bist du ziemlich gut damit beschäftigt, für die Prüfungen zu lernen. (Ich vermute, das ist der Hauptgrund, warum du keine Zeit hast, auf meine reizende Kommunikation einzugehen.) Du bereitest dich darauf vor, deinen Planet-Erde-Test mit wehenden Fahnen zu bestehen, und deine Seminararbeiten sind fast alle fertig. Deine Haare sind ein bisschen länger als sonst, aber es steht dir.

Jazmin ist traurig, weil sie über die Ferien nach Hause geht, aber ihr lasst es vor ihrer Abreise noch mal megamäßig krachen. (Es stellt sich heraus, dass Jazmin Weihnachten liebt, was eine merkwürdig schöne Überraschung ist.)

Alex hat den Schwerzukriegenden gespielt, aber du hast dir ein Beispiel an mir genommen und lässt kein Nein gelten. Er wird dich an Silvester vermissen und dann kommt ihr nächstes Semester in irgendeiner Form von offener Beziehung wieder zusammen. Es wird wunderschön und zauberhaft, und ich verspreche, sofort jedes Foto zu liken, das du auf Instagram postest.

Deine Eltern jammern dir die Ohren voll, weil du nicht nach Hause kommst, leiden andererseits aber auch nicht so sehr darunter, als dass sie dir ein Ticket spendieren oder dich besuchen kommen würden. Dein Dad ist noch immer trocken, nervt aber. Dafür hattest du ein paar persönliche Momente mit deiner Mom, die nicht total unerträglich waren. Mit Hope zu FaceTimen ist supersüß. Würde man die Hintergründe nicht kennen, wäre es total schön.

Schließlich und endlich vermisst du mich. Du denkst an nichts anderes und fragst dich, was du nach all der Zeit nur sagen kannst. Musst du dich entschuldigen? Willst du mich anbrüllen? Ich will nur, dass du weißt, ich wäre schon mit einem »Hey« glücklich. Schick mir einfach nur ein »Hey« und ich übernehme den Rest.

A

PS: Ich kann's nicht erwarten, dass wir uns versöhnen, damit ich erfahre, wie richtig oder falsch ich mit all dem hier liege.

NACHRICHT

16:17 PST

A: Bin gerade nach Hause gekommen – die Ferien können losgehen.

A: Meine Eltern wollen im Dezember Eis besorgen.

A: Ein bisschen vermisst du L. A. schon, oder?

9:23 PST

A: Dauernd denke ich, ich müsste jeden Moment von dir hören, weil schließlich Weihnachten ist. Aber dann fällt mir ein, dass wir ja jüdisch sind.

VON: GenX1999@gmail.com

AN: Ava.Helmer@gmail.com

BETREFF: Schnulz

Hi. Hey. Hallo.

Tut mir leid, dass ich nicht reagiert habe. Hauptsächlich lag es daran, dass ich deine Nachrichten gar nichts erst gelesen habe. Ich war so sauer, als du abgehauen bist, dass ich versucht habe, die ganze Sache (und dich) aus meinem Gedächtnis zu streichen. Ist das klassische Verdrängung? Ja. Haben große Mengen weihnachtlichen Alkohols dabei geholfen? Definitiv.

Ich weiß, es kam so rüber, als hätten wir uns wegen Charlotte gestritten, aber ehrlich gesagt geht sie mir am Arsch vorbei. Wenn überhaupt, war ich an dem Morgen wütend, weil es mir peinlich war. Mit meinen eigenen fragwürdigen Entscheidungen zu leben ist auch so schon schwer genug, ohne dass mir jemand einen Moral-Spiegel vorhält. (Du bist der Spiegel, falls das nicht deutlich war. Und zwar ein ziemlich glänzender.)

Ich wäre dir damals fast nachgerannt, aber dann habe ich darüber nachgedacht, warum ich überhaupt so wütend bin. Du hast mein »schlechtes Benehmen« schon unzählige Male kritisiert, und nie hab ich mich dabei gefühlt, als würde ich am liebsten das Empire State Building aus dem Boden reißen. Also war ganz offensichtlich irgendwas anderes im Gange. Und nachdem ich mein Hirn einige Wochen lang mit Abschlussarbeiten und teuren Schalkäufen beschäftigt habe, erschien mir die Antwort ganz deutlich, auch wenn ich sie absolut nicht sehen wollte.

Im Wesentlichen habe ich keinen Plan, was ich überhaupt mache. Ich bin noch nicht mal so lange out and proud wie Michelle Rodriquez und Cara Delevigne zusammen waren. Es ist leicht, die Queer-Gemeinde zu akzeptieren, aber ich weiß nicht, ob sie umgekehrt auch mich akzeptiert. Deshalb ist es schwierig, wenn ich das Gefühl habe, ständig deine offizielle Botschafterin in Sachen Queersein zu spielen, solange ich selber noch nicht weiß, wie ich ohne Navi ins Stadtzentrum komme.

Ist das alles deine Schuld? Nein. Aber du verlangst von allem eine gewisse Klarheit, die ich im Augenblick nicht bieten kann. Bin ich in Alex verliebt? Bin ich homo oder bi? Was bedeutet es, wenn ich eine Freundin auf einer Party zum Spaß küsse? Auf solche Fragen habe ich nicht immer eine Antwort, und ich weiß auch nicht, ob sich das je ändert.

Was okay ist. Ich hab kein Problem damit, in einer Grauzone zu leben. Die Grauzone ist mein Zuhause, hübsch gelegen zwischen meiner funktionsuntüchtigen Familie und meinem chaotischen Sozialleben. Aber du, Ava, magst es schwarz und weiß. Und ich habe ein schlechtes Gewissen, dich immer wieder zu enttäuschen.

Also bin ich auf Distanz gegangen. Und ich habe dem Drang widerstanden, dir von Shannons brandneuer Obsession mit Rindfleischbrühe zu erzählen. Oder dir ein Bild von einem Studenten zu schicken, der auf einer Bank neben einem Eichhörnchen pennt, das ebenfalls geschlafen hat. (So fucking süß! Keine Sorge. Ich hab's gespeichert.)

Aber einfach gar nicht mehr zu reagieren war kleinlich und gemein, und es tut mir leid. Nur gehört zu dieser ganzen Selbstfindung auch, einzusehen, dass ich kleinlich und gemein BIN. Nicht immer, aber oft genug, um *da unten* zu landen, falls *da unten* tatsächlich die Hölle ist.

Das heißt nicht, dass ich nicht deine Freundin sein will. Ich will dir nur von Sachen erzählen können, ohne ihnen unbedingt Bedeutung geben zu müssen. Ich will Seiten von mir erkunden, die unlogisch oder hässlich sind. Ich will nicht schwarzweiß sein, aber ich will mich bessern. Zu dir besser sein.

Du musst aber auch zu mir besser sein.

Gen

PS: Wow. Das war der schwulste Brief, den ich je geschrieben habe.

ENTWURF

VON: Ava.Helmer@gmail.com

AN: GenX1999@gmail.com

BETREFF: Re: Schnulz

Meine liebste Genevieve,

entschuldige, dass ich nicht SOFORT geantwortet habe, wie ich es sonst meist tue, aber ich wollte mir Zeit lassen, um nicht die wichtigste Beziehung meines ganzen Lebens zu vermasseln.

(Nach sieben gescheiterten Antwortversuchen hat mein Vater mich zum Frozen-Joghurt-Essen geschleift, daher tippe ich das hier gerade auf meinem Handy wie eine coole/hippe Führungskraft, die am Wochenende arbeiten muss.)

Es tut mir so leid. Ich hab null daran gedacht, wie heftig dieses Semester für dich gewesen sein muss. Dein Coming Out kam so lässig rüber, dass ich so blöd war, anzunehmen, es wäre für dich kein großes Ding. Als wärst du morgens aufgewacht und hättest gedacht: »Ich bin queer«, um dann gemütlich zu frühstücken. Was schon allein deshalb bescheuert wäre, weil du nie frühstückst.

Du bist so tapfer und stark, dass ich manchmal vergesse, dass jemand wie ich dir überhaupt weh tun könnte.

Andererseits darfst du auch nicht vergessen, wie weh du mir tun kannst. Ich weiß, ich reiße ständig Witze darüber, wie verzweifelt und einsam ich bin, und es macht den Anschein, als könntest du alles mit mir anstellen und ich wäre trotzdem immer da, aber ich will nicht, dass das stimmt. Ich will keine Freundin sein, die man ignorieren oder wegschubsen kann, wenn es einem gerade passt. Du musst in dieser Freundschaft genauso Einsatz zeigen, wenn –

14:12 PST

G: Welche Geschmacksrichtung hast du?
A: ??????
G: Sieht aus wie Erdnussbutter mit Regenbogenstreuseln.
A: FaceTimen wir aus Versehen?
G: Dreh dich mal um.
A: OMG!
G: Hör auf zu schreiben und drück mich!

VON: Ava.Helmer@gmail.com

AN: GenX1999@gmail.com

BETREFF: Bitte bestätige den Erhalt dieser Nachricht

Liebe beste Freundin,

mit extrem schwerem Herzen verabschiede ich mich erneut von dir. Doch anders als beim ersten Mal habe ich nicht mehr das Gefühl, Regeln festlegen zu müssen für unsere Freundschaft, von der ich nun sicher bin, dass sie ein Leben lang halten wird. Ruf mich an, wenn du kannst. Schreib mir oft. Und wehe, eine Sekunde vergeht, ohne dass du an mich denkst!

Aus dir ist eine wunderschöne Frau geworden, und ich kann es nicht erwarten, den Rest deiner Metamorphose zu erleben.

A

VON: GenX1999@gmail.com

AN: Ava.Helmer@gmail.com

BETREFF: Re: Bitte bestätige den Erhalt dieser Nachricht

Echt jetzt??? WIR SITZEN IM SELBEN ZIMMER.

ur beautiful 2

EPILOG

NACHRICHT

11:14 PST

G: Im Flieger!

A: Yay! Schnall dich an!

G: Danke, dass du mich gefahren hast.

A: Was denn sonst?! Nimmst du in B ein Taxi?

G: Ich glaub, Alex holt mich ab.

A: OMG!!! Erzähl mir alles.

G: Wir sind nur Freunde.

A: Klar. Ich hab eure Nachrichten gesehen. Er ist in dich verknallt.

A: Sorry. Keine weiteren Fragen.

G: Soll ich Kent einen 💋 von dir geben?

A: Es waren gerade mal 16 FB-Nachrichten! Das bedeutet nichts!

G: Wann lädst du das Video hoch?

A: Curtis wollte nächste Woche mit dem Schnitt fertig werden.

A: Du wirst ein Star!

G: Schon klar. Das Internet wird mich hassen.

A: Kann sein. Aber ich liebe dich.

G: love u2

A: Sag Bescheid, wenn du gelandet bist.

G: Immer.